DuMonts Kriminal-Bibliothek

Lee Martin, eigentlich Anne Wingate, 1943 geboren, stammt aus Ost-Texas und studierte an der Texas Woman's University in Denton. Sie arbeitete selbst viele Jahre lang als Polizistin in Georgia und Fort Worth, Texas, versteht sich aber nach eigener Aussage eher als Mutter.
Ihre Kriminalromane spiegeln die Wirklichkeit der Polizeiarbeit ebenso wider wie die Spannungen, die zwangsläufig zwischen Beruf und Privatleben entstehen. Heute lebt sie mit ihrem Mann und ihren beiden Kindern in Salt Lake City, Utah.
Von Lee Martin sind in der DuMonts Kriminal-Bibliothek bereits erschienen: »Ein zu normaler Mord« (Band 1053), »Das Komplott der Unbekannten« (Band 1055), »Tod einer Diva« (Band 1061), »Mörderisches Dreieck« (Band 1067), »Tödlicher Ausflug« (Band 1071), »Keine Milch für Cameron« (Band 1082) und »Saubere Sachen« (Band 1088) sowie der Sammelband »Neun mörderische Monate« (Band 2001).

Herausgegeben von Volker Neuhaus

Lee Martin
Hacker

Aus dem Englischen
von Ulrike Wasel
und Klaus Timmermann

DuMont

Die Deutsche Bibliothek – CIP-Einheitsaufnahme

Lee Martin:
Hacker / Lee Martin. Ulrike Wasel, Klaus Timmermann (Übers.). – Köln : DuMont, 2001
(DuMonts Kriminal-Bibliothek ; 1099)
ISBN 3-7701-5616-1

Aus dem Englischen von Ulrike Wasel und Klaus Timmermann
Die Originalausgabe erschien 1992 unter dem Titel *Hacker* bei St. Martin's Press,
New York

Umschlagmotiv von Pellegrino Ritter
Umschlag- und Reihengestaltung: Groothuis & Consorten
Satz: Greiner & Reichel, Köln
Druck und Verarbeitung: Clausen & Bosse, Leck
Printed in Germany
ISBN 3-7701-5616-1

Vor etwa sieben Jahren kam mein damals sechzehnjähriger Sohn eines Tages ins Haus marschiert und sagte: »Das ist Tim. Er hat am Strand geschlafen. Jetzt wohnt er bei uns.« Und fortan lebte er bei uns, acht Monate lang. Gewisse Züge von Tim haben sich in einigen meiner Bücher niedergeschlagen, doch noch nie in Gestalt einer Hauptfigur. Dieses Buch nun muß ich wirklich Tim widmen, der es vermutlich nie zu sehen bekommen wird.

Prolog

Wenn ich mich wirklich unglücklich machen will, muß ich nur anfangen, das ganze Geld zusammenzuzählen, das wir in Harrys Hobbys gesteckt haben, Geld, das wir – zumindest meiner Meinung nach – besser hätten anlegen können, beispielsweise für ein paar anständige Möbel. Lassen Sie mich nachdenken, da wäre das Privatflugzeug, das er mittlerweile noch rund zwölf Stunden im Jahr fliegt. Nicht genug damit, daß der Anschaffungspreis schon horrende war, und das zu einer Zeit, als wir uns so was nun wirklich nicht leisten konnten – obwohl mir eigentlich keine Zeit einfällt, zu der wir uns so etwas hätten leisten können –, nein, zusätzlich müssen wir noch immer zwölf Monate im Jahr Hangarmiete dafür bezahlen.

Dann wäre da die Campingausrüstung, die hinten auf Harrys Pick-up verstaut ist. Unser Sohn Hal nutzt sie manchmal noch, aber Harry geht überhaupt nicht mehr campen. Trotzdem mußten wir jedes einzelne Teil neu kaufen, nachdem das Zeug, das wir hatten, als Beweismittel in einem Mordprozeß in New Mexico gelandet war.

Da wäre die teure Modelleisenbahn, mit allem, was das Modelleisenbahnerherz begehrt, die er schnell über war und dann Hal zu Weihnachten schenkte. Da Hal gar keine Eisenbahn haben wollte, verstaubt sie jetzt auf einem Regal in der Garage.

Da wären seine Gewehre, die er, so sagt Harry, für die Jagdsaison verwahrt. Als er das letzte Mal jagen gegangen ist, war Vicky noch nicht in der Schule, und jetzt hat sie die Highschool und die Sekretärinnenschule längst abgeschlossen und ist schon so lange verheiratet, daß sie ihr zweites Kind erwartet.

Dann wäre da noch die ganze Funkausrüstung, einschließlich der über tausend Dollar teuren prachtvollen Antenne, die unser Dach überragt und deren Mast in einer Betonplatte vor dem Haus verankert ist. Die Ausrüstung selber ist jetzt in Kisten in der Garage verstaut, weil an ihrem Platz jetzt der Computer steht.

Ah, der Computer! Harry sagt, das College, an dem er jetzt seinen Abschluß in Betriebswirtschaft machen will, hat *verlangt*, daß er sich einen Computer anschafft. Kann sogar sein, daß er die Wahrheit sagt; normalerweise sagt er die Wahrheit, so, wie er sie sieht. Aber das College hat ganz sicher nicht von ihm verlangt, daß er zwanzig Stunden täglich an dem Computer rumspielt. Manchmal frage ich mich, ob ich den Computer wegen Entfremdung ehelicher Zuneigung verklagen oder Harry einfach in einer dunklen Nacht den Schädel einschlagen soll.

Auf den ersten Blick schien mir, daß Eric Huffman ein ähnlicher Typ Mann gewesen sein mußte. Zumindest konnte ich in seiner Garage und diesem Schlafzimmer, das er so ziemlich für alles nutzte, nur nicht als Schlafzimmer, umfangreiche Belege für teure Hobbys entdecken, die wieder aufgegeben und durch andere ersetzt worden waren. Aber ich wollte Harry ja nicht wirklich den Schädel einschlagen, und ich glaubte auch nicht, daß Clara Huffman in diesem Fall das Einschlagen besorgt hatte. Ihr Schock und ihre Trauer schienen mir weit über das herkömmliche Maß hinauszugehen.

Eines war jedenfalls sicher. Wer auch immer Eric Huffman den Schädel eingeschlagen hatte, er hatte wahrlich ganze Arbeit geleistet, und ich rechnete nicht damit, heute früh nach Hause zu können.

Und gerade heute wollte ich wirklich nicht zu spät kommen. Nicht, daß irgendein anderer Tag in den letzten zwei Wochen besser geeignet gewesen wäre. Keineswegs. Nicht seit Hals Freundin, Lori Hankins, hinter der Stadtbibliothek in Fort Worth etwa drei Schritte vor ihrer Mutter, der Polizistin Donna Hankins, vom Bürgersteig auf die Straße getreten war. Nur drei Schritte von ihr entfernt, aber der Wagen, der sie erfaßte – und einfach weiterfuhr –, schleuderte sie zwölf Meter durch die Luft. Da Donna das Kennzeichen nicht hatte sehen können, waren unsere Chancen, den Fahrer zu erwischen, vermutlich gleich Null.

Währenddessen lag Lori im Methodist Hospital im Koma.

Nur eine halbe Stunde zuvor hatte ich mich für, so glaubte ich, fünf Minuten an meinen Schreibtisch gesetzt, nur ganz kurz, um mein Posteingangskörbchen durchzusehen und zu entscheiden, was davon ich gefahrlos in das Posteingangskörbchen von jemand anderem schmuggeln konnte, bevor ich nach Hause fuhr und ein dreitägiges Wochenende einläutete, das ich vermutlich damit verbringen würde, abwechselnd mit Donna an Loris Bett zu sitzen und auf Hal einzureden, daß er sich endlich ein bißchen ausruhen sollte.

»Also, was ist los mit dir?« fragte mich Dutch Van Flagg, während ich emsig Papiere hin und her schob.

Ich zuckte nur die Achseln, weil ich nicht darüber reden wollte.

»Du weißt nicht, was mit dir los ist?«

Am liebsten hätte ich ihn angeschrien, er sollte aufhören, mich aufmuntern zu wollen. Aber ich tat es nicht. Es war schließlich nicht seine Schuld, und er wollte mich ja nur aufmuntern, weil er es gut meinte. Also riß ich mich zusammen, wedelte schlapp mit der rechten Hand herum, wie ich es getan hätte, wenn mir wirklich nach Scherzen zumute gewesen wäre. »Wenn ich es selber bloß wüßte, Dutch. Ich hab's aufgegeben. Jetzt renn ich einfach nur noch im Kreis herum und schreie ab und an ein bißchen.«

»Schön«, sagte Dutch glucksend. »Dann renn ruhig noch ein paar Runden weiter. Oder ist jetzt schreien dran?«

Ich nahm einen Stoß Papiere, ließ ihn so ganz nebenbei in Nathan Druckers Eingangskörbchen fallen und sagte: »Dutch, alter Kumpel, alter Freund, alter Knabe, ich fahre nach Hause. Seit geschlagenen anderthalb Wochen hänge ich zehn Stunden am Tag in diesem verdammten Zeugenraum rum.«

Was die Wahrheit war. Was mir die Woche noch zusätzlich versaut hatte.

Dutch lachte wieder glucksend. Er hatte es geschafft, sich von dem Erpressungsprozeß loszueisen, wegen dem unsere halbe Abteilung anderthalb Wochen im Gericht festsaß. Wir alle hatten das Ganze schon satt gehabt, bevor die Verhandlung überhaupt anfing, schließlich war der Erpreßte keinesfalls ein liebenswerterer Bürger als der Erpresser, und zwischen dem Prozeß und dem Krankenhaus hatte ich zwei Tage zuvor um Mitternacht die Wäsche gemacht, damit ich im Gericht nicht Jeans und Sweatshirt tragen mußte. Jetzt, da der Prozeß vorbei war, mit dem erwarteten Schuldspruch, hatte ich genau eine einzige Sache im Sinn, und zwar rechtzeitig nach Hause zu kommen, um für meine geliebte Familie etwas zu essen zu zaubern, bevor ich gleich wieder ins Krankenhaus hastete.

Natürlich würden von meiner geliebten Familie nicht viele zu Hause sein. Zumindest nicht bei mir zu Hause. Beide Töchter sind inzwischen verheiratet und haben mit ihrem eigenen Nachwuchs alle Hände voll zu tun, und Hal war mit seinen siebzehn Jahren nicht mehr ganz so verrückt wie noch mit sechzehn. Genaugenommen war er vor Loris Unfall geradezu normal gewesen – zumindest normal für Hals Verhältnisse. Jetzt versuchte er natürlich, im Krankenhaus zu wohnen.

Vor über einem Jahr hatte mein jüngstes Kind Cameron, damals neun Monate alt, damit begonnen, standhaft jede Aufnahme von Babynahrung zu verweigern, obwohl ich ihn etliche Male vom Hundenapf entfernen mußte. Der Kinderarzt versicherte mir zwar, daß Hundenahrung einem gesunden Kleinkind nicht schaden könnte, doch ich fand die Vorstellung ästhetisch ein wenig unangenehm. Wir – das Baby und ich – waren zu einer Art Übereinkunft gelangt, daß er Fruchtjoghurt, Rührei und zermatschte Bananen essen und ich ihm dafür nicht das Zeug anbieten würde, das in Gläsern mit niedlichen Etiketten verkauft wird. Glücklicherweise aß er inzwischen, mit einundzwanzig Monaten, überwiegend mit am Tisch, so daß ich nicht mehr extra für ihn kochen mußte, es sei denn, wir hatten so was wie Steak, und wer konnte sich das schon leisten?

Aber heute war Freitag, und ich mußte nicht mehr ins Gericht. Ich würde meinen freien Tag, der mir für Neujahr zustand, am Montag nehmen, über zwei Wochen früher – am Neujahrstag selbst konnte ich ihn bestimmt nicht nehmen, da die Mordrate dann immer sprunghaft anstieg –, also war ich schon so gut wie weg, um, man stelle sich vor, drei Tage zu verleben, an denen ich nicht einen Gedanken an Polizeiarbeit würde verschwenden müssen, Tage, die unter normalen Bedingungen herrlich und wunderschön hätten sein können.

Und auch wenn ein Wochenende im Krankenhaus nicht gerade unter »normale Bedingungen« fiel, hatte ich dennoch nicht vor, einen Gedanken an Polizeiarbeit zu verschwenden. Ich hatte allerhand zu tun.

Aber man weiß ja, wie das manchmal mit den schönsten Plänen der Menschen so geht.

Auch Frauen sind Menschen.

Und so stand ich also da, um halb fünf am Nachmittag, am Freitag, dem dreizehnten (was auch sonst?) Dezember, und sah meinen allerersten Axtmord vor mir.

Ich muß mich an Tatorten nicht übergeben, wie so manche andere, die ich kenne, aber es war weiß Gott kein schöner Anblick.

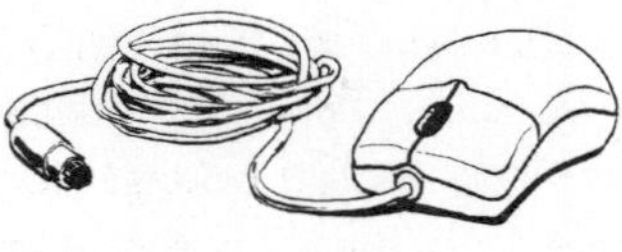

Kapitel 1

Dutch war gefahren, und ich hatte auf dem ganzen Weg bis zum Haus des Opfers vor mich hin geschmollt.

Während ich so vor mich hin schmollte, mußte ich daran denken, wie ich mal eine Bekannte aus einer anderen Abteilung gefragt hatte, warum sie sich so unversehens entschlossen hatte, die Polizei zu verlassen. Sie hatte geantwortet: »Weil mir klar geworden ist, daß ich nicht mehr ganz menschlich bin.«

»Wie bitte?« sagte ich, während mir schon groteske Visionen von Robocops durch den Kopf spukten.

»Ich mußte zu einem Einsatz«, sagte sie, »der dumme, sinnlose Selbstmord eines fünfzehnjährigen Jungen. Er lag auf dem Bürgersteig, die Pistole noch in der Hand, und soviel Gehirnmasse um ihn herum, daß ein Verkehrspolizist dachte, der Junge hätte sich übergeben, und er fragte mich, ob ich mir erklären könnte, wieso der Junge wohl um halb acht Uhr abends noch Haferbrei gegessen hätte. Ich mußte ihm erklären, daß das sein Gehirn war, das er sich im wahrsten Sinne des Wortes rausgepustet hatte.«

»Igitt«, sagte ich.

»Allerdings. Igitt, mindestens. Und ekelhaft. Und noch so einiges mehr in der Art. Aber, Deb, weißt du, was ich gedacht habe, als ich ihn da so liegen sah?«

Ich schüttelte den Kopf. »Nein. Was denn?«

»Ich habe gedacht: ›Wieso mußte der Idiot sich ausgerechnet in *meiner* Schicht wegpusten?‹ Das habe ich gedacht. Und dann begriff ich, daß ein menschliches Wesen so nicht denkt. Und ich begriff, daß ich den Job besser an den Nagel hänge, solange es noch nicht zu spät ist, wieder menschlich zu werden.«

Ich selbst war diesem Zustand des Ausgebranntseins inzwischen gefährlich nahe. Ich dachte nicht daran, daß ein realer, lebendiger Mann angegriffen und in Stücke gehackt worden war, während er friedlich bei sich zu Hause war. Ich dachte nicht an die Trauer, den Schock, das Entsetzen einer realen lebendigen Frau, die nach Hause kam und ihren in Stücke gehackten Mann vorfand.

Nein, ich dachte über mich nach, Deb Ralston, und über meine Familie und meine Freunde und meine Probleme, an deren erster Stelle ein sechzehnjähriges Mädchen stand, das – falls sie wieder aufwachte – sehr wahrscheinlich eines Tages meine Schwiegertochter werden würde.

Anders als meine Bekannte, die den Polizeidienst quittiert hatte, war ich nicht mal im Dienst oder im Einsatz. Ich war – leider Gottes – mit Dutch Van Flagg im Büro gewesen, als der Anruf kam, rein zufällig. Und daher war ich, mit Dutch Van Flagg, jetzt am Tatort eines weiteren Mordes.

Ich hatte nicht vorgehabt, an diesem Nachmittag den Tatort eines Mordes aufzusuchen. Eigentlich hatte ich vorgehabt – während ich die Familie mit Essen versorgte, das Haus putzte, die Wäsche machte und all die anderen kleinen Dinge abarbeitete, die sich anhäufen, wenn ich zu Gerichtsverhandlungen muß –, zwischendurch immer mal wieder an Loris Bett zu sitzen, während Donna – ob es ihr gefiel oder nicht – zur Arbeit mußte. Ich hatte vorgehabt, an Loris Bett zu sitzen und den Weihnachtsbaum zu Ende zu häkeln, den ich irgendwann im August angefangen hatte.

Warum ich einen Weihnachtsbaum häkelte, ist nicht weiter wichtig. Ich habe nun mal diese Anwandlungen von Häuslichkeit. Sie ereilen mich meist um die Zeit, wenn die Tage kürzer werden – am liebsten würde ich den Winter einfach verschlafen oder ihn zumindest in Wollsocken am Kamin verbringen –, und verlassen mich wieder irgendwann im März, wenn das Wetter ganz allmählich so aussieht, als könnte es sich lohnen, mal nach draußen zu gehen. Aber wenn ich diese Anwandlungen von Häuslichkeit habe, tue ich seltsame Dinge.

Zum Beispiel Weihnachtsbäume aus grünem Garn und rosa

und blaue und lila Kugeln und Sterne häkeln – oder es zumindest versuchen –, um sie an den großen Weihnachtsbaum zu hängen.

Zum Beispiel einen Quiltrahmen kaufen, in der Hoffnung, vielleicht endlich die Quiltdecke zu Ende zu *quilten*, die ich vor rund sechsundzwanzig Jahren angefangen habe, als ich frisch verheiratet in einer Art Wohnwagenanlage für Armeeangehörige der unteren Ränge auf dem Marinestützpunkt Camp Pendleton lebte. (Das war, bevor Harry doch noch zu Ende studierte, fliegen lernte und zum Offizier befördert wurde. Als wir das nächste Mal in Camp Pendleton lebten, hatten wir unsere Unterkunft im sogenannten Officers' Country.)

Zum Beispiel den etwa fünfzehnten Versuch machen, Okkiarbeit zu lernen. Okkiarbeit war das Steckenpferd meiner Großmutter. Okkiarbeit ist, falls Sie es nicht wissen, eine Art von Spitze. Das Schiffchen meiner Großmutter flog manchmal so schnell hin und her, daß das Auge kaum noch mitkam. Jedesmal, wenn ich es versuche, habe ich am Ende bloß ein beschämendes wirres Knäuel vorzuweisen. Ich hatte schon drei oder vier Jahre die Finger von weiteren Anläufen gelassen und eigentlich gedacht, ich wäre von dieser speziellen Form geistiger Umnachtung geheilt, als ich vor einigen Wochen sah, wie eine FBI-Agentin im Zeugenraum das Okkischiffchen munter fliegen ließ. Prompt bat ich sie, es mir beizubringen, und es hatte mich gleich wieder gepackt.

Ich wollte auch an Loris Bett die Finger davon lassen. Die Gefahr, in wilde Flüche auszubrechen, war einfach zu groß. Es war besser, mich mit irgendwas zu beschäftigen, das ich wirklich konnte.

Letztes Jahr habe ich natürlich Babysachen fabriziert. (Nein, nicht für Cameron – ich habe inzwischen zwei Töchter mit Nachwuchs.) Sie wissen schon, niedliche kleine Pullover und Babydecken, die allesamt aussehen, als wären sie aus gehäkelter Drachenschnur statt aus hübscher pastellfarbener Wolle, wenn sie etwa zum sechzehnten Mal gewaschen wurden, weil das Baby draufgekotzt hat.

Dieses Jahr häkelte ich also einen Weihnachtsbaum, und ich hatte nicht die leiseste Ahnung, warum ich das ausgerechnet an Loris Bett machte. Zumindest nicht bewußt. Vermutlich gab es da irgendwo in meinem Unterbewußtsein einen Zusammenhang. Klar war jedenfalls, daß ich es dieses Jahr nicht mehr schaffen würde, irgendwelche Weihnachtskarten zu verschikken.

Ich tat mir selbst leid, und auch Donna und Hal und besonders Lori taten mir leid, was alles in allem wahrscheinlich mies von mir war, weil mir eigentlich Clara Huffman hätte leid tun müssen. Als ich das Haus betrat, nach einem kurzen Gespräch draußen mit dem Beamten, der als erster am Tatort gewesen war, saß sie auf ihrer schönen, blauen Couch – irgendein weicher Stoff, der mit großen, fetten Blumen in gedämpften Blautönen bedruckt war – und zwirbelte ein Papiertaschentuch in der Hand. Sie trug einen rostbraunen Mohairpullover und einen Wollrock, der mit Herbstblättern bedruckt war, aber keine Schuhe. Die kleinen nackten Zehen auf dem dicken Teppich ließen sie merkwürdig kindlich wirken.

Ich verdrängte Lori entschlossen aus meinem Kopf und holte etwas Wasser für Clara. Männer denken nicht immer an so was, und jemand, der sich die Augen ausweint, bekommt Durst, auch wenn er von Trauer noch so überwältigt ist. Ich erbot mich, ihr ein Aspirin zu holen. Ich erbot mich, einen Angehörigen anzurufen, und sie sagte, es gäbe keine Angehörigen. Jedenfalls keine nennenswerten. »Keine Kinder?« fragte ich.

Sie schüttelte trübselig den Kopf.

Ich rief in der Praxis ihres Arztes an, die Nummer stand auf einer Liste am Wandtelefon in der Küche, und erfuhr von seiner Sprechstundenhilfe, daß Clara bereits angerufen und Bescheid gegeben hatte, daß ihr Mann tot sei, und er – der Arzt – sei schon auf dem Weg, da Eric auch sein Patient gewesen sei. Sie fragte, woran Eric gestorben sei. »Clara hat nichts Näheres erzählt«, sagte sie, »aber sie klang so aufgeregt, daß der Doktor es für besser hielt, gleich zu kommen. Also woran –?«

»Ich denke, das erzählt Ihnen der Doktor besser selbst«, sagte ich.

»Oh, na ja, natürlich«, sagte sie, »aber haben Sie denn nicht mal eine Vermutung?«

»Der Doktor wird es Ihnen später erzählen«, sagte ich. »Ich muß jetzt Schluß machen.«

Und das tat ich auch und ging zurück ins Wohnzimmer. Jetzt wartete ich – zumindest theoretisch geduldig – darauf, daß sie die Einwilligungserklärung für die Hausdurchsuchung unterschrieb, denn sonst konnten wir, dank neuerlicher Gerichtsbeschlüsse, nicht einmal einen Tatort unter die Lupe nehmen.

Ich war noch gar nicht bis zur Leiche vorgedrungen, nicht mal gleich bei meinem Eintreffen. Ich war im Wohnzimmer geblieben und hatte versucht, irgend etwas aus Clara Huffman herauszukriegen. Na schön. Zumindest hatte ich es vor. Vielleicht gab ich mir ja auch nicht richtig Mühe, weil meine mitfühlende menschliche Seite vorübergehend meine pragmatische Cop-Seite unterdrückt hatte, und außerdem tat ich mir im Augenblick auch nicht mehr selber leid, weil ich nach Hause wollte, um zu häkeln.

Es wäre auch wohl jedem schwergefallen, kein Mitgefühl zu haben. Nach den wenigen Informationen, die der erste Beamte am Tatort Mrs. Huffman entlocken konnte, bevor sie endgültig zusammenbrach, war sie beim Friseur gewesen, weil sie mit ihrem Mann am Abend zu einer Party hatte gehen wollen. Ihr Mann Eric – das Opfer, wie ich vielleicht schon erwähnt habe – war am frühen Morgen zum Golfspielen gefahren und noch nicht zurück gewesen, als sie zum Friseur ging. (Golf spielen am Freitag morgen? hatte der Streifenbeamte gefragt, und sie hatte gesagt, ihr Mann habe sich mehr oder weniger zur Ruhe gesetzt.) Als sie nach Hause kam, dachte sie zuerst, er wäre nicht da; die Tür zu seinem Computerraum war geschlossen, und sie hatte keinen Grund, sie zu öffnen, weil sein Wagen nicht da war.

Sie hatte keinen Grund, die Tür zu öffnen, bis sie sich im Schlafzimmer die Schuhe auszog und auf Strümpfen in die Küche ging. In der Diele direkt vor dem Computerraum trat sie in irgend etwas, das unter der Tür durchsickerte. Irgend etwas Unangenehmes.

Sehr, sehr Unangenehmes.

Natürlich öffnete sie sofort die Tür, um nachzusehen, was das war.

Sie schluchzte jetzt auf der Couch, die Frisur, für die sie erst vor ein paar Stunden teures Geld bezahlt hatte, war jetzt ein zerzauster blaugrauer Wust, die akkurate Maniküre, die sie sich wahrscheinlich unter der Trockenhaube hatte machen lassen, jetzt fast nicht mehr zu sehen, während sie weiter das Taschentuch wrang, das sich allmählich in seine Bestandteile auflöste.

Ich saß neben ihr auf der gepolsterten Designercouch in dem geschmackvoll konventionellen Wohnzimmer. Ich war nicht sicher, ob sie mich überhaupt wahrgenommen hatte, obwohl sie mir mehrmals geantwortet hatte, jedes Mal automatisch. Offensichtlich brachte es im Moment nichts, ihr irgendwelche Fragen zu stellen, also sah ich mir genau meine Umgebung an.

Ich mache das nicht aus Neugier. Das Innere eines Hauses kann einem eine ganze Menge über die Persönlichkeit seiner Bewohner verraten, und außer in Fällen absolut willkürlicher Gewalt – was bei weitem nicht so häufig vorkommt, wie viele Leute meinen – hat die Persönlichkeit des Opfers eine ganze Menge mit dem Motiv für das Verbrechen zu tun.

Auf den ersten Blick – nicht mal auf den zweiten – konnte ich nicht den geringsten Grund ausmachen, warum sich in diesem Haus eine Gewalttat abgespielt hatte, zumindest nicht anhand dessen, was ich bislang gesehen hatte.

Clara Huffman sah mich an und sagte: »Was?«

Da ich schon seit einigen Minuten kein Wort gesagt hatte, war ich ein wenig verwirrt. »Wie bitte?«

»Ich sollte doch ... was unterschreiben ...«

»Ja, wenn Sie bitte ...«

»Was ist es denn? Eric hat gesagt ...« Ihr Gesicht verzerrte sich kurz. »Eric hat gesagt, ich soll nie was unterschreiben, wenn ich nicht weiß, worum es dabei geht.«

»Es ist eine Einverständniserklärung, die es uns erlaubt, im Haus nach Beweismitteln zu suchen. Wenn Sie sie nicht unterschreiben, müssen wir uns erst einen richterlichen Durchsuchungsbeschluß beschaffen, und dadurch könnten wir viel Zeit verlieren.«

»Beweismittel. Sie meinen *Spuren*?«

Das Wort *Spuren* liegt mir nicht. Es klingt mir zu sehr nach alter Detektivromantik.

Aber ich bejahte: »Genau. Spuren. Fingerabdrücke, Waffen, so was eben.«

Und auch, um zum Beispiel die Leiche zu fotografieren, die dieses Haus auf keinen Fall verlassen würde, bis sie nicht gründlich fotografiert war. Das sagte ich Mrs. Huffman nicht. Ich wollte es nicht sagen, solange ich es nicht mußte.

Und ich würde es nicht müssen, weil sie den Stift nahm, der auf einem kleinen Tisch neben einem Schreibblock lag, und unterschrieb. Ich unterschrieb ebenfalls als Zeugin, entschuldigte mich und lieferte das Formular still und leise Irene Loukas aus, die »Halleluja« sagte und das Blitzlicht an der Seite der Kamera aufsteckte.

Sie war heute als einzige Erkennungsdienstlerin am Tatort. Wir hatten aufgehört, bei Mordfällen zwei rauszuschicken, es sei denn, die Situation schien das zu erfordern, seit von ganz oben angeordnet worden war, daß unser Erkennungsdienst und die Ermittler der Gerichtsmedizin Hand in Hand arbeiten sollten, statt die Arbeit des jeweils anderen nur zu wiederholen.

In der Praxis hieß das, daß Irene Fotos machte, während Gil

Sanchez von der Gerichtsmedizin auf dem Boden hockte und eine rasche und ziemlich gekonnte Skizze anfertigte. Andrew Habib – das heißt, der stellvertretende Leiter der Gerichtsmedizin Andrew Habib – war schon dagewesen und, da er nicht auf die Einwilligung zur Durchsuchung warten mußte, wieder abgefahren.

Wieviel Arbeit war erforderlich, um bei dieser Leiche den Tod festzustellen?

Wieviel Autopsie – obwohl Habib lieber von *Obduktion* spricht, weil eine *Autopsie*, wie er steif und fest behauptet, Operation am eigenen Körper bedeutet – würde erforderlich sein, um festzustellen, daß wir es mit einem Axtmord zu tun hatten?

Der kurze Blick, den ich auf die Leiche geworfen hatte, als ich die Einwilligungserklärung übergab, hatte mir überaus klargemacht, daß Eric Huffman tot war.

Als ich den Raum verließ, sah ich verstohlen auf meine Uhr. Halb sechs. Halb sechs, und um fünf hätte ich Donna im Krankenhaus ablösen sollen, weil sie um sechs zum Dienst mußte.

Aber Lori würde nicht merken, ob Donna da war oder ich da war oder Hal da war. Lori schlief. Wie seit nunmehr dreizehn Tagen.

Mir war zum Heulen zumute, als ich wieder ins Wohnzimmer ging und mir wünschte, daß entweder der Arzt oder noch eine Polizistin auftauchen würde, damit ich mit meiner eigentlichen Arbeit anfangen konnte, die nicht darin bestand, bei der Frau des Opfers Händchen zu halten, sondern Fragen zu stellen. Denn wenn ich mit meiner eigentlichen Arbeit anfangen konnte, würde ich sie irgendwann hinter mich bringen und nach Hause fahren und mich um meinen Mann und mein Kind kümmern und dann ins Krankenhaus fahren.

Clara hatte aufgehört zu weinen. Vielleicht konnte ich ihr ein oder zwei Fragen stellen, mit wenigstens einer minimalen Hoffnung auf Antwort.

»Fühlen Sie sich in der Lage, jetzt mit mir zu sprechen?« fragte ich.

Sie schniefte wieder und nickte.

Eigentlich, so fand ich, hielt sie sich prächtig. Ich wollte nicht mal daran denken, wie ich reagieren würde, wenn ich nach Hause käme und ... Nein. Ich würde mir Harry nicht in einem derartigen Zustand vorstellen.

»Sie haben gesagt, Ihr Mann hatte sich mehr oder weniger zur Ruhe gesetzt«, sagte ich. »In welchem Beruf hat er gearbeitet?«

»Er war Anwalt.«

Das überraschte mich ein wenig, da ich noch nie was von ihm gehört hatte. Aber andererseits arbeiten nicht alle Anwälte im Strafrecht.

»Auf welchem Gebiet?«

»Gesellschaftsrecht.«

»Nie irgendwelche Strafrechtssachen?« fragte ich. »Oder Zivilrechtsfälle?« Mein Gedanke war, was für ein Mensch würde wohl mit einem Axtmörder in Kontakt kommen? Selbst bei Kriminellen war die Wahrscheinlichkeit gering – solche Gewalttaten kommen für gewöhnlich nur in privaten Situationen vor.

Sie schüttelte den Kopf. »Er hat Verträge aufgesetzt, kleinere Firmenfusionen abgewickelt, so was in der Art.«

»Wissen Sie, ob Mandanten schon mal, ähm, unzufrieden waren?«

Sie schüttelte den Kopf. »Nein. Und ich würde es wissen.«

»Seine Akten ...«

Sie deutete zu dem Zimmer, in dem ihr Mann gestorben war. »Da drin. Ich habe ihm bei der Ablage geholfen. Ich habe auch viel für ihn getippt, bis er sich den Computer angeschafft und alles selbst geschrieben hat, und das ist noch nicht so lange her. In letzter Zeit hatte er überhaupt keine großen Sachen. Wenn jemand stinksauer auf ihn gewesen wäre, wüßte ich es.«

Stinksauer. So was würde ich sagen. Aber aus Clara Huffmans Mund – nach dem Eindruck, den Clara Huffman auf mich machte – klang es unpassend.

Und ich konnte sie aus Gründen des Taktgefühls nun wirklich schlecht bitten, in den Akten nachzusehen, ob irgendwas fehlte.

»Gibt es möglicherweise irgendeinen privaten Grund, der Ihnen einfällt?«

Mag sein, daß sie mir in dem Moment geantwortet hätte. Aber das werde ich nie mit Sicherheit wissen, weil wir unterbrochen wurden.

Einer der Streifenbeamten, den wir draußen postiert hatten – er war noch ziemlich neu bei uns, ein Schwarzer, der aussah, als wäre er gut zwei Meter groß, obwohl das wahrscheinlich daran lag, daß er so dünn war; in Wirklichkeit war er vermutlich doch nicht ganz zwei Meter groß –, öffnete die Haustür und blickte entschuldigend. »Ms. Ralston, hier ist ein Dr. Smiley. Er sagt, Ms. Huffman hätte ihn angerufen.«

»Ja, lassen Sie ihn herein.« Ich unterdrückte ein Lächeln, weil er *Ms.* sagte, wie es Texaner und andere Südstaatler schon immer tun, egal, ob sie *Miss* oder *Mrs.* meinen. Wenigstens in dieser Hinsicht waren sie ihrer Zeit weit voraus gewesen. Ich warf einen Blick auf das Namensschildchen des Officers – Kendall. Beim nächsten Mal würde ich ihn wissen.

Sobald Clara Huffman ihren Arzt erblickte, öffneten ihre Tränendrüsen erneut die Schleusen, und ich stellte ihr die Kleenexschachtel auf den Schoß.

Dr. Smiley war, vielleicht überraschenderweise (obwohl ich vermutlich wieder Klischees im Kopf hatte, die auf meinen Erfahrungen mit anderen Ärzten bei Mordfällen basierten), nicht die händchentätschelnde Sorte Arzt. Sein sympathisch zerfurchtes, etwa vierzig Jahre altes Gesicht war ruhig und mitfühlend, aber keinesfalls das, was meine Großmutter als grobschlächtig bezeichnet hätte. Er sah zuerst mich an. »Sind Sie von der Polizei?« fragte er.

»Ja«, sagte ich, ziemlich erfreut, daß er mich nicht – wie ich es von den meisten Leuten gewohnt bin – davon in Kenntnis setzte, daß ich nicht so aussah.

»Hab ich mir gedacht. Sie sehen so aus.« Ich überlegte, ob das ein Kompliment war oder nicht, während er ein Sitzkissen heranzog und vor Mrs. Huffman Platz nahm. »Lassen Sie's gut sein«, sagte er ganz ruhig. »Weinen hilft, aber wenn Sie sich selbst verrückt machen, ist das auch keine Lösung.«

»Eric ist *tot*«, jammerte sie.

»Ich weiß.«

»Nein, Sie wissen gar nichts! Jemand hat ihn *ermordet*. Er wurde … er wurde … Sie …«

Er sah mich an, und ich deutete zur Diele und ging dann leise in die Richtung. Er sagte: »Ich bin gleich wieder da«, und folgte mir.

»Sie sollten sich das ansehen«, sagte ich und führte ihn in das Zimmer.

Huffmans Leiche war noch da. Ich wollte nicht mal daran denken, was auf diejenigen zukam, die diese Leiche würden wegschaffen müssen.

Smiley schluckte trocken. »So was habe ich schon lange nicht mehr gesehen.«

»Soll das heißen, Sie haben so was schon mal gesehen …?«

Er blickte mich an, nickte. »In Vietnam habe ich so manches gesehen. Dinge, die ich am liebsten vergessen würde.«

Harry hat mir das auch schon mal erzählt.

»Ja, ich habe so etwas schon gesehen. Ich habe sogar noch Schlimmeres gesehen. Aber nicht in letzter Zeit. Und *sie* erst recht nicht. Ich denke, es ist das beste, wenn ich sie ins Krankenhaus bringe, bevor sie einen Schock bekommt. Wenn sie nicht schon unter Schock steht.« Er warf einen Blick Richtung Wohnzimmer.

»Soll ich einen Rettungswagen rufen?«

»Nein, ich bringe sie selbst hin.«

»Das ist aber ungewöhnlich, daß Ärzte ihre Patienten –«

»Selbst ins Krankenhaus bringen. Oder heutzutage noch Hausbesuche machen. Aber es ist auch ungewöhnlich, daß Patienten so etwas wie das da sehen. Und sie ist nicht so stark, wie sie aussieht.«

»Sie hält sich ganz gut.«

»Vielleicht zu gut«, sagte er. »Ich behandele sie lieber jetzt auf Schock, als daß ich sie morgen in die Psychiatrie einweisen muß. Brauchen Sie sie im Moment noch?«

»Nein«, sagte ich. »Welches Krankenhaus?«

»Glenview, fürs erste. Ich sage Ihnen Bescheid, wenn ich sie verlegen lassen muß. Ähm … wie ist Ihr Name?«

»Deb Ralston«, sagte ich und ging zurück ins Wohnzimmer, wo ich meine Handtasche suchte, meine Karte herauskramte und sie ihm gab. Er warf einen Blick darauf, steckte sie in seine Brieftasche und sagte: »Clara, kommen Sie, wir bringen Sie von hier weg.«

»Aber Eric …« wollte sie protestieren.

»Die Polizei kümmert sich hier um alles«, sagte er resolut. »Sie müssen sich jetzt um sich selbst kümmern. Holen Sie Ihre Schuhe und Ihre Tasche, und wir gehen zu meinem Wagen.«

»Ich kann meine Tasche nicht holen«, sagte sie.

»Warum nicht?«

»Ich hab sie fallenlassen. Da drin.«

»Da drin?« fragte ich unwillkürlich. Nach dem, was sie dem Streifenpolizisten erzählt hatte, war sie ins Schlafzimmer gegangen, hatte sich die Schuhe ausgezogen und war auf dem Weg in die Küche, als sie die Leiche fand. Sie war ohne Schuhe auf dem Weg in die Küche und hatte noch ihre Handtasche bei sich? Das klang unlogisch.

»Ich bin nach Hause gekommen, und die Tür vom Arbeitszimmer stand auf«, sagte sie. »Und ich bin reingegangen, um mit Eric zu sprechen, und dann sah ich es, und ich habe meine Handtasche fallenlassen. Dann … dann konnte ich nicht glauben, daß es wirklich wahr war. Es konnte nicht wahr sein. So was passiert anderen Leuten. Nicht uns. Nicht Leuten wie uns. Also war es natürlich nicht real. Es konnte nicht real sein. Ich … ich hatte mir das eingebildet. Dinge gesehen, die nicht da waren. Also bin ich aus dem Zimmer und habe die Tür zugemacht, damit ich nicht noch mehr Dinge sehen würde, die nicht da waren. Und ich bin ins Schlafzimmer gegangen und habe mir die Schuhe ausgezogen, und ich war auf dem Weg in die Küche, um etwas Orangensaft zu trinken, und dann wollte ich zu Eric, um ihm zu erzählen, was … was ich mir … was ich mir eingebildet hatte, und Eric würde mich auslachen und sagen, ich sollte mir mal die Augen untersuchen lassen oder mir eine neue Brille verpassen lassen oder so. Und als ich ohne Schuhe durch die Diele gegangen bin, bin ich … in … was … Klebriges getreten. Was rotes Klebriges. Und ich hab nach unten gesehen, und da war Blut an meinen Füßen, und dann … dann … dann wußte ich, daß es real war. Es war wirklich real, und ich konnte es Eric nicht erzählen, weil es real war und wirklich passiert war … wirklich passiert … Aber ich hatte es vergessen. Als ich mit dem schwarzen Polizisten gesprochen habe, hatte ich vergessen, daß ich schon da reingegangen war. Es ist mir eben erst wieder eingefallen, als Sie gesagt haben, ich soll meine Tasche holen, da … ist mir wieder eingefallen … wo meine Tasche ist, und …«

»Ich hole Ihnen Ihre Tasche«, sagte ich.

»Nein! Ich kann nicht … Sie verstehen nicht! Sie ist *da drin!* Ich will nicht –«

»Und wenn ich bloß Ihre Brieftasche hole? Wäre das in Ordnung? Da sie in Ihrer Handtasche steckt, dürfte eigentlich nichts drauf gekommen sein.«

»Meine Brieftasche? Ja. Das ist wohl kein Problem. Ja, Sie können …«

Die Brieftasche war aus kastanienbraunem Leder geräumig, und ich sah nach, ob sie Ausweis, Versicherungskarten, Scheckbuch und Bargeld enthielt. Es waren keine Zigaretten drin, also war Clara Huffman vermutlich Nichtraucherin. Was würde sie sonst noch brauchen?

Was braucht eine Frau fürs Krankenhaus, wenn sie ins Krankenhaus geht, um sich dort gegen Schock behandeln zu lassen, weil ihr Mann gerade auf besonders brutale Weise ermordet worden war?

Ich wußte es nicht.

Ich nahm nur ihre Brieftasche. Das und ein Paar Schuhe, die ich im begehbaren Schlafzimmerschrank fand, gut drei Meter von der Stelle entfernt, wo sie sich die blutbefleckte Strumpfhose ausgezogen und wo sie die braunen Pumps stehengelassen hatte.

Sie schien sie nicht mal zu sehen, und Dr. Smiley nahm sie mir aus der Hand. »Kommen Sie, Clara«, sagte er, »wir fahren ins Krankenhaus.«

Dann sträubte sie sich. »Ich will Eric sehen.«

Ich hörte nicht, was der Doktor daraufhin sagte, weil Irene mir von der Diele aus ein Zeichen gab und ich zu ihr hinüberging. »Sie hat gelogen«, sagte Irene zu mir.

»Womit?«

»Sie hat gesagt, sie wäre erst reingegangen, nachdem sie sich die Schuhe ausgezogen hatte.«

»Ich weiß ...« setzte ich an.

Aber Irene hörte mir nicht zu; sie gestikulierte mit der Spraydose Luminol in der Hand.

Was Luminol ist, muß ich wohl erklären.

Die meisten Blutspuren sind sichtbar. An einem Tatort wie diesem für gewöhnlich sehr sichtbar. Aber manche Blutspuren sind sehr viel schwerer zu finden, vor allem, wenn jemand versucht hat, sie auszuwaschen. In dem Fall versprüht man Luminol überall dort, wo Blut sein könnte. Dann schaltet man ein Schwarzlicht an, und die unsichtbaren Blutspuren werden deutlich sichtbar.

»Die Spuren, die vom Tatort wegführen, waren sichtbar«, sagte Irene (im Gegensatz zu den unsichtbaren Spuren, die noch sichtbar gemacht werden müssen und die man auch *latente* Spuren nennt). »Ich bin ihnen also einfach gefolgt und habe gesprüht, wenn keine mehr zu sehen waren. Sie führten mich in dieses Schlafzimmer. Und zu diesen braunen Pumps. Also war sie mit ihren Schuhen an den Füßen da drin und dann später wieder ohne Schuhe an den Füßen, wie sie gesagt hat, denn die zweite Spur führte zu der Strumpfhose, und dann zum Telefon in ihrem Schlafzimmer. Ich vermute also, daß sie von dem Apparat aus angerufen hat. Dann ist sie ins Badezimmer und hat sich die Füße gewaschen. Ich habe den Waschlappen und das Handtuch. Also hat sie gelogen, als sie gesagt hat, daß sie nur –«

»Irene –« Ich versuchte, sie zu unterbrechen.

»Also, wenn sie in dieser Hinsicht gelogen hat, solltest du vielleicht rausfinden –«

»Irene –« sagte ich zum zweiten oder dritten Mal.

Diesmal hörte sie mich.

»Was ist?«

»Ich weiß schon, daß sie mit ihren Schuhe da drin war. Das hat sie gerade ihrem Arzt und mir erzählt. Vorher hatte sie es einfach verdrängt.«

»Ach ja?« Irenes Zweifel waren so sichtbar wie der Anfang der Blutspur.

»So was kommt vor«, sagte ich mehr oder weniger geduldig. »Daß Leute konfus reagieren, meine ich. Das passiert andauernd. Das liegt am Schock. Jedenfalls ist daran nichts Verdächtiges.«

»Wenn sie gelogen hat –«

»Irene«, sagte ich mit Nachdruck, »den möchte ich sehen, der so ein Gemetzel anrichtet und danach nicht über und über voll Blut ist, sondern nur ein bißchen an den Schuhen abbekommen hat.«

Irene drehte sich langsam um und blickte nach hinten zu dem Zimmer, in dem die Leiche noch immer lag. »Oh«, sagte sie, »stimmt.« Sie zuckte mit den Achseln. »Ich glaube, die Ermittlungen überlasse ich wohl doch besser dir, was?«

Darauf fiel mir nichts mehr ein, denn Tatsache ist, daß Irene wahrscheinlich die beste Erkennungsdienstlerin in ganz Texas ist. Sie neigt bloß dazu, ihrer Phantasie ein wenig zu viel freien Lauf zu lassen, um als Detective ebenso gut zu sein. Aber ausgerechnet ich muß das sagen. Dabei lasse ich doch selbst meiner Phantasie viel zu oft freien Lauf.

»Ich seh noch mal nach ihr«, sagte ich. Aber das Wohnzimmer war inzwischen leer. Offenbar hatte der Doktor es geschafft, Clara zu seinem Wagen zu lotsen. »Du kannst mir jetzt den Tatort zeigen«, sagte ich zu Irene. »Vorhin bin ich nicht richtig dazu gekommen, ihn mir genauer anzusehen.«

»Hast du die Babysitterin spielen müssen?«

»Ja. Mußte ich.«

Irene führte mich zurück in das Schlafzimmer, das als Computerraum gedient hatte, und ich sah mich gründlich um. Wenn man nur den Grad des allgemeinen Durcheinanders betrachtete, war es eigentlich nicht der chaotischste Tatort, der mir je unter die Augen gekommen war. Das Problem lag eher darin, woraus das Durcheinander bestand. Es war nämlich ein Schlachtfeld – ein Wort, das ich eigentlich immer nur verwendete, um den Zustand von Hals Zimmer zu beschreiben, das sich mir jetzt jedoch in seiner wahren ursprünglichen und grauenhaften Bedeutung aufdrängte.

Es war nämlich das einzig passende Wort. Dieser Raum war ein Schlachtfeld. Aber selbst hier gab es noch ein paar andere ungewöhnliche Dinge. Ich meine, das FBI hat mal sehr genau untersucht, worauf verschiedene Dinge an einem Tatort hindeuten. Zum Beispiel, und das ist das klassische Beispiel schlechthin, wenn ein Haustier zusammen mit Mitgliedern einer Familie getötet wird, ist der Mörder fast immer auch ein Mitglied der

Familie, denn für einen Außenstehenden ist das Haustier eine Sache und für ein Familienmitglied ist das Haustier ein Mitglied der Familie. Leider Gottes ist diese Erkenntnis inzwischen weithin publik gemacht worden, so daß sie viel zu vielen Menschen bekannt ist. Und inzwischen kommt es vor, daß Haustiere von Außenstehenden getötet werden, weil die wollen, daß die Polizei *glaubt*, einer aus der Familie wäre der Mörder.

Aber soweit ich weiß, hat das FBI noch nicht erforscht, was es bedeutet, wenn jemand einen Computer zusammen mit einem Menschen tötet.

Das hört sich an, als wollte ich witzig sein. Ganz und gar nicht. Die Situation war alles andere als witzig. Wer immer Eric Huffman mit der Axt – oder Machete oder mit was auch immer, aber ich tippte auf eine Axt und Dr. Habib ebenfalls – erschlagen hatte, hatte mit demselben Gegenstand auch andere Dinge im Zimmer in Stücke gehackt, und nur dank einer mittlerweile halbwegs durchschnittlichen Vertrautheit mit Computern war ich in der Lage zu erkennen, daß diese Bruchstücke aus Metall und Plastik einmal ein teures und modernes Computersystem gewesen waren.

»Weg da«, sagte Gil Sanchez, doch sein Tonfall war freundlicher als seine Worte, und ich machte einen Schritt beiseite. Er war dabei, Beweismittel zu sammeln, und zwar Beweismittel, mit denen ich möglichst wenig zu tun haben wollte. Jetzt, so fand ich, wäre ein guter Zeitpunkt für mich, eine vollständige Hausbegehung zu machen.

Dutch hatte das wahrscheinlich schon getan, aber ich hatte nicht die leiseste Ahnung, wo Dutch war. Vermutlich sprach er mit den Nachbarn, da ich ihn, knapp zwei Minuten nachdem wir eingetroffen waren, schon nicht mehr gesehen hatte.

Jedenfalls machte ich die Begehung doch noch nicht, denn als ich beiseite trat, um Gil Platz zu machen, sah ich etwas und hatte es auch schon aufgehoben, bevor ich mich irgendwer davon abhalten konnte.

»Hab ich gesagt, daß du das anfassen darfst?« brüllte Irene.

»Ach, krieg dich wieder ein, Irene«, sagte ich und zeigte meinen Fund, ein paar Seiten eines Computerausdrucks, den jemand eindeutig zusammengerollt und in den Papierkorb gestopft hatte, bevor der Papierkorb auf dem Boden umgestülpt worden war. »Wieso in aller Welt glaubst du, daß X das angefaßt hat?«

»Woher willst du wissen, daß der Killer das *nicht* angefaßt hat?« konterte Irene. Aber dann zuckte sie die Achseln. »Na ja, jetzt hast du es, dann kannst du es auch behalten.«

Ich flüchtete mit dem Computerausdruck, drei Seiten mit völlig unverständlichem Blödsinn, die ich auf dem Küchentisch ausbreitete.

Ich sage völlig unverständlicher Blödsinn. Aber das war es eigentlich nicht. Und das wußte ich deshalb, weil Sie ebensolche Ausdrucke auch bei mir zu Hause finden könnten, im Papierkorb neben Harrys Computer. Das heißt, Sie könnten sie in dem Papierkorb finden, nachdem ich sie aufgehoben und in den Papierkorb gestopft habe, weil Harry sich zu sehr geärgert hatte, um das zu tun.

Es gibt Netzwerke oder Netze, denen Computerleute angehören oder für deren Nutzung sie zahlen. Es gibt Viren, die in Computer gelangen. Diese Viren breiten sich häufig via Modem über die Computernetze aus. Vor einigen Wochen hatte sich so ein Virus in Harrys Computer eingenistet. Harry hatte viel gebrüllt, getobt, geschimpft und geflucht, als er die Referate, die er für sein Betriebswirtschaftsstudium schreiben mußte, nicht ausdrucken konnte, und erst recht, als er mit den Disketten zu einem Computershop ging, um den Ausdruck dort machen zu lassen, und man ihn dort die Disketten nicht auf ihre Computer laden lassen wollte – was ich gut nachvollziehen kann.

Schließlich gelang es ihm, den Virus loszuwerden, mit einem Virensuchprogramm, das er aus demselben Netz heruntergeladen hatte. Aber erst nach etlichen Tagen absoluter Frustration.

Der Virus war ziemlich interessant, so Harry, der sich in Computer verliebt hat. Laut Harry war auf dem Monitor nicht zu sehen, daß irgendwas nicht stimmte. Auf dem Monitor sah also alles völlig normal aus. Doch wenn man etwas ausdruckte, war jeder Buchstabe falsch. Jeder Buchstabe war durch den ihm im Alphabet direkt vorausgehenden ersetzt worden, bis auf A natürlich, das durch Z ersetzt wurde. Aus *Harry Ralston* wurde also *Gzqqx Qzkrsnm*. Ganz witzig, wenn man so was in einem Buch der Xanth-Saga liest – das sind Fantasy-Romane von Piers Anthony, die Hal im Haus herumliegen ließ und von denen ich welche gelesen hatte, als ich nach der Geburt von Cameron zu Hause war. Schließlich kaufte ich mir selbst welche, weil sie einen so wunderbaren Wortwitz haben und eine tolle Entspannungslektüre sind. Anthony erklärt den Code zwar nicht, aber früher oder später – eher später als früher, wenn ich die Leserin bin – kommt man dahinter. Verschlüsselt sind die Worte, wenn ein Bewohner von Xanth, eine Art Zauberlandversion der Halbinsel Florida, mit einem Mundianer spricht, einem Bewohner des Landes der Wirklichkeit. Und wenn der Mundianer mit dem Xanthier spricht, wird jeder Buchstabe durch den ihm nachfolgenden des Alphabets ersetzt. Vielleicht ist es auch umgekehrt. Ich hab's vergessen.

Ganz witzig, wenn es nur so zum Spaß ist. Aber sehr, sehr frustrierend, wenn es in Geschäftsbriefen oder Seminararbeiten passiert.

Und obwohl es ein simpler Code ist, bei dem einfach nur die Buchstaben durch andere ersetzt werden, bestand zumindest die Möglichkeit, daß derjenige, der das Virenprogramm geschrieben hatte, wie ich ein Leser von Xanth-Romanen war.

Entweder war dieser Virus auch noch woanders in Umlauf, oder Eric Huffman hatte demselben Computernetzwerk angehört wie Harry.

Was, so vermutete ich, absolut nichts besagte, da laut Harry etliche tausend Leute dieses spezielle Netzwerk benutzten.

Jedenfalls, so dachte ich mir, würde ich, sobald ich dieses Buchstabenchaos in verständliche Sätze übersetzt hatte, vielleicht wissen, woran Eric in den letzten Tagen seines Lebens gearbeitet hatte. Das war natürlich reine Spekulation, da der Virenangriff auf Harrys Computer schon etliche Wochen zurücklag, aber ich ging davon aus, daß der Papierkorb in diesem Haus öfter geleert wurde als der in meinem. Falls ja, dann hatte Eric – anders als Harry – es noch nicht geschafft, den Virus zu eliminieren.

Ich ließ den Ausdruck auf dem Küchentisch liegen, damit Irene ihn als Beweismittel sicherstellen konnte, und machte mich auf meinen verspäteten Rundgang durchs Haus. Das erste, was mir auffiel – na ja, nicht ganz, es war mir schon aufgefallen, als ich Claras Schuhen nachspürte – war, daß Clara und Eric Huffman getrennte Schlafzimmer hatten. Was einiges oder gar nichts besagen konnte. Ein Bedürfnis nach Schlaf – vielleicht schnarcht er und sie zieht ihm im Schlaf dauernd die Decke weg – ist kein Beweis für mangelnde Zuneigung. Manche Eheleute besuchen sich gegenseitig in ihren Schlafzimmern, ziehen sich aber zum Schlafen zurück in ihr eigenes. Womit ich sagen will, daß ich in die getrennten Schlafzimmer nicht mehr hineinlesen wollte, als da war.

Das dritte Schlafzimmer war Eric Huffmans Computerraum, und das vierte schien ein Gästezimmer zu sein. Unter der rosa Tagesdecke war nur eine nackte Matratze, und der Wandschrank war leer, bis auf ein paar in Plastikhüllen verpackte Abendkleider.

Eßzimmer. Tisch und Anrichte und Geschirrschrank. Hübsch unoriginelles Geschirr. Hübsch unoriginelles Besteck (und in dem unwahrscheinlichen Fall, daß X ein auf frischer Tat ertappter Einbrecher war, hätte er dann nicht das Besteck mitgehen lassen?). Ein Frühstücksraum, durch eine Frühstückstheke von der Küche abgetrennt. Ein Fernsehzimmer mit einem Kamin und ein paar Büchern und ein paar Zeitschriften. Eine Menge

Bücher und Zeitschriften, verbesserte ich mich selbst. Zumindest einer der Eheleute las.

Oder beide, denn die Themen waren recht weit gestreut.

Vom Fernsehzimmer ging ein Wirtschaftsraum mit Waschmaschine und Trockner ab. Kein Bügelbrett. Vermutlich hatte sie, wie die meisten von uns, alle Sachen bis auf die bügelfreien ausrangiert oder gab alle Bügelsachen in die Reinigung.

Vom Wirtschaftsraum führte eine Tür in die Garage.

Und da gab es eine kleine Überraschung. Eine Pritsche mit Bettzeug drauf.

Wenn sie einen Gast hatten, wieso schlief der Gast nicht im Gästezimmer?

Wenn sie keinen Gast hatten, wer schlief dann hier in der Garage?

Eine Hausangestellte? Aber sie hatte mir gegenüber keine Hausangestellte erwähnt. Vielleicht hatte sie es vergessen, aber an so was würde man sich doch bestimmt erinnern.

Jedenfalls waren hier nicht genug Sachen für eine Hausangestellte mit Logis, und warum sollte eine Hausangestellte ohne Logis eine Pritsche brauchen?

»Ms. Ralston?«

Ich schwenkte die Garagentür hoch, weil das der kürzeste Weg nach draußen war, von wo aus Kendall mich gerufen hatte. »Ich bin hier«, rief ich. »Übrigens werde ich normalerweise einfach Deb genannt.«

»Ms. Ralston, ich meine Deb, ich habe einen Burschen erwischt, der sich hier draußen herumgetrieben hat. Er sagt, er wohnt hier.«

Er war blond, kräftig, schätzungsweise neunzehn Jahre alt. Blaue Augen, helle Haut, glattrasiert, ziemlich kurzes Haar. Er hatte das aufrichtige, offene Gesicht, hinter dem sich nicht selten ein Schwindler verbirgt. »Wer sind Sie?« fragte ich.

»Shane Corbett«, sagte er. »Ich wohne hier. Das da ist mein Bett.«

Er zeigte auf die Pritsche.

»Was macht denn die viele Polizei hier?« fragte er verspätet.

»Shane Corbett«, sagte ich, »ich möchte mich mit Ihnen unterhalten.«

»Ach ja?« sagte er. »Wer sind Sie denn?«

Innerlich stöhnte ich auf. Offensichtlich würde ich sehr viel später nach Hause kommen, als ich geplant hatte, selbst im schlimmsten Fall.

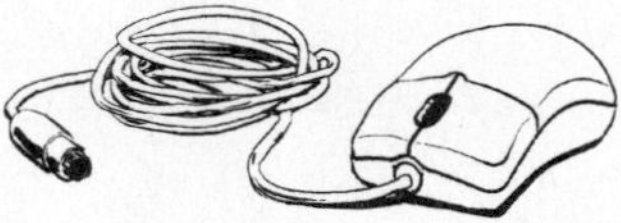

Kapitel 2

Als ich zur Zufriedenheit – besser gesagt, zur staunenden Freude – von Shane Corbett erklärt hatte, um wen und um was genau es sich bei meiner Wenigkeit handelte, war Dutch inzwischen von dort, wo immer er auch gewesen war, zurückgekommen, und wir mußten das ganze Brimborium an Erklärungen noch einmal durchmachen, damit Shane wußte, wer Dutch war. Diese Erklärungen wurden häufig unterbrochen – von Shane natürlich – durch Ausrufe wie »Wow!« und »Irre!« (ein Ausdruck, von dem ich geglaubt hatte, daß er schon vor einem Jahrzehnt zu Grabe getragen worden war), obwohl auch »Cool!« und »Sta-a-ark!« ziemlich oft eingestreut wurden.

»Ja, aber was wollen die Cops denn hier?« fragte er zum fünften Mal.

Auf seine Reaktion achtend, sagte ich: »Weil Mr. Huffman ermordet wurde.«

Sein Mund klappte einen Moment lang zu. Er war gelinde gesagt erschrocken, obwohl ich nicht sagen konnte, ob seine Miene wirkliche Erschütterung widerspiegelte oder bloß die Befürchtung, daß er jetzt ohne Bleibe dastehen würde. Dann sagte er: »Scheiiiße.« Er hielt inne. Dann fragte er: »*Mr.* Huffman? Wieso er?«

»Ich dachte, das könnten Sie mir vielleicht sagen.«

Er schüttelte den Kopf. »Wenn es sie erwischt hätte – aber ich weiß nicht, wieso irgendwer ihm was tun sollte. Wirklich nicht. Er – verdammt. Verdammt.« Echte Erschütterung, vermutete ich jetzt. Aber bei jemandem wie diesem Shane waren wohl alle Emotionen seicht, und es dauerte nicht lange, und er plapperte wieder drauflos, meinte, das wäre ja genauso wie in den Polizeiserien im Fernsehen, und er hätte sich schon immer gefragt, ob es im richtigen Leben wie in den Polizeiserien wäre.

Wir waren noch immer nicht dazu gekommen, irgendwelche

Fragen zu stellen, und ich fühlte mich langsam genauso, wie ich mich fühle, wenn ich versuche, meinem chaotischen siebzehnjährigen Sohn Hal eine vernünftige Antwort zu entlocken.

»Also, Shane Corbett ist Ihr vollständiger Name?« gelang es mir schließlich zu fragen.

»Ja. Na, eigentlich Shane Dennis Corbett, aber kein Mensch nennt mich Dennis. He, wieso schreiben Sie sich das auf?«

»Ich schreibe mir immer alles auf.«

»Wieso?«

»Damit ich nicht vergesse, was die Leute mir gesagt haben.«

»Oh. Ja klar, klingt logisch.« Er zappelte ein wenig hin und her und verschränkte die Arme vor sich auf dem Küchentisch, an dem wir inzwischen saßen, und blickte mich mit einem Ausdruck strahlender Erwartung an, der bei Hal normalerweise bedeutet, daß er mindestens die Hälfte von dem, was ich sage, mitbekommen und höchstens ein Viertel davon mißverstehen wird.

Äußerlich sahen die beiden sich allerdings in keiner Weise ähnlich. Hal, den wir adoptierten, als er gerade ein paar Monate alt war, ist Halbkoreaner. Die Koreaner sind normalerweise ein klein gewachsenes Volk, aber wir müssen davon ausgehen, daß die andere Hälfte, die nicht-koreanische, sehr, sehr groß war, da Hal – wie wir inständig hoffen – mit 1,98 nun endlich ausgewachsen ist. Er hat eine etwas dunkle, etwas gelbe Hautfarbe, Augen, die so braun sind, daß sie fast schwarz wirken, und glattes schwarzes Haar. Shane, höchstens 1,73, hatte blondes Haar, das fast golden wirkte, und die klarsten blauen Augen, die ich seit langem gesehen hatte. Aber das *Gefühl*, das ich bei beiden hatte – wenn Sie wissen, was ich meine –, war fast genau gleich.

Er blickte mich noch immer strahlend an. Bewußt strahlend, damit ich auch merkte, daß er aufpaßte.

»Sie wohnen also hier«, sagte ich.

»Genau.«

»Wie lange?«

»Wie lange was?«

Ich hatte richtig vermutet. Sein Verstand tickte genauso wie Hals. »Wie lange wohnen Sie schon hier?«

»Ach so. Ich hab mir gedacht, daß Sie das meinen, aber dann hab ich gedacht, Sie meinen vielleicht, wie lange ich hier wohnen wollte.«

»Shane ...« Meine Stimme hob sich leicht, während mein Blick unwillkürlich zur Küchenuhr huschte.

»Sechs Wochen«, sagte er hastig.

»Wo haben Sie vorher gewohnt?«

»Na ja, ich habe nicht gerade ...« Er blickte nervös zu Dutch, der ihn mit einem Gesicht wie eine Gewitterwolke überragte, und sagte: »Ich meine ... na ja ... manchmal hab ich im Obdachlosenaysl von der Heilsarmee gewohnt, und manchmal, na ja, wissen Sie ...«

Dutch räusperte sich.

»Trinity Park«, sagte Shane. »Wenn du dir, also, na ja, ein gutes Plätzchen suchst, zum Beispiel unter einem Picknicktisch oder so, bist du so ziemlich vor Regen geschützt, und die Cops können dich nicht so leicht sehen, wenn sie mit dem Wagen durchfahren, mit den Scheinwerfern und so. Eine Weile war ich in Galveston, aber na ja, da findest du kaum ein Plätzchen zum Schlafen, außer direkt am Strand, und die Cops da, na ja, die haben es nicht gern, wenn du am Strand schläfst, und fahren am Strand lang in diesen Kombis und so und schikanieren dich, wenn du da schläfst, und manchmal nehmen sie dich hops, also bin ich zurück nach Fort Worth und, na ja, in den Trinity Park. Da ist es richtig schön, aber dann wurd's ein bißchen kalt, wissen Sie, und da bin ich wieder ins Obdachlosenasyl, nur die haben da tausend Regeln und so, und ich mußte da in der Werkstatt arbeiten, und ich wollte, na ja, mir einen besseren Job suchen, also bin ich in der Stadt rumgelaufen, und, ähm, hab da so einen Typen gesehen, der gerade in die Bibliothek ging, der sah richtig nett aus ...«

Übersetzt, er sah nach einer leichten Beute aus, dachte ich, während Shane Luft holte.

»... also hab ich den Typen gefragt, na ja, ob er vielleicht 'nen Job für mich hat oder so, und er hat gesagt nein, aber wir haben uns ein Weilchen unterhalten, und er hat gesagt, ich könnte, na ja, eine Weile bei ihm wohnen, bis ich einen Job und eine bezahlbare Wohnung gefunden hätte.«

»Und wer war der Typ?« wollte Dutch wissen.

Shane sah ihn an. »Na, Eric natürlich. Ich meine, wer denn sonst ... Hören Sie, das war ein richtig netter Typ. Dieser Mord hier, das will mir einfach nicht in den Kopf! Ich meine, wer hätte Eric umbringen wollen? Also wenn es jemand auf Mrs. Huffman abgesehen hätte ...« Seine Stimme erstarb.

»Was ist mit Mrs. Huffman«, sagte Dutch, jetzt mit ganz sanfter Stimme.

»Was soll mit ihr sein? Ich meine, Sie haben sie doch kennengelernt, oder?«

»Ich nicht«, sagte Dutch.

»*Ich* habe mit ihr gesprochen«, sagte ich, »aber wenn Sie mit ihr zusammengelebt haben ...«

Offenbar eine unglückliche Wortwahl, denn Shane kicherte kurz, bevor er antwortete. »Nicht mit ihr zusammen. Ich hab hier gelebt, aber nicht mit ihr zusammen. Ich meine, na ja, er ist ... er war ... ein richtig netter Typ. Ich meine, für einen alten Typen war er ...« Shane hielt inne, suchte offenbar nach einem anderen Adjektiv als nett, cool oder sta-a-ark, von denen keines zu passen schien. Ich konnte sehen, wie er kapitulierte; der Kampf war zu gewaltig. »Er war okay. Er war richtig nett. Aber die!«

»Sie reden jetzt schon seit geschlagenen fünf Minuten«, sagte Dutch, obwohl es nicht ganz stimmte, »und Sie haben noch kein einziges Wort gesagt, das irgendeinen Sinn ergibt, verdammt noch mal. Um es zusammenzufassen: Sie sind obdachlos. Eric Huffman hat Sie bei sich aufgenommen. Sie können seine Frau nicht leiden. Und mehr haben Sie nicht gesagt. Also. Warum können Sie sie nicht leiden?«

»Sie kann mich nicht leiden. Ich kann sie nicht leiden.«

»Warum kann sie Sie nicht leiden?«

»Sie hat gesagt, ich hätte Läuse.«

»Hatten Sie welche?« erkundigte ich mich.

»Ja, aber ich konnte nichts dafür. Ich meine, die sind wie Schnupfen. Man fängt sie sich ein. Ich hab das schließlich nicht extra gemacht.«

Das war natürlich absolut richtig; jeder Lehrer weiß, daß Läuse auch vor höheren Schichten nicht haltmachen.

»Okay«, sagte Dutch bemüht geduldig, »sie hat also gesagt, Sie hätten Läuse, und Sie hatten tatsächlich welche, was –«

»Na ja, Eric hat mir so Shampoozeug besorgt, wissen Sie, aber sie hat gesagt, ich könnte nicht im Gästezimmer schlafen, und sie und Eric haben sich deswegen richtig gefetzt, und dann hat Eric gesagt, ich könnte auf der Pritsche in der Garage schlafen ... ich meine, es ist nicht schlecht, die Garage ist, na ja, geheizt und so, aber es ist irgendwie albern, da draußen zu schlafen, wenn im Haus ein richtiges Gästezimmer ist ... und ich hab auch keine Läuse mehr, ich meine, ich hab mir die Haare gewaschen und meine ganzen Klamotten und so, und der Kopf juckt mir auch nicht mehr, also weiß ich, daß ich keine mehr habe, aber sie wollte mich trotzdem nicht ins Haus lassen, ich meine, ich durfte zum Essen rein und zum Fernsehen und so, na ja, und aufs Klo und so, aber im Haus schlafen durfte ich nicht.«

Ich glaubte nicht, daß wir hier großartig weiterkommen würden. Shanes Abneigung gegen Clara Huffman war belanglos. Schließlich war ja nicht sie umgebracht worden. Und in Anbetracht dessen, daß er ein chaotischer Streuner war, der ihr aus heiterem Himmel vor die Nase gesetzt worden war, Läuse inklusive, sagte ihre durchaus verständliche Forderung, daß er in der Garage schlafen sollte, soweit ich sehen konnte, nichts über ihren Charakter aus. Und ihr Charakter stand ohnehin nicht zur

Debatte, abgesehen von der simplen Tatsache, daß wir – die Polizei – bei einem Mord an einem Ehemann automatisch zuerst die Gattin ins Visier nehmen und umgekehrt.

»Deb, ich will mit dir reden«, sagte Dutch. »Corbett, Sie bleiben, wo Sie sind, verstanden?«

»Ja, Sir.«

Ich folgte Dutch ins Wohnzimmer, wo er mich hinter dem Klavier in die Ecke schob und fragte: »Hast du ihm seine Rechte vorgelesen?«

»Nein, aber –«

»Wie kommen wir dann dazu, mit ihm zu reden?«

»Dutch, er ist kein Verdächtiger«, wandte ich ein.

»Wenn er kein Verdächtiger ist, als was bezeichnest du ihn denn dann, verdammt noch mal?«

»Dutch, zum Donnerwetter –«

»Er war hier –«

»Er wohnt hier. Das heißt noch lange nicht, daß er hier im Haus war, als –«

»Er war hier«, wiederholte Dutch, »oder zumindest könnte er hier gewesen sein. Und um was wettest du mit mir, daß er kein unbeschriebenes Blatt ist?«

»Natürlich ist er kein unbeschriebenes Blatt«, gab ich ihm recht. »Vermutlich Landstreicherei, vielleicht Randalieren im betrunkenen Zustand, vielleicht Diebstahl, so was in der Art. Aber ein randalierender Trunkenbold ist noch lange kein –«

»Gelegenheit«, fiel Dutch mir ins Wort und zählte an den Fingern ab. »Waffe – es gibt hier einen Kamin, es gibt Holz, und das bedeutet, es muß verdammt noch mal auch eine Axt geben –«

»Nicht unbedingt«, fiel ich ihm ins Wort. »Könnte sein, daß sie fertig gehacktes Holz kaufen.«

»Die haben trotzdem eine Axt«, wandte Dutch ein. »Solche Leute haben eine, und wenn nur, um Eindruck zu machen. Ich sage dir, der Bursche hatte –«

»Die Gelegenheit und die Waffe, klar«, gab ich zu, »aber was in aller Welt hätte er für ein Motiv haben sollen? Huffman hatte ihn aufgenommen, ihm Obdach gegeben, ihn versorgt –«

»Wieviel Bares hatte Huffman im Haus?« fragte Dutch. »Wo war Corbett, bevor er in Galveston war? Wo –«

»Er hat gesagt, er sei *zurück* nach Fort Worth«, fiel ich ihm ins Wort, also –»

»Also, irgendwann war er in Fort Worth. Das heißt nicht, daß er da zuletzt vor Galveston war. Oder davor oder davor. Oder daß er da als nächstes hinwollte. Du weißt, solche Typen bleiben nirgendwo lange. Wo will er als nächstes hin? Wie weit käme er mit dem Geld, das Huffman im Haus hatte, wieviel es auch war? Deb, wir müssen kein Motiv nachweisen.«

»Das ist mir absolut klar. Aber ich hätte trotzdem gern eins. Wenn er Huffman wegen des Geldes getötet hat, um an sein nächstes Ziel zu gelangen, warum ist er dann noch hier? Wieso ist er nicht schon unterwegs?«

»Woher soll ich das wissen«, sagte Dutch. »Vielleicht ist er zu blöd, sich zu überlegen, daß wir ihn verdächtigen würden. Vielleicht ist er zurückgekommen, um seine Sachen zu holen oder den Wagen oder Schmuck oder so. Oder vielleicht liege ich ja auch völlig daneben. Aber wenn du ihm nicht seine Rechte vorliest, dann mache ich das, und ich meine, es wäre besser, wenn du es machst.«

»Wieso meinst du das?«

»Es ist der falsche Zeitpunkt, ihm Angst einzujagen«, sagte Dutch. »Jedenfalls sollten wir ihm nicht zuviel Angst einjagen. Nur ein bißchen vielleicht, gerade so viel, daß er uns in zusammenhängenden Sätzen Rede und Antwort stehen kann, aber ich will nicht, daß er vor lauter Fracksausen keinen Ton mehr herausbekommt. Und ich will erst recht nicht, daß dieser Fall den Bach runtergeht, nur weil wir diesem Burschen nicht seine Rechte vorgelesen haben, falls sich herausstellt, daß er es doch war.«

»Dutch, das ist mir alles klar. Aber ich halte ihn einfach nicht für verdächtig.«

»Aber ich. Wenn du glaubst, daß er es nicht war, wer dann? Seine Frau?« Sein Tonfall verriet deutlich, für wie albern er den Gedanken hielt.

»Nein«, gab ich zu, »seine Frau nicht.« Clara Huffman war, wenn ich mich recht erinnerte, mindestens fünf Zentimeter kleiner als ich mit meinen 1,58 m und gut zehn Kilo leichter als ich mit meinen vierundfünfzig Kilo. Nicht mal ich, mit meiner lebhaften Phantasie, konnte vor meinem geistigen Auge das Bild beschwören, wie sie mit einer Axt auf Eric Huffman einschlug, der – soweit ich das aufgrund seiner Überreste sagen konnte – über 1,80 groß gewesen war und um die neunzig Kilo gewogen haben mußte. Selbst wenn sie tatsächlich einen Anlaß gehabt hätte, was anzunehmen ich nicht den geringsten Grund hatte, sie wäre körperlich nicht dazu imstande gewesen. »Dutch«, sagte ich, »ich habe keinen Verdächtigen. Aber wir ermitteln noch keine zwei Stunden. Es ist wirklich noch zu früh, über einen Verdächtigen nachzudenken, es sei denn, es fällt uns einer in den Schoß.«

»Ich sage ja nicht, daß ich Corbett gleich festnehmen will«, räumte Dutch ein. »Ich sage bloß, wir sollten uns absichern, falls wir irgendwann im Laufe der Ermittlungen beschließen –«

»Also schön«, sagte ich gereizt. Ich konnte Dutch wohl kaum erklären, daß ich Shane Corbett nicht des Mordes verdächtigen wollte, weil ich bei ihm, ohne daß ich das auch nur ansatzweise hätte definieren können, ein ähnliches Gefühl hatte wie bei meinem Sohn.

Ich ging vor Dutch her in die Küche. Shane hatte unsere Anweisung nur halb befolgt. Er war zwar noch immer in der Küche, aber er aß jetzt ein Erdnußbutter-Gelee-Sandwich und trank ein Glas Milch. Eine Packung Milch, ein Laib Brot, ein Glas Gelee, ein Glas Erdnußbutter, ein Eisteelöffel, zwei Messer und eine Krümelspur verschandelten jetzt die weiße Resopalarbeitsplatte, die zuvor makellos gewesen war. »Shane«, sagte ich genauso, wie ich es zu Hal gesagt hätte, »haben Sie nicht was vergessen?«

»Hä?« Er wandte sich auf seinem Stuhl um, blickte auf die Arbeitsplatte. »Oh«, sagte er. »Ja, klar.«

Dutch beobachtete mit kaum verhohlener Verblüffung über die Unterbrechung, wie Shane die Arbeitsplatte saubermachte, die Erdnußbutter wieder in den Schrank, den Gelee und die Milch wieder in den Kühlschrank stellte und das Brot wieder in den Brotkasten legte, die Messer und den Löffel in die Spüle tat und die Krümel in die Hand fegte, bevor er sie in den Abfalleimer warf.

»So was vergesse ich immer«, sagte Shane. Er setzte sich und biß wieder in das Sandwich.

»Shane«, sagte ich, »wenn wir mit jemandem an einem Tatort sprechen, sind wir verpflichtet, falls auch nur die allerkleinste Möglichkeit besteht, daß er das Verbrechen begangen haben könnte, ihn über seine Rechte aufzuklären; so haben es die Gerichte angeordnet.«

»Oh, Sie meinen, wie im Fernsehen?« Er sprach mit dem Mund voll Erdnußbutter. »Sie meinen so was wie, ›Sie haben das Recht zu schweigen‹, und den ganzen Kram?«

»Ja, so was«, erwiderte ich und sagte mein Sprüchlein auf. Langsam legte er das Sandwich auf den Tisch.

»Jaja, aber ich habe doch keinen umgebracht«, protestierte er. »Also wieso erzählen Sie mir den Kram?«

»Nur für alle Fälle«, sagte Dutch.

»Wollen Sie mich festnehmen?«

»Hätten wir Grund dazu?« fragte ich.

»Nein, aber Sie erzählen mir den ganzen Kram.«

»Wir klären normalerweise jeden, der am Ort eines Verbrechens auftaucht, für das es keine Zeugen gibt, über seine Rechte auf«, sagte ich.

»Muß ich den Wisch da unterschreiben?«

»Nein«, sagte ich, »und wenn Sie ihn nicht unterschreiben, darf ich Ihnen keine weiteren Fragen stellen.«

»Und dann«, fügte Dutch hinzu, »müssen wir uns fragen, warum Sie keine Fragen beantworten wollen.« Er stand, hatte einen Fuß auf einen Küchenstuhl gestellt, und ragte so vor Shane auf, daß es ganz knapp davor war, einschüchternd zu wirken.

Ich muß wohl nicht erst klarstellen, daß seine letzte Äußerung und seine Körperhaltung offiziell nicht zur Verlesung der Rechte dazugehören. Beides wird allerdings sehr häufig angehängt.

»Tja«, sagte Shane, »ich hab nichts dagegen, Fragen zu beantworten. Denk ich. Eigentlich nicht.« Doch er blickte weiter skeptisch auf die Einwilligungserklärung.

»Sie können Ihre Meinung jederzeit ändern, wenn Ihnen die Fragen zu heikel werden«, sagte ich. Er zuckte die Achseln und kritzelte seinen Namen auf das Formular, und Dutch schnappte es sich und fügte seine Unterschrift als Zeuge hinzu.

»Ich brauche noch Ihr Geburtsdatum«, sagte ich. Er nannte es mir. Wenn er die Wahrheit sagte, war er zweiundzwanzig, was mich ein wenig überraschte. Ich hätte ihn höchstens auf neunzehn geschätzt. Ich ließ mir seine Sozialversicherungsnummer nennen – den ersten Ziffern nach war er Texaner, was mich nicht sonderlich überraschte – und bat dann um seinen Führerschein.

»Ich habe keinen«, sagte er. »Mann, die wollen mir hier keinen ausstellen, wenn ich nicht vorher Fahrstunden nehme, es sei denn, ich hab schon einen aus einem anderen Bundesstaat, und ich, äh, hab die Highschool geschmissen, bevor ich dazu kam, Fahrstunden zu nehmen, und jetzt hab ich kein Geld für 'ne richtige Fahrschule oder so, und in jedem Staat, in den ich komme, soll ich Fahrstunden nehmen. Ich hab mal gehört, in Wyoming kriegt man den Führerschein auch ohne Fahrstunden. Meinen Sie, das stimmt?«

»Ich habe nicht die leiseste Ahnung«, sagte ich. »Shane –«

»Vielleicht sollte ich mal hin und das rausfinden«, sagte er enthusiastisch.

»Sie werden vorerst nirgendwohin fahren«, teilte Dutch ihm mit.

»Aber ich muß doch –«

»Wenn Sie's tun, landen Sie in Null Komma nichts im Gefängnis.«

»Aber ich muß doch irgendwohin!«

»Wie kommen Sie darauf –«

Shane unterbrach mich. »Sie glauben doch wohl nicht, daß die mich weiter hier wohnen läßt, oder? Nie im Leben, jetzt wo Eric tot ist. Die setzt mich kurzerhand auf die Straße. Ach, was soll's«, fügte er kläglich hinzu, »ich kann ja wieder ins Obdachlosenasyl. Es ist zu kalt, um im Park zu schlafen. Bloß, die haben so viele Regeln da.«

Ich hatte dieses schreckliche Gefühl in der Magengegend, das mir sagte, daß ich, noch bevor der Gedanke mein Bewußtsein erreichte, schon beschlossen hatte, was ich tun würde. Es gefiel mir zwar ganz und gar nicht, aber ich würde es trotzdem tun. Das war absolut klar.

»Ich bin gleich wieder da«, sagte ich und ging zum Telefon, um Harry anzurufen.

Die einzige wirkliche Frage war natürlich die, wie Hal es aufnehmen würde. Unter normalen Umständen wäre Hal begeistert gewesen. Aber die Umstände waren zur Zeit eben nicht normal.

Mit der Aussicht auf Unterkunft – bei einer Polizistin, die noch dazu Detective war, was der Sache für Shane anscheinend einen gewissen Reiz verlieh – war er sichtlich munterer geworden und plapperte drauflos, wobei er Hände und Füße zu Hilfe nahm. Dutch, der mit dem Küchenstuhl auf die Hinterbeine gekippt gegen den Kühlschrank lehnte (eine Stellung, die ich bei

Hal niemals durchgehen lassen würde, seit er einmal mit dem Stuhl umgekippt und auf dem Rücken gelandet war, so daß er keine Luft mehr kriegte und der Stuhl hinüber war), lauschte aufmerksam, und ich machte mir gelegentlich Notizen.

»Er hatte also so was wie 'nen Herzanfall oder Gehirnschlag oder so was in der Art gehabt, ich weiß nicht mehr was, weil ich ja noch nicht da war, als das passiert ist, aber danach ist er mehr oder weniger in Rente gegangen oder so, weil er sich nicht mehr so aufregen konnte oder so … ich meine, durfte, und er ging nur noch manchmal ins Büro, ich meine, er war richtig nett, und ich durfte seinen Wagen benutzen –« Shane verstummte abrupt.

»Ohne Führerschein«, sagte Dutch gedehnt.

»Na ja … äh … er hat mich nicht so direkt gefragt, ob ich einen Führerschein habe.«

»Und Sie haben ihm nicht so direkt gesagt, daß Sie keinen haben.«

»Nein. Ich meine, hören Sie, Mann, ich fahre ganz gut. Ich habe bloß keinen –«

»Führerschein«, half Dutch ihm auf die Sprünge.

»Genau.« Seine momentane Grundhaltung war eine Mischung aus kleinlaut und großspurig.

»Also, Sie durften seinen Wagen benutzen, um wohin zu fahren?«

»Na ja, um mir einen Job zu suchen. Und ich hab auch ein paar Jobs gehabt, und er hat gesagt, ich könnte mit seinem Wagen zur Arbeit fahren, bloß, na ja, ich weiß auch nicht warum, aber die Jobs haben nie lange gehalten. Einmal zum Beispiel hatte ich einen Job als Zimmermann, wissen Sie, was das ist? Für Holzhäuser?«

»Ja. Das Gerüst für die Wände«, sagte Dutch.

»Okay, ich hatte also diesen Job. Und ich hab zu ihm gesagt, daß ich so was schon mal gemacht hatte, und das stimmte auch, in Florida. Aber die auf der Arbeit meinten nach ein paar Tagen, ich würde das alles verkehrt machen, und haben mich gefeuert.«

»Wie lange hatten Sie den Job in Florida?« fragte ich.

»Na ja, ein paar Tage. Da haben sie mich auch gefeuert. Ich meine, wie soll ich denn was lernen, wenn ich dauernd gefeuert werde?«

»Keine Ahnung«, sagte Dutch. »Okay, ich fasse noch mal zusammen, damit wir auch alles richtig verstanden haben. Huffman hat Ihnen seinen Wagen geliehen, damit Sie sich einen Job suchen können und um zur Arbeit zu fahren. Sie hatten einen Job als Zimmermann, aber nur für ein paar Tage. Richtig?«

»Ja, Sir.«

»Im November und Dezember werden nicht viele Holzhäuser gebaut«, sagte Dutch.

»Ja, stimmt, das war im September.«

»Jetzt haben wir Dezember.«

»Und?«

»Sie haben gesagt, Sie wohnen gerade mal sechs Wochen hier«, stellte ich fest. »Jetzt sagen Sie, Sie hätten sich Eric Huffmans Wagen schon im September geliehen.«

»Oh. Na ja, also, dann bin ich doch wohl schon länger als sechs Wochen hier.«

»Im September war es noch nicht zu kalt, um draußen zu schlafen«, stellte Dutch fest.

»Aber –«

»Wann sind Sie von Galveston hierhergekommen?«

»Ich weiß nicht mehr. Juli, August, so um den Dreh. Jedenfalls nach dem Vierten Juli. Mann, das Feuerwerk am Seawall Boulevard ist schon der Hammer.«

»Und dann haben Sie im Trinity Park geschlafen.«

»Ja.«

»Und im Obdachlosenasyl der Heilsarmee.«

»Ja.«

»Wann war das?«

»Ich weiß nicht mehr genau.«

»Aber Sie sind ins Asyl, weil es im Park zu kalt zum Schlafen war.« Dutch schoß die Fragen jetzt nur so ab, und ich war eine passive Beobachterin geworden.

»Ja.«

»Aber Sie erinnern sich nicht mehr, wann das war.«

»Genau.«

»Ich nehme an, die Heilsarmee führt Buch darüber?«

»Ich weiß nicht. Möglich.«

»Aber es war vor September.«

»Ich weiß nicht mehr, ob es vor September war oder nicht.«

»Aber im September haben Sie auf dem Bau gearbeitet und sind mit Eric Huffmans Wagen zur Arbeit gefahren.«

»Vielleicht war es auch Oktober.«

»Vielleicht war was auch Oktober?«

»Als ich auf dem Bau gearbeitet habe. Ich weiß, ich hab den Job gekriegt, ganz kurz nachdem ich hier eingezogen bin.«

So ging das noch eine halbe Stunde weiter, und wir erfuhren in der Zeit, daß Shane in zwei oder drei Restaurants, einer Gärtnerei und im Zoo gejobbt hatte, jeweils höchstens eine Woche lang, und währenddessen bei den Huffmans gewohnt hatte. Für Dutch sah das natürlich verdächtig aus. Shane Corbett konnte sich weder an die genauen Daten noch die genauen Zeiträume erinnern. Für mich, die ich Hals Schusseligkeiten gewohnt war, sah es nicht verdächtig aus.

Na ja, nicht sehr verdächtig.

Dutch war es schließlich leid, Fragen zu stellen, und schickte Shane in die Garage, damit er seine Habseligkeiten zusammenpackte. Dann, wobei ihm die Spätzündung förmlich anzusehen war, folgte er Shane in die Garage, um ihm dabei zusehen, wie er seine Habseligkeiten zusammenpackte.

Ich ging los, um meine erste wirklich vollständige Hausbegehung zu machen. Die Leiche wurde schließlich in einen Leichensack gepackt, was etwas länger dauerte als normalerweise.

Irene packte ihre Ausrüstung zusammen, und die übrigen Leute von der Gerichtsmedizin waren bereits abgefahren. »Irene«, sagte ich, »wo ist die Axt?«

»Das würde ich auch gern wissen«, erwiderte sie.

»Soll das heißen, ihr habt sie nicht gefunden?«

»Das soll heißen, wir haben sie nicht gefunden. Meiner Meinung nach könnte es auch eine Machete oder so gewesen sein, obwohl Habib meint, daß es eine Axt war.«

»Hast du draußen nachgesehen?« fragte ich, den Bruchteil einer Sekunde bevor mir klar wurde, daß Irene – vermutlich zu Recht – eine solche Frage als Beleidigung auffassen würde.

»Natürlich habe ich draußen nachgesehen«, sagte sie. »Ich habe draußen nachgesehen. Ich habe drinnen nachgesehen. Ich habe auf dem Speicher und im Keller und im Schlafgemach der gnädigen Frau nachgesehen, nur daß es keinen Speicher und keinen Keller gibt. Ich habe in den Autos nachgesehen, in beiden. Ich habe im Schuppen nachgesehen. Ich habe in der Garage nachgesehen. Ich habe hinter den Büchern in den Regalen nachgesehen. Ich habe in der Gefriertruhe nachgesehen. Ich habe in den Mülltonnen nachgesehen. Ich habe an jedem verdammten Ort nachgesehen, den du dir denken kannst, und an manchen, die du dir nicht denken kannst. Ich bin sogar bis zur nächsten Kreuzung gegangen und habe im Gully nachgesehen. Hier ist nirgendwo eine Axt. Oder ein Beil. Oder eine Machete. Oder ein Hackmesser. Oder irgendein Schneideinstrument, das größer ist als ein Fleischermesser, und wenn du glaubst, daß ein Fleischermesser das Gemetzel angerichtet hat, dann hast du weiß Gott eine noch blühendere Phantasie als ich.«

»Ich wollte mich nicht mit dir anlegen«, sagte ich.

»Na, den Eindruck hatte ich aber. Du weißt, daß ich immer alles finde, das es zu finden gibt. Ich hab sogar den Lacksplitter in den Sachen von dem Mädchen gefunden, oder nicht?«

Das Mädchen war Lori. Der graue Lacksplitter, der in dem Trainingsanzug steckte, den sie an dem Abend auf dem Weg zur

Bücherei angehabt hatte, könnte von jedem grauen Ford, Lincoln oder Mercury stammen, der in den letzten drei Jahren vom Fließband gelaufen ist. Es war nicht gerade eine phantastische Spur, aber mehr hatten wir nicht.

Ich gab zu, daß Irene den Lacksplitter gefunden hatte, und Irene blickte wieder etwas heiterer. »Hör zu, ich komme morgen früh wieder her und durchsuche noch mal alles gründlich. Willst du mitkommen?«

Ich wollte nicht, und sie wußte, daß ich es nicht wollte. Aber ich hatte mich soeben in eine ausweglose Situation manövriert. »Du kommst bestimmt prima alleine klar«, sagte ich und konnte förmlich sehen, wie geschmeichelt sie war, »aber ich vermute, wenn ich auch mit dabei bin –«

»Genau. Und wenn nicht, müßte ich Bob oder Sarah mitnehmen.« Sie hatte völlig recht. Kein Polizeibeamter, der auch nur über einen Funken gesunden Menschenverstand verfügt, durchsucht einen Tatort ganz allein. Es sollte stets mindestens noch ein Kollege dabeisein, der eventuelle Funde bezeugt.

Somit war klar, daß ich am nächsten Morgen bei der Durchsuchung eines Tatortes behilflich sein würde.

Ich ging wieder in die Küche. »Ich hab ihn hinten in den Wagen verfrachtet«, sagte Dutch. »Deb, bist du sicher, daß du ihn mit zu dir nach Hause nehmen willst, ich meine, wo du doch dauernd im Krankenhaus bist und so?«

»Harry ist den ganzen Tag zu Hause«, erwiderte ich.

»Das war Eric Huffman auch.«

Die Bemerkung hätte er sich ruhig sparen können.

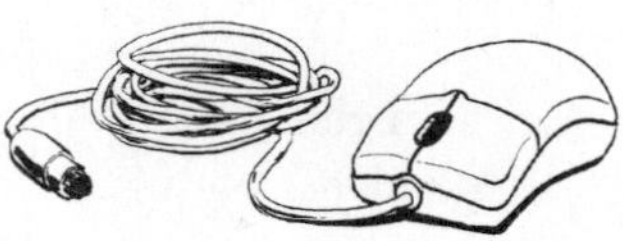

Kapitel 3

Als ich doch endlich zu Hause ankam, saß Harry an seinem Computer und machte irgendwas – über das, was er da machte, möchte ich wirklich keine Vermutung anstellen –, mit einer Miene wie Donner und Blitz. Hal saß am Küchentisch, mehrere Enzyklopädiebände vor sich ausgebreitet, und schrieb wütend – wobei *wütend* das entscheidende Wort ist. Wenn Harry wie Donner und Blitz aussah, ähnelte Hal mehr dem Himmel, kurz bevor ein Tornado losbricht.

Nur Cameron schien guter Laune, und das lag zweifellos daran, daß Harry noch nicht bemerkt hatte, daß Cameron gerade die neueste Ausgabe von *Soldier of Fortune* verspeiste, und Cameron noch nicht bemerkt hatte, daß die Katze (die alte Katze, nicht die neue Katze) wieder einmal die Spitze von dem Nuckel an seinem Fläschchen abgekaut hatte – wenn auch vergebens. Das Fläschchen enthielt im Moment Kirschsaft. Katzen trinken keinen Fruchtsaft.

Mit einundzwanzig Monaten dürfte Cameron eigentlich kein Fläschchen mehr wollen. Aber er liest – oder ißt – auch nicht die Bücher, in denen das steht.

Hal funkelte mich an und schrieb weiter. Harry funkelte Hal an und machte weiter mit dem, was auch immer er gerade machte. Cameron, der schnellstens zu mir wollte, setzte einen Fuß fest auf das Fläschchen und verspritzte noch mehr Saft auf den Boden. Ich nahm ihn auf den Arm und stellte das Fläschchen aufrecht auf den Küchentisch. Die Katze schlich sich heran, offenbar in der Hoffnung, daß es diesmal Köstlicheres als Fruchtsaft enthielt.

»Hallo«, sagte ich zu meiner Familie, von der die meisten mich zu ignorieren schienen. »Das ist Shane. Er wohnt eine Weile bei uns.«

»In *meinem* Zimmer?« wollte Hal wissen.

»Wo sonst?« fragte ich. »Auf dem Dach?«

»Er kann doch in Camerons Zimmer schlafen. Da stehen zwei Betten.«

Das stimmte, da Camerons Zimmer früher mal das Zimmer von Vicky und Becky gewesen war, bis Vicky einen Anwalt heiratete und auszog und Becky einen Medizinstudenten (und reichen Erben) heiratete und auszog.

»Okay«, sagte ich. »Ich hab bloß gedacht, du würdest ihn vielleicht gern kennenlernen.«

»*Ich* möchte nichts anderes«, sagte Hal, »als möglichst schnell zum Krankenhaus, aber *er* sagt, ich muß vorher das dämliche *Geschichts*referat fertig machen, und wir haben schließlich *Wochenende*, Mensch, und ich kann das Referat auch später *fertig* machen.«

»Das hört sich ganz vernünftig an«, sagte ich vorsichtig. »Wann mußt du das Referat abgeben?«

»Montag«, sagte Hal, mit einem raschen Blick auf Harry.

»*Letzten* Montag«, sagte Harry. »Außerdem stehen noch die Hausaufgaben der letzten zwei Wochen in Geometrie und Chemie und ein Englischreferat aus. In Sport ist er anscheinend nicht im Hintertreffen.«

»Ich wollte das ja alles machen«, sagte Hal. »Aber ich mach mir eben Sorgen um Lori.«

»Der Schulleiter hat heute angerufen«, sagte Harry. »Er hat gesagt, alle Lehrer bringen soviel Geduld auf wie nur möglich angesichts der Situation, aber wenn Hals Noten nicht besser werden, ist sein Abschluß gefährdet.«

»Ich wollte es ja machen«, brüllte Hal. »Aber ich muß doch bei *Lori* sein!«

»Hal«, sagte ich so sanft ich konnte. »Lori merkt nicht, ob –«

»Ich *weiß*, daß sie es nicht merkt!« brüllte er. »Aber *ich* merke es!«

Hal hatte recht. Und Harry auch. Leider prallten in diesem Fall zwei völlig berechtigte Standpunkte frontal aufeinander.

Ich zeigte Shane, wo er seine Sachen deponieren konnte, wechselte Cameron die Windel, zog mich um (aufgrund des Zustands von Camerons Windel, als ich ihn auf den Arm genommen hatte) und ging, Cameron noch immer auf der Hüfte balancierend, in die Küche, um zu sehen, wie ich ein Abendessen zaubern konnte, das absolut keine gedankliche Leistung und sehr wenig Zeit und Mühe verlangte.

Da ich im Kühlschrank nichts Brauchbares entdeckte, ging ich in die Garage, um in der Kühltruhe nachzusehen. Fischstäbchen. Tiefgefrorene Pommes. Tiefgefrorenes Gemüse (für die Mikrowelle, die anderen Sachen für den Backofen). Im Kühlschrank stand doch noch der leckere Krautsalat, den ich vor einigen Tagen gemacht hatte, falls ihn keiner aufgegessen hatte.

Ein weiterer Blick in den Kühlschrank verriet mir, daß niemand ihn verputzt hatte. Gut. Das Abendessen war gerettet.

Ich gab Cameron an Harry weiter, damit er (Cameron, meine ich) nicht unter irgendwelche Füße geriet, während ich das Essen machte.

Shane kam in die Küche geschlendert und fragte, ob er mir helfen könne. Ich gebe zu, das kam ein wenig überraschend, aber ich erholte mich recht schnell wieder und schlug vor, daß er den Tisch deckte. Dazu war es natürlich erforderlich, daß Hal das Feld räumte, der wütend in sein Zimmer stürmte und die Enzyklopädiebände mitnahm, die in die Garage gehören, weil wir nur dort Platz für Bücherregale haben. Der ganze Kram – die Bücher, die Waschmaschine, der Trockner, die Gefriertruhe, Hals Trainingsbank, Harrys sämtliche abgelegten und vorübergehend abgelegten Hobbys, die Küchengeräte, für die ich in der Küche keinen Platz habe (meine Meinung über die Küche habe ich ja schon des öfteren zum Ausdruck gebracht) – hat zur Folge, daß in unserer Garage, die für angeblich zwei Autos gedacht ist, tatsächlich kein Auto steht, was wiederum zur Folge hat, daß die Garagenzufahrt wie ein Parkplatz aussieht oder – in

Anbetracht des Zustands der Autos – wie ein Schrottplatz, inklusive Pitbull zur Bewachung.

Besagter Pitbull winselte an der Hintertür, weil er reinwollte, um dem Baby einen Kuß zu geben. Ich versagte ihm den Einlaß, sah aber nach, ob er was zu fressen und zu trinken hatte. In Anbetracht der Laune meiner Familie hätte ich nicht darauf gewettet, daß jemand daran gedacht hatte, den Hund oder die Katzen zu füttern.

Früher haben wir den Hund auf der Veranda gefüttert und die Katzen auf dem Boden in der Küche, bis ich Cameron dabei erwischte, wie er Katzenfutter aß. Das war, bevor er anfing, Hundefutter zu essen. Dann fütterten wir den Hund und die Katzen auf der Veranda, bis wir den Hund dabei erwischten, wie er Katzenfutter aß, ungeachtet der erbosten Katzen. Jetzt füttern wir die Katzen auf der Motorhaube des Pick-up, weil weder das Baby noch der Hund es auf die Motorhaube schaffen. Darum, daß das Baby noch mal Hundefutter ißt, müssen wir uns keine Sorgen machen, weil der Hund schnell gelernt hat. Jetzt ißt er alles auf, bevor das Baby es bis zum Napf schafft. Das Wasser für den Hund ist manchmal noch ein Problem, aber Cameron trinkt es nicht; er benutzt den Napf nur als Fingerschale. Der Wassernapf der Katzen ist auf dem Stehregal im Badezimmer. Das heißt, dahinter.

All das erzählte ich einem sichtlich amüsierten Shane (der dann die Katzen füttern ging, weil der Hund schon gefressen hatte), weil ich nicht nachdenken wollte. Nicht über den Mord von heute nachdenken wollte, nicht über die im Koma liegende Lori nachdenken wollte und auch nicht darüber, daß Harry und Hal anscheinend ungeheuer böse aufeinander waren.

Die Unterhaltung beim Essen gestaltete sich in etwa so, wie man es erwarten würde. Es fand keine statt, es sei denn, man betrachtet »Das Salz bitte« als geistsprühenden Dialog.

Ich überließ Shane den Abwasch – wenn er schon bei mir wohnte, konnte er auch mit anpacken –, während ich Cameron zum krönenden Abschluß der Fischstäbchen, Kartoffeln und Erbsen, die er während des Familienessens mehr oder weniger gegessen hatte, mit Fruchtjoghurt fütterte. Dann ging ich Cameron baden. Theoretisch geht er um sieben Uhr ins Bett. Natürlich eindeutig nur theoretisch, wie alle wissen, die ein Baby haben.

Unser Haus ist so geschnitten, daß das Elternschlafzimmer mit eigenem Bad nach hinten raus links liegt. Vorne links, vom Wohnzimmer und der kleinen Diele abgehend, ist ein winziger Flur, der direkt zum Badezimmer führt. Von diesem Flur zweigen noch zwei Kinderzimmer ab, eins auf jeder Seite, so daß drei Türen sich zum Flur hin öffnen, das heißt, sie würden, da sie sich tatsächlich zum Flur hin öffnen und nicht ins dazugehörige Zimmer, weshalb es vor dem Badezimmer gelegentlich zu Kollisionen kommt.

Während ich Cameron im vorderen Kinderzimmer ins Bettchen legte und mir wieder in Erinnerung rief, daß wir die Zimmer tauschen sollten, damit Hal dann das größere hatte und Cameron nicht so nahe an der Straße wäre, konnte ich Hal mit Shane reden hören. Über Lori natürlich. Worüber sonst? Zur Zeit hatte er praktisch keinen anderen Gedanken.

Dann hörte ich Harrys Schritte, gefolgt von seiner Stimme, die sagte: »Hal, fahr ruhig ins Krankenhaus. Du kannst dein Geschichtsreferat zu Ende machen, wenn du wiederkommst. Deine Mom löst dich gegen neun Uhr ab.«

Um neun werden alle Besucher aus der Intensivstation gescheucht. Donna und ich zählten nicht als Besucher, weil die Krankenschwestern so überlastet waren, daß sie es – wie sie sagten – als große Hilfe empfanden, wenn wenigstens zeitweise jemand bei Lori am Bett saß. Meistens scheuchten sie uns um Mitternacht raus, und das war gut so, weil Donna und ich sonst überhaupt keinen Schlaf mehr bekommen hätten. Da Donna jeden Morgen um sieben Uhr da war, wollten sie sie nicht gleich wieder reinlassen, wenn sie um Mitternacht Dienstschluß hatte, und ich war da, sobald es mir nach vier Uhr möglich war, nachdem ich von acht bis vier gearbeitet hatte, eine Schicht, die wegen der morgendlichen Dienstbesprechung eigentlich von halb acht bis vier dauert. Hal war natürlich so oft da, wie er durfte, was nichts anderes hieß als soviel Zeit wie möglich zwischen Schulschuß um halb vier nachmittags und neun Uhr abends, wenn das Personal ihn vor die Tür setzte.

Genug davon. Wenigstens hatte ich Gelegenheit, mit Harry zu sprechen, wozu ich in den letzten zwei Wochen kaum gekommen war, auch wenn das Gespräch wegen Shanes Anwesenheit nicht gerade ungestört war. Ich setzte mich auf die Couch; ich konnte mich nicht gut neben ihn setzen, weil er immer noch – genauer gesagt, wieder – vor dem Computer hockte. »Ich bin froh, daß du Hal erlaubt hast, ins Krankenhaus zu fahren.«

»Aber er muß auf jeden Fall das Referat fertigmachen«, sagte Harry und zuckte dann zusammen, als Shane Hals Stereoanlage entdeckte. Zum Glück drehte Shane sie etwas leiser, was Hal nie tat.

»Stimmt«, sagte ich. »Aber solange er sich Sorgen um Lori macht, wird er ganz sicher keine großartigen Leistungen bringen.«

»Soll das heißen, wenn wir ihn dauernd ins Krankenhaus fahren lassen, macht er sich keine Sorgen mehr um Lori?« sagte Harry. »Herrgott, ich mache mir auch Sorgen um Lori. Sogar der Hund macht sich Sorgen um Lori.«

Das stimmte allerdings. Donna war aus irgendeinem mir unerfindlichen Grund in den letzten Monaten zunehmend zurückhaltender geworden – zumindest kam es mir so vor. Lori war sehr oft bei ihrer Tante zu Besuch gewesen, die sechs Querstraßen von uns weg wohnte. Ein Besuch bei ihrer Tante hatte im Grunde bedeutet, daß sie bei uns wohnte und bei ihrer Tante schlief. Wie immer, wenn sich die Strukturen in einer Familie verändern, fanden subtile Loyalitätsverschiebungen statt, und eine davon hatte seltsamerweise zur Folge gehabt, daß der Hund offenbar zu dem Schluß kam, daß Lori zu ihm gehörte. Jedesmal, wenn sie kam, bellte er wie verrückt, bis sie nach draußen ging, um ihn zu streicheln oder mit ihm zu spielen, und an den Tagen, an denen sie nicht so gegen vier Uhr nachmittags kam, saß er am Gartentor und heulte traurig.

Das hatte er schließlich doch aufgegeben, zur großen Erleichterung aller Nachbarn, aber er saß noch immer jeden Tag am Tor, wenn der Schulbus kam, und fing an zu winseln, wenn nur Hal ausstieg.

Aber ich war lange genug mit Harry verheiratet, um zu wissen, daß ihm außer Lori noch irgend etwas anderes Kummer bereitete. Natürlich konnte es mit seiner anhaltenden Arbeitslosigkeit zusammenhängen. Er stand kurz vor dem Abschluß in Betriebswirtschaft und sollte danach wieder bei Bell Helicopter anfangen, diesmal in der Verwaltung und nicht mehr als Testpilot, weil er diese Arbeit nicht mehr ausüben konnte, seit ein ganz neuer Prototyp beim Testflug ganz miserabel abgeschnitten hatte. Um genau zu sein: Er landete unsanft auf einem Feld, auf der Seite, und Harry wurde eingeklemmt, bis ein Such-und-Rettungsteam eintraf und ihn befreite.

Es konnte mit seinem Studium zusammenhängen, das wahrlich kein Kinderspiel war.

Ich hatte so eine Ahnung, daß es weder mit dem einen noch mit dem anderen zusammenhing. »Willst du mir nicht erzählen, was mit dir los ist?« fragte ich.

»Ach, verdammt«, sagte er, ballte die rechte Hand zur Faust und schlug sich damit auf die linke Handfläche.

Ich wartete. Früher oder später würde er mit der Sprache herausrücken, vermutlich um einiges früher, wenn ich abwartete und ihn nicht bedrängte.

Schließlich sagte er: »Der Mord, an dem du arbeitest, das Opfer ist Eric Huffman, stimmt's?«

»Stimmt«, sagte ich. »Hast du die Nachrichten geguckt?«

»Nein. Ich hab's mir gedacht, als du mich wegen des Jungen angerufen hast, Shane Corbett. Ich habe seinen Namen wiedererkannt.«

»Ach ja?«

»Ja, Eric hat mir vor zwei Monaten von ihm erzählt.«

»Du hast Eric Huffman gekannt?«

»Ich habe Eric Huffman gekannt. Er und ich haben zusammen versucht, den Hacker aufzuspüren.«

»*Du hast was?*« schrie ich. »Harry, woher wußtest du von dem Hacker, bevor –«

»Das Ding hat meinen Computer gefressen«, sagte er, völlig zusammenhanglos. »Dieses ... Wurmprogramm. Dieses Virusprogramm. Das, das das ganze Chaos angerichtet hat –«

»Du meinst einen Computerhacker«, begriff ich, als ich mich an die chaotischen Blätter erinnerte, die ich in Erics Computerzimmer gesehen hatte, das gleiche Buchstabenchaos wie das, das Harrys Drucker ausgespuckt hatte.

»Was dachtest du denn, was ich gemeint habe?«

»Egal. Erzähl weiter. Das Wurmprogramm, was immer das sein mag, jedenfalls du und er, ihr habt versucht, rauszufinden, wer es geschrieben hat?«

»Ja. Es wurde via Modem verbreitet.«

»Wie lange hast du Eric Huffman gekannt?« fragte ich.

»Oh Gott, viele Jahre, ich weiß es nicht«, sagte Harry. »Als ich mit dem Funken angefangen habe, da war ich doch so einem Netz angeschlossen, weißt du noch, und Eric war beim selben Netz. Du müßtest dich eigentlich an ihn erinnern, Deb, du hast ihn vor zwei Jahren am Lake Livingston kennengelernt.«

»Ich kann mich an niemanden erinnern, den ich am Lake Livingston kennengelernt habe.« Meine vordringlichste Erinnerung an den Ausflug zum Lake Livingston ist die, daß er im Februar stattfand, daß es für mein Empfinden zum Campen ungemütlich kalt war, daß ich keinem einzigen von den zighundert Amateurfunkern, die sich dort tummelten und nur in Codes redeten, irgend etwas zu sagen hatte, und vor allem, daß ich im siebten Monat schwanger war. Falls Sie noch nie das Vergnügen hatten, im Februar auf der nackten Erde im Schlafsack zu schlafen und auf einem Campingkocher zu kochen, wenn Sie im siebten Monat schwanger sind, dann wissen Sie einfach nicht, was Sie verpaßt haben.

Harry fiel plötzlich wieder ein, daß selbiger Ausflug nicht zu meinen Lieblingserinnerungen zählte, und er sprach hastig weiter. »Wir haben uns nicht oft persönlich gesehen, sondern bloß, na ja, geredet. Er hat das Funken vor zwei Jahren aufgegeben, und als ich dann den Computer kriegte, bin ich wieder mit ihm in Kontakt gekommen: Er hatte sich kurz vor mir einen gekauft.«

Ich nickte, und Harry sprach weiter: »Ich bin wirklich überrascht, daß jemand ihn umgebracht hat. Ich begreife nicht, wieso jemand das hätte tun wollen. Er war … er war eigentlich eine graue Maus. Ich kann mir nicht vorstellen, daß jemand so sauer auf ihn war, daß er ihn hätte umbringen wollen. Er war irgendwie … es ist nicht leicht, das auf den Punkt zu bringen. Er war irgendwie unscheinbar. Man konnte sich mit ihm unterhalten und dabei glatt vergessen, daß er da war. Könnte es nicht ein Einbrecher oder so gewesen sein? Jemand, der ins Haus eingestiegen ist und gedacht hat, es wäre niemand da?«

»Nein, es war kein Einbrecher«, sagte ich. »Was weißt du über ihn?«

»Er war Anwalt und hat nur noch auf Sparflamme gearbeitet. Er hatte vor einigen Jahren einen Herzinfarkt und ist danach kürzer getreten. Ich weiß nicht genau, aber ich hatte den Eindruck, daß er ganz gut betucht war, na ja, nicht so wie Olead« – Olead ist unser millionenschwerer Schwiegersohn, der Medizinstudent – »aber wohlhabend. So, daß er nicht mehr unbedingt arbeiten mußte. Er war auch nicht gerade ein Naturfreak – zu dem Funkertreffen am Lake Livingston ist er mit dem Wohnmobil angereist. Bist du sicher, daß du dich nicht an ihn erinnern kannst?«

Ich erinnerte mich noch immer nicht an ihn. Aber ich erinnerte mich an das Wohnmobil – lebhaft. Als ich versuchte, es mir und meinem Bauch in dem viel zu kleinen Schlafsack auf dem harten Boden gemütlich zu machen, hätte ich alles für so ein Wohnmobil gegeben.

»Was hast du eigentlich vorhin gedacht, was ich meinte, als ich Hacker gesagt habe?« fragte Harry wieder.

Ich wollte es ihm nicht sagen, nicht, wenn Eric Huffman ein Freund von ihm gewesen war. Aber andererseits würde es ohnehin am nächsten Morgen in der Zeitung stehen. »Es war ein Axtmord«, verriet ich widerwillig. »Der Mörder muß jemand sein, der ihn gekannt hat. Jemand, der ihn gehaßt hat.« Ich hielt inne; Harry, die Augen vor Entsetzen aufgerissen, starrte mich an, kopfschüttelnd.

»Deb«, sagte er, »*kein Mensch* hat Eric Huffman gehaßt. Das kannst du mir glauben. Kein Mensch. Kein Mensch hätte einen Grund gehabt. Er ist ... er war vom Typ her niemand, der irgendwem so wichtig gewesen wäre, daß er ihn gehaßt hätte.«

Irgendwem war er so wichtig, daß er ihn gehaßt hat, dachte ich matt, während ich aufstand, um mir aus der Küche ein Glas Wasser zu holen. »Harry, irgendwer hat ihn gehaßt«, sagte ich, als ich mich wieder auf die Couch setzte.

Harry schüttelte den Kopf. Dann, offenbar, um das Thema zu wechseln, fragte er: »Wie geht's Donna?« Er war am ersten Abend mit mir ins Krankenhaus gefahren, aber hatte sich im Hintergrund gehalten, während ich die weinende Donna zu trösten versuchte.

Ich zuckte die Achseln. »Sie ist bei Lori.« Ich dachte einen Moment darüber nach. »Aber so ganz auch wieder nicht. Sie wirkt irgendwie weggetreten.«

»Das hatte ich befürchtet, so, wie sie sich in letzter Zeit verhalten hat«, sagte Harry. »Ich meine bloß ... Deb, ich hatte den Eindruck, daß sie nervlich nicht stabil genug ist für die Arbeit bei der Polizei.«

»Normalerweise kommt sie ganz gut klar«, sagte ich. »Jedenfalls soweit ich das beurteilen kann.« Aber eigentlich kannte ich sie gar nicht gut genug, um das beurteilen zu können. Da ich mich als die potentielle Schwiegermutter ihrer Tochter sah, da ich sie als die potentielle Schwiegermutter meines Sohnes sah, hatte ich mir einige Mühe gegeben, sie kennenzulernen, aber Tatsache war, daß ich, so eingespannt, wie ich war, kaum mal Zeit hatte, jemanden zu besuchen, und irgendwie hatte ich den Eindruck, daß sie auch gar nicht gern Besuch bekam. Sie besuchte mich nie; wenn sie Lori bei uns abholte, blieb sie im Wagen sitzen und hupte. Meistens brachte Hal Lori nach Hause; manchmal Harry oder ich. Aber jedesmal, wenn einer von uns auf einen Sprung mit hineinging, wirkte Donna immer ein wenig zu beschäftigt oder irgendwie abwesend, um sich über Besuch zu freuen.

»Ich glaube, meistens ist sie nervlich stabil«, sagte ich. »Und sie scheint ihren Job auch ganz gut zu meistern. Aber du darfst auch nicht vergessen, daß ihr Mann bei einem Unfall mit Fahrerflucht ums Leben gekommen ist.«

»Das wußte ich gar nicht.« Harry trank im Gegensatz zu mir noch immer Kaffee, und er ging jetzt an mir vorbei und goß sich eine Tasse ein. Dann setzte er sich nicht wieder an seinen Funk- – Entschuldigung, *Computer-* – -tisch, sondern neben mich auf die Couch. »Wann ist das passiert?«

»Vor knapp vier Jahren«, sagte ich.

»War sie da schon bei der Polizei? Zur selben Zeit wie ihr Mann?«

»Oh, ja. Sie war da schon zwei Jahre bei uns. Die Sache ist so passiert: Auf dem Freeway hatte es eine Massenkarambolage gegeben, während eines Eissturms, wie wir sie öfters im Januar kriegen, und ihr Mann war hingeschickt worden, um den Verkehr daran vorbeizuleiten, falls das möglich war, und er konnte nur über die Gegenfahrbahn an die Unfallstelle rankommen. Er hat auf der Standspur gehalten und wollte dann über den Mittelstreifen. Er war gerade aus dem Wagen gestiegen und auf dem Weg zu der Unfallstelle, noch auf der Gegenfahrbahn, als er von einem Wagen erfaßt wurde, der einfach weitergefahren ist.«

»Sofort tot?« fragte Harry.

»Nein, er lag gut drei Wochen im Koma, bevor er starb.«

»Scheiße«, sagte Harry.

»Das kannst du laut sagen. Und jetzt liegt Lori im Koma. Verstehst du jetzt, warum sie – Donna, meine ich – sich vielleicht ein wenig, na ja, seltsam verhält?«

Harry nickte. »Ich kann nicht sagen, daß ich weiß, wie sie sich fühlt. Ich weiß es nicht, und ich bin verdammt froh darüber.« Er sah auf die Uhr an der Wand. »Wenn du um neun da sein willst, mußt du so allmählich los. Obwohl ich nach wie vor nicht weiß, was das bringen soll.«

»Lori bringt es gar nichts«, gab ich zu. »Sie liegt auf der Intensivstation; wenn sie auch nur zuckt, ist gleich eine Krankenschwester zur Stelle, bei all den Kabeln und Schläuchen, die sie an Lori angeschlossen habe. Aber für Donna ist es ein bißchen leichter – wenn sie das Gefühl hat, daß jemand da ist.«

»Aber es wäre schön, wenn noch jemand da wäre, der außer dir und Donna an Loris Krankenbett sitzen könnte«, sagte Harry.

Er hatte recht, dachte ich, während ich mein Schulterhalfter anlegte und meine Häkeltasche nahm. Es wäre schön, wenn außer Donna und mir noch jemand da wäre, der bei Lori am Krankenbett sitzen und all die unendlichen Stunden warten würde, während Lori atmete und piepsende Blinklichter auf den Bildschirmen tanzten. Aber da war sonst niemand. Keine Großeltern, keine Cousinen oder Cousins, keine Onkel, keine Tanten – nicht mal die Tante, die bei uns in der Nähe wohnte, obwohl das verständlich war, weil sie nicht bei bester Gesundheit war – keine Freunde. Keine Freunde, und das sagte wohl am meisten, nicht über Lori, deren Freunde für eine solche Aufgabe noch nicht alt genug waren, sondern über Donna. Vielleicht würde sich Donna, sobald das alles überstanden und Lori wieder ganz die alte war – eine andere Möglichkeit kam für mich gar nicht in Frage –, etwas mehr Zeit nehmen, sich etwas mehr Mühe geben, Freundschaften zu pflegen.

Aber wie kam ausgerechnet ich dazu, Donna zu kritisieren? dachte ich schuldbewußt, während ich geistesabwesend den Hund tätschelte, das Gartentor schloß, damit der Hund nicht rauskonnte, und in den Wagen stieg. Noch bis vor wenigen Jahren hatte auch ich keine Freunde gehabt. Keine richtigen Freunde. Oh ja, Bekannte, jede Menge Bekannte – die Frauen, deren Männer, wie Harry, in der Elks Lodge aktiv waren. Ich saß am Bingotisch, wenn ich mal Bingo spielen ging, aber das war nicht sehr oft der Fall, weil ich in dem verqualmten Saal jedesmal fast erstickte.

Ich war dabei, wenn in der Lodge Bankette und dergleichen stattfanden, und ich war natürlich auf der Weihnachtsfeier und dem Neujahrsball in der Lodge, Veranstaltungen, die im selben, aber etwas weniger verqualmten Saal stattfanden, und auf denen sehr viel mehr getrunken wurde, auch wenn die Getränke vornehmer waren als das Bier, das beim Bingo getrunken wurde.

Meine Freunde waren andere Polizeibeamte, mit denen ich zusammengearbeitet hatte, und ein paar von ihren Ehefrauen. Aber nicht viele, weil Polizistenfrauen häufig Mißtrauen gegen Polizistinnen hegen. Polizistinnen verbringen zuviel Zeit mit den Ehemännern von Polizistenfrauen, und das in Situationen, die kompliziert werden können, und wer glaubt, Polizeibeamte oder -beamtinnen würden ihre Partner oder Partnerinnen mit der Zeit nicht lieben lernen, hat nie die Erfahrung gemacht, daß sein Leben Tag für Tag von demselben Menschen abhängt.

Es ist aber eine andere Art von Liebe, und sie verwandelt sich so gut wie nie in eine Liebesbeziehung. Polizisten und Polizistinnen wissen das. Polizistenfrauen, und natürlich auch Polizistinnenmänner, wissen das häufig nicht.

Aber kannte ich irgendeine von ihnen – Frauen von Elks-Lodge-Mitgliedern, Polizistenfrauen – wirklich gut, gut genug, um sie zu bitten, am Krankenbett meines schwerverletzten Kindes zu wachen? Kannte irgendeine von ihnen mich gut genug, um es von sich aus anzubieten?

Da machte ich mir nichts vor.

Und natürlich würden sich die Polizisten und anderen Polizistinnen nicht anbieten, weil sie, wie ich, ohnehin schon zuviel um die Ohren hatten.

Wenn ich mir gegenüber ehrlich war, mußte ich zugeben, daß ich selbst jetzt nicht viele Freunde hatte außer einigen aus dem Kollegenkreis, und mit keinem von ihnen hatte ich privat sonderlich viel Kontakt. Dann war da natürlich noch Susan Brown, aber sie hätte keine Zeit, bei meinem Kind am Krankenbett zu sitzen – oder bei mir, wenn es sich ergeben sollte –, weil sie sich um ihre eigenen Patienten kümmern mußte.

May Rector, von der Kirche, der Hal angehört und in die ich gelegentlich gehe. Sie hätte keine Zeit, bei einem meiner Kinder am Krankenbett zu sitzen, es sei denn, es wäre Cameron, weil sie andernfalls als Camerons Babysitterin zuviel zu tun hätte, ein Job, für den sie sich nicht nur aus freien Stücken angeboten, sondern um den sie regelrecht gebettelt hatte. Und ich hatte nach wie vor ab und zu meine Zweifel, ob sie das aus reiner Freundschaft tat oder ob sie noch immer die Hoffnung hatte, mich bekehren zu können.

Sister Eagle Feather, die mit richtigem Namen Matilda Greenwood heißt?

Sie würde sich wahrscheinlich bereit erklären.

Ich hatte sie vor einigen Monaten bei den Ermittlungen in einem Fall kennengelernt, und wir waren inzwischen recht gut befreundet. Sie war ausgebildete Psychologin, hielt sich aber für ein echtes Trancemedium – was ich nach wie vor nur schwer glauben konnte – und führte eine spiritualistische »Kirche«, um an Depressionen leidenden, gramgebeugten Menschen helfen zu können, die nicht im Traum daran denken würden, eine Therapie zu machen. Ich wünschte mir, ganz kurz nur, daß ich Donna überreden könnte, zu Sister Eagle Feather zu gehen, aber das würde sie genauso wenig machen, wie sie eine Therapie machen würde.

Ach, na ja. Ich parkte ganz bewußt unter einer Straßenlaterne – ich bin nicht so verrückt, daß ich um Mitternacht mutterseelenallein auf einen dunklen Parkplatz gehe und in ein dunkles Auto steige, auch wenn ich bewaffnet bin – und betrat das Krankenhaus.

Hal saß im Wartezimmer, was bedeutete, daß es nach neun Uhr war und man ihn aus der Intensivstation gescheucht hatte. Als er mich sah, stand er auf und sagte: »Ich fahre dann jetzt nach Hause.«

»Wie geht's Lori?« fragte ich, nicht, weil ich eine informative Antwort erwartete, sondern weil Hal die Frage erwartete.

»Praktisch unverändert«, sagte er. »Sie war nur ein bißchen zappelig. Die Krankenschwester meinte, das wäre gut.«

Ich nickte. »Vielleicht kannst du ja noch ein bißchen an deinem Referat weiterarbeiten, bevor du ins Bett gehst«, sagte ich möglichst überzeugend.

»Ja«, erwiderte er, was so gut wie nichts besagte.

Lori war ein oder zwei Stunden merklich unruhig, was in der Tat ein gutes Zeichen war; ein komatöser Mensch, der unruhig wird, könnte kurz davor sein aufzuwachen. Aber später beruhigte sie sich wieder, und ich war an ihrem Bett eingedöst, als Donna um Viertel nach zwölf hereinkam.

Ich wachte gerade lange genug auf, um nach Hause zu fahren. Harry schlief; Cameron schlief; und – vermutlich auch – Hal und Shane. Der Hund und die Katzen natürlich nicht, und sie eskortierten mich zur Haustür, wo die Katzen hineingingen und der Hund es versuchte.

Es wäre um einiges einfacher, wenn der Hund ins Haus dürfte, dachte ich, während ich mit einem Knie den Eingang so lange blockierte, daß ich hineinschlüpfen konnte. Aber Harry ist der Meinung – wahrscheinlich zu Recht –, daß der richtige Platz für einen Pitbull, was auch immer der richtige Platz für ihn sein mag, jedenfalls nicht das Wohnzimmer ist, und erst recht kein Wohnzimmer, in dem ein empfindliches elektronisches Gerät aufgebaut ist, das leicht von einem Hund umgeworfen werden könnte, der mit dem ganzen Hinterteil wackelt, um seinen fehlenden Schwanz wettzumachen.

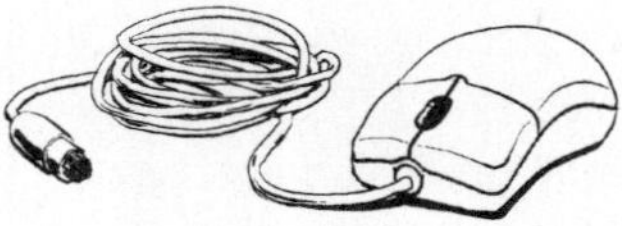

Kapitel 4

Samstag morgen. Eigentlich hatte ich ja keinen Dienst. Aber ich mußte trotzdem zum Dienst. Wenigstens mußte ich nicht um halb acht bei der Dienstbesprechung sein, weil ich ja keinen Dienst hatte. Am Ende würde ich die Überstunden abfeiern können, doch wann das sein würde, stand in den Sternen.

Wenigstens hatte ich Zeit für ein anständiges Frühstück – oder das, was ich als ein anständiges Frühstück betrachtete –, statt meiner normalen Wochentagsmahlzeit bestehend aus Cornflakes, Bananen und Milch. Ich würde Apfel-Zimt-Nuß-Muffins backen, das heißt vorausgesetzt, Hal hatte mir noch Äpfel und Pekannüsse übriggelassen. Zimt war bestimmt noch da; den kaufe ich in sehr großen Packungen, weil alle in der Familie süchtig nach Zimttoast sind.

Es waren noch Äpfel da. Es waren noch Pekannüsse da. Was war bloß mit Hals Appetit los? Die Sorge um Lori natürlich. Ich kannte die Antwort, aber was mich vor ein Rätsel stellte, war, daß er, obwohl er bei seinem normalen Tageskonsum von zwölftausend Kalorien nicht zunahm, jetzt, wo er nur einen Bruchtal davon aß, offenbar auch nicht abnahm.

Bewegte er sich vielleicht weniger?

Ist er vielleicht so gesund, daß er sein normales Gewicht hält, egal wieviel er ißt?

Falls ja, was für ein beneidenswertes Problem.

Halbfett-Margarine auf vier riesige Muffins zu tun, die mit Zucker und Zimt bestreut und zur Krönung mit Pekannüssen garniert sind, ist wahrscheinlich ein sinnloses Unterfangen, aber es war trotzdem eine Delikatesse. Auch das Baby bekam Muffins, aber vorher wurden die Pekannüsse entfernt; Cameron hat noch nicht genug Zähne, um ihm Nüsse zuzutrauen.

Nach dem Frühstück fragte Shane, wo die nächste Bushaltestelle sei; er habe vor, sich auf Jobsuche zu machen.

»Am Samstag?« fragte Harry.

»Na ja, Restaurants stellen auch samstags Leute ein«, sagte Shane. »Ähm … könnten Sie mir vielleicht einen Vierteldollar geben, für den Bus?«

»Mit einem Vierteldollar kommen Sie aber nicht weit«, wandte Harry ein.

»Ich hab mir gedacht, ich könnte vielleicht jemand anders um das restliche Geld bitten«, sagte Shane kleinlaut.

Harry durchsuchte seine Taschen und gab ihm zwei Dollar. »Aber bis zur nächsten Haltestelle ist es über eine Meile«, warnte er.

Shane zuckte die Achseln. »Kein Problem. Ich bin gut zu Fuß.«

»Ich fahre sowieso zum Krankenhaus«, sagte Hal. »Ich kann dich in der Stadt absetzen. Dann mußt du mit dem Bus nur zurückfahren. Falls, äh, ich den Pick-up haben kann?«

»Nimm den Pick-up«, sagte Harry resigniert. »Sei gegen Mittag zurück, damit du mit deinem Referat weitermachen kannst.«

»Werd ich«, versicherte ihm Hal.

»Könnte ich nicht mit ins Krankenhaus kommen?« sagte Shane, als er zur Tür hinausging. »Dann kann ich deine Freundin besuchen, und dann kann ich im Krankenhaus fragen, ob sie in der Küche vielleicht Hilfe brauchen können –«

Als ob die am Samstag Leute einstellen, dachte ich, sagte es aber nicht.

»Klar«, hörte ich Hal antworten. »Dann lernst du auch Loris Mom kennen, die ist um diese Zeit immer da, und sie freut sich bestimmt, dich kennenzulernen, und –«

Richtig, dachte ich. Absolut richtig. Genau das, was Donna braucht – Shane kennenlernen. Prima.

Hal und Shane waren längst zur Tür hinaus, bevor ich Zeit hatte, über das Frühstücksgeschirr nachzudenken.

Leider dauert es nicht lange, Geschirr in die Geschirrspülmaschine zu stellen, und danach fielen mir keine Gründe mehr ein, um Zeit zu schinden. Das bedeutete, daß ich den Aufenthaltsort von Clara Huffman ermitteln (so sagt man im Polizeijargon, wenn man rausfinden will, wo jemand ist) und zu ihr fahren mußte, um mit ihr zu sprechen.

Ein Anruf im Krankenhaus erbrachte die Information, daß Clara Huffman wieder zu Hause war. Mir war schleierhaft, warum sie wieder nach Hause gewollt hatte; der Tatort konnte unmöglich schon sauber gemacht worden sein, weil wir ihn ja noch gar nicht freigegeben hatten. Vielleicht waren die im Krankenhaus nicht richtig darüber informiert, wohin sie gefahren war. In den Unterlagen würde bestimmt nur stehen, daß man sie entlassen hatte, aber nicht unbedingt, wohin sie nach ihrer Entlassung wollte.

Doch ein Anruf bei Clara Huffman zu Hause erbrachte die Information, daß sie wirklich da war und auch mit mir sprechen wollte, obwohl sie nicht wußte, was das bringen sollte.

Mist. Damit war mein letzter Vorwand dahin, zu Hause zu bleiben.

Ich rief Irene an, um ihr zu sagen, daß Clara zu Hause war und wir die Hausdurchsuchung zu Ende bringen könnten. Ich konnte ihr selbstgefälliges Schmunzeln sogar durchs Telefon hören. »Das habe ich gestern abend schon erledigt«, sagte sie.

»Du hast was?«

»Ich habe es gestern abend schon erledigt. Ich fand es unsinnig, noch länger damit zu warten. Und wir hatten ja noch die Einwilligung für die Durchsuchung. Ich hab den Schlüssel des Opfers aus der Asservatenkammer geholt, und Sarah und ich sind hin und haben die Durchsuchung erledigt.«

»Irgendwas Brauchbares gefunden?«

»Kommt drauf an, was du als brauchbar erachtest. Wir haben jedenfalls nichts gefunden, das auch nur im entferntesten einer möglichen Mordwaffe ähnelt.«

Was bedeutete, daß der Täter oder die Täterin sie mitgenommen hatte. Womit der Tag für mich nicht gerade gerettet war.

Aber zumindest mußte ich nicht mehr das Haus durchsuchen, sondern nur noch mit der Witwe sprechen.

Ich erledigte noch einen weiteren Anruf, bevor ich mich auf den Weg machte, und zwar rief ich im Methodist Hospital an, um Donna zu fragen, wie es Lori ging – praktisch unverändert, sagte sie –, und um ihr zu sagen, daß ich heute wirklich nicht ins Krankenhaus kommen konnte.

»Du mußt dich schließlich auch mal um deine Familie kümmern«, sagte sie. »Keine Sorge. Ich komme schon klar.«

Das hatte natürlich die paradoxe Wirkung, daß ich mich nicht besser, sondern schlechter fühlte. Müssen sich andere eigentlich auch dauernd zwischen zwei oder drei Dingen entscheiden, die alle unbedingt getan werden müssen, fragte ich mich, während ich dem Hund versicherte, daß ich wirklich wegmußte, oder ist das nur bei mir so?

Genaugenommen wußte ich die Antwort darauf. Jede Frau, die außerhalb ihres Hauses berufstätig ist – und ich wußte weiß Gott, daß der Ausdruck »berufstätige Mutter« ein schlechter Witz ist; jede Mutter arbeitet, ob sie nun »berufstätig« ist oder nicht –, muß regelmäßig das Gefühl haben, in zwei Hälften gespalten zu sein. Normalerweise war ich nicht – na ja, nicht viel – schlechter dran als sonst jemand; meine Konflikte waren bloß ein bißchen offensichtlicher.

Und im Augenblick *mußte* ich mich wirklich um meinen Kleinsten kümmern, bevor er vergaß, wie ich aussah; und ich *mußte* wirklich Hal und Donna trösten und ihnen bei Lori zur Seite stehen, weil das Krankenhaus Donna gebeten hatte, dafür zu sorgen, daß ständig jemand bei Lori war; und ich *mußte* wirklich diesen Mordfall lösen, weil es nun mal eine Tatsache ist, daß ein Axtmörder häufig ein Wiederholungstäter ist.

Natürlich hätten auch andere Leute all diese Dinge erledigen können. Aber ich war diejenige – zumindest sah ich das so –, von der erwartet wurde, daß sie sie erledigte.

Also schön, ich hatte mich entschieden, was von den drei Sachen vielleicht nicht wichtiger, aber zweifellos dringlicher war. Nachdem ich die Entscheidung getroffen hatte, konnte ich zumindest versuchen, gute Miene zum bösen Spiel zu machen. Mrs. Huffman, so sagte ich mir, als ich vor ihrem Haus parkte, hatte es auch so schon schwer genug, ohne daß ich mit einem Gesicht wie eine Gewitterwolke herumlief.

Clara Huffman war ruhiger, als sie es vor siebzehn Stunden gewesen war, aber irgendwie wirkte sie älter, zerbrechlicher. Das blaugraue Haar war jetzt ordentlich gebürstet, aber nichts ließ mehr ihre gestylte Frisur von gestern erahnen. Sie trug einen Morgenmantel aus Baumwollflanell über einem Nachthemd aus Baumwollflanell, und sie war ungeschminkt. Ohne Make-up trat das Bläuliche ihres Gesichts viel deutlicher hervor; sie mußte älter sein, als ich sie gestern geschätzt hatte, vielleicht erheblich älter.

»Es war natürlich dieser gräßliche Junge«, sagte sie ohne ein Wort der Begrüßung zu mir. Dann drehte sie sich weg von der Tür und setzte sich ziemlich elegant auf diese hübsche Designercouch.

»Junge?« fragte ich, während ich in einem Sessel Platz nahm, der zur Couch paßte.

»Dieser ... *Shane*«, stieß sie so heftig hervor, daß der Name wie ein Schimpfwort klang. Und doch, trotz des vordergründigen Zorns hatte ich das Gefühl, daß in ihrer Stimme kaum eine Emotion mitschwang, als wäre sie nur teilweise anwesend. »Ich habe Eric gesagt, wie kommen wir dazu, einfach so jemanden von der Straße aufzulesen. Das sind doch alles Kriminelle. Sonst würden sie ja wohl nicht auf der Straße leben, oder?«

Mir wären auf Anhieb Tausende von Gründen eingefallen, warum Menschen auf der Straße landen, wegen psychischer Krankheiten oder Langzeitarbeitslosigkeit, um nur zwei zu nennen, aber was hätte das gebracht? Plötzlich mochte ich Clara Huffman nicht mehr so, wie ich sie gemocht hatte. »Wieso meinen Sie, daß Shane es war?« fragte ich.

»Wer denn sonst?«

»Genau das müssen wir eben herausfinden«, erwiderte ich. »Angenommen, Shane ist es gewesen, warum hätte er es tun sollen? Eric – Mr. Huffman – hatte ihn aufgenommen, ihn gut behandelt.«

»Undankbar war der, jawohl. Die Jugend von heute ist doch so undankbar.«

»Vielleicht. Aber Undankbarkeit ist selten ein Mordmotiv.« Manchmal doch, natürlich, da hatte sie recht. Einen Moment lang mußte ich an Dr. Ezra Loundes denken, Psychiater, Philanthrop, der zwei Obdachlose bei sich aufgenommen hatte und zusammen mit seiner Frau von ihnen ermordet wurde. Aber bei den Morden waren Drogen im Spiel gewesen, und ich wäre jede Wette eingegangen, daß Shane nichts mit Drogen am Hut hatte. »Es muß einen anderen Grund geben.«

Sie blickte sich geistesabwesend um. »Vielleicht wollte Shane den ganzen Computerkram stehlen, und Eric hat ihn überrascht.«

»Wieso hat er dann die Computeranlage demoliert? Nachdem Mr. Huffman tot war, hätte er sie doch einfach mitnehmen können.«

»Vielleicht ... vielleicht ist er in Panik geraten. So was kommt schließlich vor.«

»Vielleicht«, sagte ich. »Aber ich darf auch andere Möglichkeiten nicht ausschließen.«

»Wozu? Wieso nehmen Sie den Jungen nicht einfach fest?«

Ich holte tief Luft und erklärte ihr die Sache mit dem hinreichenden Tatverdacht.

»Was ist mit der Axt?« fragte sie, als ich fertig war.

»Welche Axt meinen Sie? Wir haben keine gefunden.«

»Wir hatten eine. Eric hat damit Holz gehackt, vor Jahren, bevor er krank wurde. Jetzt kaufen wir natürlich fertig gehacktes Brennholz. Sie ist nicht mehr da, die Axt, meine ich. Ich habe nachgesehen. Wenn ... wenn er es damit getan hat, dann muß er sie mitgenommen haben.«

»Wer auch immer es war«, pflichtete ich bei, »darüber lohnt es sich auf jeden Fall nachzudenken. Können Sie mir zeigen, wo sie aufbewahrt wurde?«

Wieder blickte sie sich um, noch immer geistesabwesend. »Ich weiß es nicht mehr. Als ich sie zuletzt gesehen habe …« Sie hielt einen Moment lang inne. »Als ich sie zuletzt gesehen habe, war sie in Erics Arbeitszimmer. Das ist seltsam. Ich frage mich, wie sie da wohl hingekommen ist?«

»War das, bevor oder nachdem Eric ermordet wurde?«

»Tja, das weiß ich einfach nicht mehr. Das ist auch seltsam. Wieso weiß ich das nicht mehr?«

Es gab mehrere Möglichkeiten. Eine war, daß die Axt noch im Arbeitszimmer war, als sie die Leiche fand, und später entfernt wurde. Wenn das stimmte, dann war der Mörder – wer auch immer der Mörder war – noch hier gewesen, als Clara nach Hause kam, und hatte sich erst später hinausgeschlichen, bevor die Polizei eintraf.

Eine weitere Möglichkeit war die, daß Clara Eric selbst getötet und dann alles verdrängt hatte, alles bis auf die vage Erinnerung daran, die Axt in Erics Arbeitszimmer gesehen zu haben. Aber das glaubte ich nicht. Ich wollte es nicht glauben, nicht, solange nicht gründlich ermittelt worden war.

»Irgendwer hat auch noch die Handtücher mitgenommen«, fügte sie verärgert hinzu. »Und im Badezimmer ist überall so komischer schwarzer Dreck.«

»Ach ja? Dann schau ich mir das wohl besser mal an.« Ich wußte, was ich finden würde. Wer immer das auch gewesen war, die Person hatte sich gründlich gereinigt, bevor sie das Haus verließ. Irene wußte das genauso gut wie ich, und sie hatte das Badezimmer sicherlich genauestens nicht nur auf Blut und Fingerabdrücke abgesucht, sondern auch jeden Quadratzentimeter des Bodens daraufhin untersucht, ob sich vielleicht von der Kleidung des Mörders das Gewebe in trocknendem Blut abgedrückt hatte, während der Mörder sich duschte.

Die Handtücher waren tatsächlich verschwunden. Ebenso wie der Duschvorhang. Clara Huffman konnte von Glück sagen, daß das Waschbecken noch da war. Aber der Raum war nicht mit Polizeiband abgesperrt, also mußte Irene mit ihm fertig sein. Mein Blick fiel auf einen Wäscheschrank, und ich nahm saubere Handtücher heraus, suchte mir einen Lappen und wischte das Fingerabdruckpulver so gut es ging vom Waschbecken und von den Kacheln. Als ich wieder ins Wohnzimmer kam, blickte Clara verwundert. Einen Moment lang fragte ich mich, ob sie vergessen hatte, daß ich da war. Aber dann fragte sie: »Was haben Sie gesagt, meine Liebe?«

»Schon gut«, sagte ich. »Es war nicht wichtig. Hätten Sie was dagegen, wenn ich mir noch mal Erics Arbeitszimmer ansehe, bevor wir unsere Unterhaltung fortsetzen?«

»Machen Sie ruhig. Ich glaube, ich brauch noch ein Täßchen Kaffee.« Auf halbem Weg in die Küche, blieb sie stehen und fragte: »Möchten Sie auch eins?«

»Nein, danke«, sagte ich. »Ich hab mir das Kaffeetrinken abgewöhnt.« Sie setzte mich mehr und mehr in Erstaunen. Gestern noch hatte sie der Gedanke, in diesem Haus zu bleiben, in Angst und Schrecken versetzt; heute schien es ihr gleichgültig zu sein. Es deutete nichts darauf hin, daß sie Alkohol getrunken hatte, aber sie legte genau die seltsame Gleichgültigkeit an den Tag, die sehr häufig mit einem starken Rauschzustand einhergeht. Natürlich hatte der Arzt ihr wahrscheinlich irgendein Beruhigungsmittel gegeben. Ich würde das nachprüfen.

Der Raum, in dem der Mord begangen worden war – Erics Arbeitszimmer, wie Clara Huffman sagte –, sah genauso aus, wie er meiner Erinnerung nach ausgesehen hatte. Kein angenehmer Anblick. Ich zerriß oder zerschnitt das gelbe Band quer vor der Tür nicht, das Band, auf dem KEIN ZUTRITT! TATORT! stand. Es war gar nicht nötig. Ich griff unter dem Band hindurch, öffnete die Tür, die nach innen aufging, stand dann vor dem Band und blickte in den Raum. Was ich sah, bestätigte, was ich glaubte in Erinnerung zu haben. So, wie das Blut im ganzen Raum herumgespritzt war, lag es auf der Hand, daß der Mörder oder die Mörderin nicht an einer Stelle geblieben war, sonst hätten die Umrisse seines oder ihres Körpers sich im Blut abgezeichnet. Nein, der Mörder hatte sich durch den Raum bewegt, langsam oder schnell. Und wer sich in diesem Chaos bewegt hatte, war auf alle Fälle nicht nur mit Blut bespritzt gewesen, sondern mußte von Blut regelrecht durchnäßt worden sein.

Angenommen, nur mal rein theoretisch, daß Clara Huffman es getan hatte. Sie hätte es nicht getan haben können, nachdem sie vom Friseur zurückgekommen war, denn als sie mit dem Arzt wegging, war ihr trotz der mittlerweile zerzausten Haare noch anzusehen, daß sie sich eine hübsche Frisur hatte machen lassen. Wenn sie den Mord vor ihrem Friseurtermin begangen hätte, dann hätte sie sich duschen und die Haare waschen müssen. Wie hatte sie ausgesehen, als sie zum Friseur kam? Leute, die regelmäßige, feste Friseurtermine haben, waschen sich die Haare normalerweise überhaupt nicht mehr selbst. Ihr Friseur konnte mir bestimmt sagen, ob Claras Frisur von letzter Woche noch teilweise vorhanden war, als sie kam.

Auch das würde ich nachprüfen müssen, wenn auch nur, um sie eindeutig als Täterin auszuschließen. Aber ich hätte gewettet, daß ich wußte, was der Friseur sagen würde.

Ich folgte Clara Huffman in die Küche und sah gerade noch, wie sie etwas aus einem Medikamentenfläschchen schluckte. »Kann ich das mal sehen?« fragte ich.

Sie reichte mir das Fläschchen und blickte sich geistesabwesend um – immer geistesabwesend. Gestern hatte sie in keiner Weise geistesabwesend gewirkt; heute hätte ich sie glatt als senil bezeichnet, erst recht, als sie fragte: »Was wollte ich noch mal hier?«

»Sie wollten sich eine Tasse Kaffee machen«, sagte ich und schaute auf das Fläschchen. XANAX. EINNAHME ALLE VIER STUNDEN. Und das erklärte die Geistesabwesenheit.

Mein Arzt hatte mir einmal Xanax verschrieben, als Muskelrelaxans, nachdem ich mir den Rücken verknackst hatte. Als ich zwei davon genommen hatte, konnte ich mich gerade noch an meinen Namen erinnern. Mein Kurzzeitgedächtnis war völlig weg – ich konnte weder Autoschlüssel noch meine Brieftasche noch meine Pistole finden; ich konnte mich nicht erinnern, was ich in den Backofen geschoben hatte; einmal lief mir die Badewanne über, weil ich das Wasser angedreht hatte, bevor ich in die Wanne stieg, und mich dann nicht mehr erinnern konnte, warum ich mich auszog. Um mein Langzeitgedächtnis war es auch nicht viel besser bestellt. Harry rief dann den Arzt an (das mußte Harry machen, weil ich das Telefon nicht fand), und ich setzte das Xanax ab. Es dauerte gut vier Tage, bis bei mir alles wieder normal war.

Ein sehr lautes Knacken riß mich wieder in die Gegenwart, und ich drehte mich zu Clara Huffman um, die stumpfsinnig auf eine gesprungene Glaskanne in ihrer Hand starrte. Sie hatte sie von der Warmhalteplatte der Kaffeemaschine genommen und direkt kaltes Wasser hineinlaufen lassen, obwohl sie noch heiß gewesen war.

»Setzen Sie sich; ich mache den Kaffee«, sagte ich, innerlich Dr. Smiley verfluchend, weil er so verantwortungslos gewesen war, sie in dieser Verfassung allein nach Hause zu schicken. Aber wahrscheinlich hatte er gedacht, sie wäre nicht allein. Die meisten wären das nicht. Hatte auch sie so wenig Freunde wie Donna – wie ich?

»Wie sind Sie vom Krankenhaus hergekommen?« fragte ich, mit dem Rücken zu ihr, während ich die Arbeitsflächen und Regale nach irgendwas absuchte, um darin und damit Kaffee zu machen.

»Mit dem Taxi«, sagte sie. »Es hat dreißig Dollar gekostet. Ich habe dem Fahrer fünfzig gegeben. War das zuviel?«

»Wahrscheinlich«, sagte ich gedankenverloren. Ich bin in letzter Zeit nicht Taxi gefahren, aber mir schien doch, daß schon dreißig Dollar, von fünfzig ganz zu schweigen, eine ganze Menge für eine Fahrt von höchstens zehn Meilen waren.

Ich fand keine Ersatzkanne, aber in einem Regal unter der Theke stand eine elektrische Espressokanne. Das Kaffeepulver schien zwar extra für Kaffeemaschinen zu sein, aber ich ging davon aus, daß es kein Weltuntergang wäre, wenn ich es für die Espressokanne nahm.

Kurz darauf, während die Espressokanne im Hintergrund blubberte, setzte ich mich zu ihr an den Tisch. »Haben Sie eine Freundin, die ich anrufen könnte, damit sie herkommt und eine Weile bei Ihnen bleibt?« fragte ich.

»Och, ich komme schon zurecht«, sagte sie. »In einer Stunde oder so wollte ich sowieso zum Bestattungsinstitut fahren.«

»Mrs. Huffman, hat der Arzt Ihnen nicht verboten, Auto zu fahren, solange Sie das Medikament nehmen?«

»Oh, doch, aber das geht schon.«

Es wäre gleichbedeutend mit Mord, sie allein zu Hause zu lassen, ohne jeden vorhandenen Autoschlüssel mitzunehmen, was nicht sehr praktisch erschien. »Wo haben Sie denn Ihr Adreßbuch, Mrs. Huffman?«

»Sie brauchen sich um mich keine Sorgen zu machen«, sagte sie munter.

»Mrs. Huffman, wo ist Ihr Adreßbuch?«

»Neben dem Telefon.«

Sie wollte zur Espressokanne greifen, und ich hielt sie davon ab. »Der ist noch nicht durchgelaufen. Ich gieße Ihnen eine Tasse ein, wenn er fertig ist.«

Ich suchte wahllos einen Namen aus dem Adreßbuch. Na ja, nicht ganz wahllos. Mardee Hamilton, die nur wenige Meilen entfernt wohnte, schien die nächste, wenn nicht engste Freundin von ihr zu sein.

Mardee Hamilton klang so, als wäre sie in meinem Alter, vielleicht ein wenig älter, und sie war etwas beunruhigt, als sie hörte, daß Clara – unter einem starken Beruhigungsmittel stehend – allein zu Hause war. Sie versprach, innerhalb der nächsten halben Stunde zu kommen und so lange wie nötig zu bleiben. Es gab keine Angehörigen, so erzählte sie mir, aber sie würde dafür sorgen, daß immer jemand bei Clara war. Sie wäre schon früher gekommen, aber als sie angerufen hatte, war niemand drangegangen, und sie hatte angenommen, daß Clara im Krankenhaus war. »Ich war Erics Sekretärin, als er noch seine Kanzlei hatte und nicht zu Hause gearbeitet hat«, sagte sie mir, »und ich kenne alle beide sehr gut. Ich war ... tief erschüttert, als ich hörte, was passiert ist.«

»Wer hat Sie verständigt?« fragte ich.

»Niemand. Ich hab's aus den Zehn-Uhr-Nachrichten erfahren. Das ... hat mich schon schockiert, weil ich erwartet hätte, daß man mich anruft, aber dann wurde mir natürlich klar, daß Clara hysterisch sein mußte.«

»Ist Clara öfter hysterisch?«

»Oh, ja«, sagte Mardee Hamilton. »Und das ist nicht gespielt. Sie war schon immer – ich hoffe, Sie verstehen, was ich meine – emotional fragil. Das war auch einer der Gründe, warum sie keine Kinder hatten. Also ... Ms ... Ralston, sagten Sie?«

»Genau.«

»Ich habe heute morgen ziemlich herumgetrödelt, ich muß mich noch anziehen. Ich bin dann da, so schnell ich kann. Bitte warten Sie, bis ich komme.«

»Ganz bestimmt«, versprach ich ihr und legte auf.

Da ich das Adreßbuch gerade zur Hand hatte, schrieb ich mir noch schnell den Namen und die Telefonnummer des Friseursalons auf. Zumindest eine Frage würde ich im Laufe des Tages mit großer Wahrscheinlichkeit mittels eines fünfminütigen Telefongesprächs klären können.

Wieder in der Küche, schenkte ich Clara Huffman eine Tasse Kaffee ein, goß so viel Milch dazu, daß sie sich nicht verbrühte, falls sie ihn verschüttete, und stellte weitere Fragen.

Ich erhielt keine aufschlußreichen Antworten, was ich angesichts ihres Zustandes auch nicht anders erwartet hatte. Alles, was ich aus ihr herauskriegte, wußten wir bereits.

Eric war Anwalt gewesen, der kaum noch arbeitete. Er hatte nie Strafsachen gemacht. Er hatte nie einen richtigen Strafprozeß gehabt, nur Verträge aufgesetzt und dergleichen. Er hatte nie irgendwelche Geldsorgen gehabt, weil sowohl Eric als auch Clara Einzelkinder mit wohlhabenden Eltern waren. Clara war nie berufstätig gewesen, hatte aber für Erics Kanzlei die Buchhaltung gemacht. Ja, sie war gelernte Buchhalterin, und die Arbeit hatte ihr immer Spaß gemacht. Nein, in letzter Zeit hatte sie die Buchhaltung nicht mehr gemacht; Eric hatte das selbst erledigt, sobald er seinen Computer hatte. Ja, sie wußte von dem Computerhacker und dem Virus; Eric hatte sich fürchterlich darüber aufgeregt, aber er hatte das Problem vor Tagen in den Griff bekommen. Ja, er hatte viele Hobbys gehabt. Nein, sie hatte ihn so gut wie nie zu irgendwelchen Funkertreffen oder dergleichen begleitet; vor Jahren war sie einige Male mitgefahren und hatte sich gelangweilt.

Und wieder und wieder genau das gleiche, was ich schon von ihr gehört hatte, genau das gleiche, was ich von Harry gehört hatte. Niemand hatte Eric so gehaßt, daß er ihn hätte ermorden wollen. Der Mord mußte aus einem anderen Grund geschehen sein.

Wenn das so weiterging, würde ich es irgendwann selbst glauben. Aber Tatsache blieb, daß der Mann ermordet worden war, und ich hatte noch nie von einem Axtmord gehört, der nicht aus einem persönlichen Grund begangen worden war.

Namen von Freunden. Keine Feinde. Kein Grund. Kein *Grund.*

Mardee Hamilton kam, auch sie eine schlanke, gepflegte Frau mit blaugrauem Haar, und nahm die Sache energisch in die Hand, indem sie Clara in Richtung Bett manövrierte, wo sie offenbar hingehörte. Ich beschloß, noch eine Weile dazubleiben. Es würde sich vielleicht lohnen, mit der Frau zu sprechen.

Mardee kam wieder in die Küche. »Sie schläft«, sagte sie, »aber ich weiß nicht, wie lange. Ein paar Stunden bestimmt. Ich freue mich, daß Sie noch geblieben sind.«

»Ich hatte dafür mehr als einen Grund«, sagte ich. »Dürfte ich Ihnen wohl ein paar Fragen stellen?«

»Gern.« Sie holte sich eine Tasse und einen Löffel, ohne wie ich groß herumzusuchen und falsche Schranktüren und Schubladen zu öffnen. Offensichtlich, so dachte ich, kannte sie sich hier aus.

»Wie lange waren Sie Mr. Huffmans Sekretärin?« fragte ich.

»Zwanzig Jahre«, sagte sie präzise, setzte sich und hielt die Tasse in beiden Händen. Kein Ehering, wie ich bemerkte; überhaupt keine Ringe bis auf einen großen, quadratisch geschnittenen Topas an der rechten Hand. »Genauer gesagt, etwas länger.«

»War Mrs. Huffman jemals ...« Ich hielt inne, suchte nach einer taktvollen Formulierung, »eifersüchtig auf Sie, so, wie manche Frauen auf die Sekretärin ihres Mannes eifersüchtig sind?«

Sie blickte verdutzt und lachte dann. »Wie ist noch mal Ihr Name? Ralston? Detective Ralston?«

»Ja. Die meisten sagen Deb zu mir.«

»Dann müssen Sie aber auch Mardee zu mir sagen. Nein, Deb, Clara war nicht eifersüchtig auf mich. Sie hatte keinen Grund dazu. Für den Ehemann einer sehr ... unsicheren Frau bin ich die allerbeste Sekretärin, die man sich denken kann.«

Ich muß wohl verwundert dreingeblickt haben, weil Mardee wieder lachte. »Ich interessiere mich nicht im geringsten für Männer, müssen Sie wissen. Falls ja, dann hätte sie – Clara – mich als Bedrohung empfinden können. Oder wenn ich ein Sekretär gewesen wäre, hätte sie mich als Bedrohung empfinden können, weil ich, wer weiß, schwul sein könnte, und das hätte für sie eine Bedrohung sein können. Aber so, wie es ist, nun ja … kein Grund zur Besorgnis. Verstehen Sie?«

Ich brauchte eine Minute, um das zu verdauen, und dann muß ich wohl rot geworden sein, weil sie sagte: »Lassen Sie mich raten. Sie sind Baptistin, stimmt's? Eine von diesen fundamentalistischen texanischen Baptistinnen?«

»Nein, Mormonin«, erwiderte ich, »und nicht gerade fundamentalistisch.« Dann fragte ich mich wieder, warum ich ständig sagte, ich wäre Mormonin, wo ich doch gar keine war. Vielleicht waren May Rector und ihresgleichen mit ihren Bekehrungsversuchen ja doch erfolgreicher, als ich dachte.

»Ach je!« sagte Mardee in einem leicht hämischen Ton. »Dann sind Sie bestimmt der Überzeugung, daß ich auf jeden Fall im Höllenfeuer lande.«

»Nein, das bin ich nicht«, erwiderte ich. »Hören Sie, Sie wehren sich gegen Vorurteile, die ich gar nicht habe, die Sie mir aber unterstellen – und das ohne Anhörung, möchte ich hinzufügen. Sagen Sie mir nicht, was ich denke. Ich weiß, was ich denke. Sie nicht.« Dann, vielleicht selbst mit ein wenig Häme, sagte ich: »Schön, Clara hatte also keinen Grund, Sie als Bedrohung zu empfinden. Aber Eric vielleicht?«

Mardee zog eine Augenbraue hoch. »*Sie?* Sie fragen mich allen Ernstes, ob ich mich für *Clara* interessiert habe?« Sie schwieg einen Moment. »Nein. Hören Sie … versuchen Sie das zu verstehen. Manche Menschen sind stark. Denen kann man nur gratulieren. Manche Menschen könnten stark sein, wollen es aber nicht sein. Denen kann man nur Verachtung entgegenbringen. Dann gibt es Menschen wie Clara. Sie könnte nicht stark sein, auch wenn sie es sein müßte. Wenn sie stark sein müßte, weil sie sonst … sagen wir, von einem Tiger gefressen würde … würde sie dasitzen und sich von dem Tiger fressen lassen. Sie würde weinen, wenn sie den Tiger auf sich zukommen sieht, aber mehr nicht. Ich habe Mitleid mit ihr. Sie tut mir leid. Und nein, ich werde nicht zulassen, daß sie Auto fährt, solange sie Xanax nimmt – das heißt natürlich, vorausgesetzt, sie würde ihre Autoschlüssel finden, worauf ich nicht eine Sekunde wetten würde. Wie ich schon sagte, ich habe Mitleid mit ihr. Aber mich für sie interessieren? Nie im Leben.«

Das erschien mir glaubhaft. »Wer könnte Ihrer Meinung nach Eric so sehr gehaßt haben, daß er ihn hätte umbringen wollen?«

Ihre Antwort war die gleiche wie von allen anderen, und sie kam genauso schnell. »Niemand«, sagte sie. »Absolut niemand. Er … Sie haben ihn ja nie gesehen, als er noch lebte, daher fällt es mir schwer, Ihnen zu erklären, wie er war. Er war … da, und auch wieder nicht. Nicht ganz. Wissen Sie, was er alles für Hobbys hatte, die CB-Funkgeräte und die Amateurfunkgeräte und die Computernetze und so weiter? Wissen Sie, warum er sich mit dem ganzen Kram beschäftigt hat? Weil nie einer Lust hatte, länger als fünf Minuten von Angesicht zu Angesicht mit ihm zu sprechen, deshalb. Ich bin im Leben noch nie jemanden begegnet, der weniger Präsenz hatte als er.«

»Wieso haben Sie dann zwanzig Jahre lang für ihn gearbeitet?«

»Er hat gut bezahlt«, sagte sie. »Sehr, sehr gut bezahlt; die Arbeit war nicht schwer, und ich hatte noch jede Menge Zeit für mich, um Dinge zu unternehmen, die spannender waren. Es war ein Kompromiß. Ich hätte sicherlich eine Arbeit gefunden, die spannender gewesen wäre, und vermutlich wäre der eine oder andere Job noch besser bezahlt gewesen. Aber dann hätte ich nicht soviel Zeit für mich gehabt. Und auch wenn Sie das für eine narzißtische Aussage halten, Deb Ralston, ich brauche viel Zeit für mich.«

Ich konnte das durchaus verstehen; ich brauchte auch viel Zeit für mich. In der Hoffnung, diesen Fall schnell über die Bühne zu bringen, um am Wochenende ein wenig kostbare Zeit für mich zu haben, spulte ich die gleichen Fragen noch mal herunter und erhielt die gleichen deprimierenden Antworten. Niemand hatte Eric Huffman gehaßt. Niemand hatte auch nur eine gewisse Abneigung gegen ihn gehabt. Niemand konnte sich erinnern, ihn lange genug erlebt zu haben, um überhaupt eine Abneigung gegen ihn zu fassen.

Noch ein paar Fragen, diesmal auf der Suche nach einem *Cui bono*, nach jemandem, der einen Vorteil aus seinem Tod ziehen könnte. »Eric und Clara haben keine Angehörigen«, sagte Mardee. »Er hat ihrer beider Testamente selbst aufgesetzt, und ich habe sie getippt und bezeugt. Beide haben sich gegenseitig als Erben eingesetzt, und der Nachvermächtnisnehmer war das Amon Carter Museum.«

Nicht einmal meine Phantasie, so blühend sie zweifellos ist, reichte aus, mir vorzustellen, daß ein Kurator vom Amon Carter Museum einen Axtmord begeht, um ein paar Jahre früher an ein Vermögen zu gelangen, zumal die Direkterbin noch unter den Lebenden weilte. Und offensichtlich hatte Clara Huffman zu Lebzeiten ihres Mannes volle Verfügungsgewalt sowohl über sein Geld wie über ihres. Nicht einmal eine Scheidung hätte ihr besonders weh getan, da in Texas die Zugewinngemeinschaft gilt.

Motive für Mord. Profitsucht. Niemand profitierte nennenswert. Haß. Nach dem, was ich bisher sagen konnte, hatte niemand Eric Huffman gehaßt. Eifersucht. Wer? Auf wen?

»War Eric Huffman ein Schürzenjäger?« fragte ich.

Mardee nippte an ihrem Kaffee. »Nicht daß ich wüßte. Und wenn er es gewesen wäre, solange ich für ihn gearbeitet habe, hätte ich es gewußt.«

Sehr wahrscheinlich. Sekretärinnen wissen so etwas.

Obwohl niemand einen offensichtlichen Grund gehabt hatte, Eric Huffman zu ermorden, war nicht an der Tatsache zu rütteln, daß jemand ihn ermordet *hatte*, und das mit an Sicherheit grenzender Wahrscheinlichkeit aus einem persönlichen Motiv heraus, mit einer Methode, die auf äußerst heftige Emotionen schließen ließ.

»Ist was dagegen einzuwenden, daß ich das Arbeitszimmer sauber mache, während sie schläft?« fragte Mardee. »Wenn sie es zu sehen kriegt, nachdem das Xanax seine Wirkung verloren hat, könnte das schlimme Folgen haben. Womöglich wird sie katatonisch oder so.«

»Dann achten Sie darauf, daß die Tür geschlossen bleibt«, sagte ich. »Das Zimmer darf erst saubergemacht werden, wenn wir das Polizeiband entfernen, und das kann noch einige Zeit dauern.«

Ich hätte eigentlich ins Präsidium fahren und die Laborberichte lesen müssen, aber ich beschloß, noch damit zu warten. Sie würden mir nichts verraten, was ich nicht schon wußte. Die Fingerabdrücke waren bestimmt noch nicht überprüft worden, selbst wenn man welche gefunden hatte, denn auch wenn von Eric Huffman Vergleichsfingerabdrücke genommen worden waren (und das war sicherlich geschehen, in der Gerichtsmedizin), so hatte man Clara Huffman und auch Shane Corbett bestimmt noch nicht die Fingerabdrücke abgenommen. Fingerabdrücke wurden immer erst dann in der Kartei überprüft, wenn die Vergleichsabdrücke von den sogenannten Tatortberechtigten vorlagen.

Wir hatten keine Tatwaffe. Das Labor wußte wahrscheinlich längst, was als Tatwaffe benutzt worden war, was später für eine Überführung des Täters nützlich sein könnte, aber im Moment brachte mich das ganz bestimmt nicht auf die Spur des Täters.

Was könnte das Labor mir sonst noch sagen? Daß Eric Huffman auf ungemein unappetitliche Weise ermordet worden war. Daß alles voller Blut und Knochen- und Schädelstückchen und Gehirnmasse gewesen war. Daß eine Computeranlage zu Kleinholz gehackt worden war und daß jede Menge Plastik und Glas und Elektronikteile mit dem Blut vermischt gewesen waren. Nichts, wie gesagt, was ich nicht schon wußte.

Captain Millner würde sagen, ich hätte ins Präsidium fahren und die Laborberichte lesen müssen.

Aber ich tat es nicht. Ich fuhr zum Supermarkt und kaufte ein paar tiefgefrorene Pizzas und ein paar tiefgefrorene Fleischpasteten und ein paar Dosensuppen und Milch und tiefgefrorenes Obst und Brot und Klopapier, und dann fuhr ich nach Hause und nahm das Baby auf den Arm.

Mit Cameron auf dem Arm rief ich in Clara Huffmans Frisiersalon an, stellte die Fragen, die ich hatte stellen wollen, und erhielt die Antworten, die ich erwartet hatte.

Clara war pünktlich zu ihrem Termin erschienen. Sie hatte weder aufgeregt noch in irgendeiner Weise durcheinander gewirkt. Ihre Frisur von letzter Woche, die stark toupiert worden war, hatte noch einigermaßen gehalten.

Wenn Clara Huffman ihren Mann umgebracht hatte, hätte sie dabei einen Raumanzug tragen müssen.

Nicht, daß ich sie überhaupt wirklich verdächtigt hatte.

Anschließend machte ich es mir mit dem Baby auf dem Schoß und einem Glas Milch und den übriggebliebenen Muffins (so tief war Hal gesunken – es waren tatsächlich noch Muffins übrig) gemütlich, um zu lesen und Musik zu hören.

Nach einer Weile riß Harry sich vom Computer los und fragte: »Und? Schon irgendwas rausgefunden?«

»Mhm«, sagte ich, den Mund voller Muffins.

»Haben«, gab Cameron von sich und griff an mir vorbei.

»Was?« fragte ich.

»Läschchen.« Er nahm mein Glas Milch, schätzte aber ein wenig falsch ein, wie weit er es kippen mußte, da es mindestens dreimal so groß war wie die Gläser, die er benutzen darf, ganz zu schweigen davon, daß es aus schwerem Glas und nicht aus leichtem Plastik war. Er drehte es einfach auf den Kopf, so daß er und ich klatschnaß wurden. Ich sprang auf, das Glas zerbrach, beide Katzen kamen angelaufen, um die verschüttete Milch zu trinken, und fingen sofort an, sich zu streiten, und Cameron, noch immer auf meinem Arm, fing an zu plärren.

Wenigstens sammelte Harry die Scherben auf und brachte

die Katzen nach draußen, während ich Cameron und mich saubermachte.

»So, damit das ein für allemal klar ist«, sagte ich eine halbe Stunde später in der Küche. »Das hier ist dein Läsch – ich meine, Fläschchen.« Ich stellte ein Fläschchen auf die Theke. »Das hier ist dein Glas.« Ein kleines, gelbes Plastiksaftglas. »Das hier ist *mein* Glas.«

»Mei Gas«, sagte Cameron gehorsam und langte nach dem Eisteeglas mit gut einem Liter Fassungsvermögen.

»Nein, nein«, sagte ich. »Sieh her. Camerons Glas. Mommys Glas.«

»Kämwn Gas.« Er langte wieder nach dem Eisteeglas.

Es dauerte eine Weile, bis ich es endlich aufgab und mich damit abfand, in den nächsten zwei, drei Jahren alle großen Gläser außer Reichweite aufbewahren zu müssen. Dann setzte ich Cameron auf den Boden, drehte den Herd an und fing an, Fleischpasteten auszupacken. Dann hielt ich inne. »Wo ist Hal?« fragte ich.

»Wir haben einen Kompromiß geschlossen«, sagte Harry. »Ich habe ihm erlaubt, noch mal ins Krankenhaus zu fahren, wenn er dort mit seinem Referat weitermacht.«

»Und du glaubst, das macht er?«

»Hier macht er es jedenfalls nicht. Vielleicht macht er es ja da.«

»Ich hoffe«, sagte ich skeptisch. »Wo ist Shane?«

»Der hat angerufen und gesagt, er hätte eine Verabredung und käme etwas später.«

Ich blickte ziemlich trübselig auf die zwölf Fleischpasteten, die ich auf die Theke gestellt hatte. »Wie viele Pasteten willst du?«

»Welche Sorte? Huhn oder Rindfleisch?«

»Huhn. Die kleinen.«

»Oh, dann drei«, sagte Harry. »Geht das?«

»Ja.«

Drei für Harry, eine für mich, eine für das Baby – für Cameron, ich mußte wirklich langsam aufhören, ihn »das Baby« zu nennen. Egal, die anderen würden sich halten. Aber ich war froh, daß ich gefragt hatte, bevor ich anfing, Packungen zu öffnen.

Nach einer Weile fiel mir wieder ein, was ich sonst noch hatte machen wollen, und ich ging zu Harry und fragte ihn, was Eric ihm über Shane erzählt hatte.

Harry gähnte. »Eric hat gesagt, er wäre lieb und nett, aber zu nichts zu gebrauchen.«

»Zu nichts zu gebrauchen?«

»Das hat Eric wenigstens behauptet. Deshalb hab ich dir am Telefon auch gesagt, du könntest ihn ruhig mitbringen. Eric war zwar … leicht zu übersehen. Aber ich fand immer, daß er eine gute Menschenkenntnis besaß. Wenn mit Shane irgendwas nicht in Ordnung gewesen wäre, außer daß er stinkfaul ist, hätte Eric es gerochen.«

»Und wenn ich dir sagen würde, daß Erics Frau behauptet, Shane ist der Mörder –«

»Würde ich sagen, sie hat nicht alle Tassen im Schrank. Das sagt sie bestimmt nur aus Eifersucht.«

»Eifersucht?«

»Eric hat gesagt, das wäre zu zwei Dritteln der Grund gewesen, warum er die Kanzlei aufgegeben hat. Er meinte, es wäre irgendwann so weit gewesen, daß Clara – so heißt seine Frau, Clara –«

»Ich weiß«, sagte ich ungeduldig.

»Ja, klar. Jedenfalls, er hat gesagt, es wäre irgendwann so weit gewesen, daß Clara auf jeden oder alles eifersüchtig war, für den oder das er auch nur ein Minimum seiner Zeit geopfert hatte.«

Das war interessant … nur daß ich Clara aufgrund der Indizien bereits ausgeschlossen hatte.

Hal kam um halb zehn ins Haus geschlurft, und es war beängstigend zu sehen, wie unglaublich erschöpft und ausgelaugt er aussah. »Ich hab alles fertig bis auf das Englischreferat«, sagte er. »Das mach ich dann morgen.«

Ich bezweifele seine Fähigkeit, selbst unter den besten Bedingungen ein anständiges Englischreferat an einem einzigen Tag zu schreiben, und die derzeitigen Bedingungen waren weiß Gott nicht die besten. Aber ich beschloß, das für mich zu behalten.

»Wie geht's ihr, mein Sohn?« fragte Harry.

Hal schüttelte den Kopf. »Sie war heute nicht mehr zappelig. Sie hat einfach … einfach dagelegen. Als wäre sie tot. Als wäre sie schon tot.«

»Fährst du morgen früh zur Kirche oder direkt zum Krankenhaus?« fragte ich.

»Erst zur Kirche. Es wäre wohl ziemlich daneben, ausgerechnet jetzt nicht zur Kirche zu gehen. Die Präsidentin von den ›Jungen Frauen‹ ist heute vorbeigekommen.«

Lori ging seit einiger Zeit mit Hal in die Kirche. Ihre Mutter wollte nicht, daß sie beitrat, hatte aber nichts dagegen, daß sie mit hinging. »Was hat sie gesagt?« fragte ich. »Die Präsidentin von den ›Jungen Frauen‹, meine ich?«

Hal schüttelte den Kopf. »Nicht viel. Sie hat sich angeboten, bei Lori zu wachen, aber Loris Mom wollte das nicht. Was kann man sonst schon sagen?«

Er nahm sich ein Glas Milch und ging in sein Zimmer. Er drehte keine Musik an. Nach einer Weile ging das Licht aus, aber ich würde nicht darauf wetten, daß er schlief.

Der Hund, Pat, fing gegen zwei Uhr morgens an zu bellen, und dann klingelte es an der Haustür. Ich stand auf und wankte zur Tür, aber Hal war vor mir da.

»Tut mir leid«, sagte Shane, »ist doch später geworden, als ich gedacht hatte.«

Er schaltete das Schlafzimmerlicht an, und Cameron, der wach geworden war, fing an zu brüllen. Ich wickelte ihn und gab ihm feige sein Fläschchen, obwohl der Kinderarzt sagt, er sollte nachts keins mehr kriegen. Dann schlich ich mich leise wieder ins Bett.

Hal und Shane unterhielten sich noch, als ich wieder eindöste.

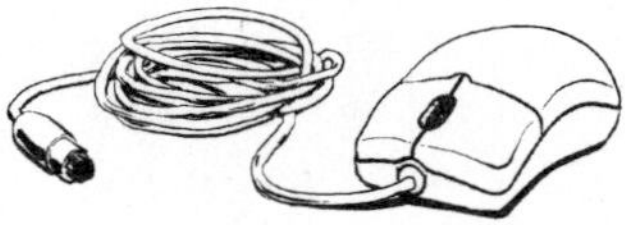

Kapitel 5

Meiner Erfahrung nach geschehen sehr wenige Morde zwischen zwei Uhr nachts und fünf Uhr früh. Ich weiß auch nicht so genau, warum; meine Theorie ist jedenfalls, daß die späten Zecher sich um zwei Uhr nachts gerade noch mühsam auf den Beinen halten und in diesem Zustand nie und nimmer einen Mord begehen könnten, selbst wenn sie wollten, oder aber schon irgendwo ihren Rausch ausschlafen, und daß die frühen Zecher um fünf Uhr aufwachen, mit Kopfschmerzen, verkatert und bösartig.

Das bedeutet jedoch nicht, daß zwischen zwei Uhr nachts und fünf Uhr früh keine Morde *entdeckt* werden können, die irgendwann früher begangen wurden.

Als das Telefon um halb vier Uhr morgens klingelte, war ich ziemlich sicher, daß der Anruf für mich war. Ich überlegte, einfach nicht dranzugehen, aber das letzte Mal, als ich zu diesem Mittel griff, hat Captain Millner jemanden hergeschickt, der an der Haustür Sturm klingelte. Allerdings war ich in Anbetracht dessen, daß ich erst nach elf ins Bett gegangen und bereits um zwei von Shane geweckt worden war, nicht gerade in Topform, als ich den Hörer abnahm. »H'lo?« sagte ich.

»De-e-b, aufwachen.« Nicht mal die Zentrale. Millner höchstpersönlich.

»Ach, kommen Sie, haben Sie ein Herz«, protestierte ich. »Ich hab schon genug Morde am Hals.«

»Jetzt haben Sie noch einen.«

»Wieso ich? Kann das denn kein anderer machen?«

»Das sehen Sie dann, wenn Sie hier sind. Helen's Club, am Camp Bowie. Raus aus den Federn.«

Ich könnte ihn jedesmal erwürgen, wenn er in so einer Stimmung ist; er ist schon schwer genug zu ertragen, wenn er normal ist. Aber selbstverständlich mußte ich aufstehen, ob ich wollte oder nicht.

Gegen meine Gewohnheit hatte ich am Abend zuvor nicht mal Sachen zum Anziehen rausgelegt. Das hieß, ich mußte ins Bad, die Tür schließen, damit Harry nicht gestört wurde, das Licht im Bad anmachen und überlegen, was ich anziehen sollte. (Die Kleiderschränke von Harry und von mir befinden sich an verschiedenen Seiten des Bades.) Jeans. Sweatshirt. *Nein*, um diese vermeintlich morgendliche Uhrzeit würde ich auf gar keinen Fall einen anständigen Hosenanzug anziehen. Mein Schulterhalfter. Eine Jacke – eine neue, die ich kürzlich gekauft hatte. Ich liebe sie. Sie ist aus grauem Popelin und hat acht Taschen, alle mit Klettverschluß, damit nichts herausfallen kann. Also steckte ich meine Brieftasche samt Führerschein und Polizeiausweis in eine Tasche und mein Notizbuch und Meßband in eine andere, und schon machte ich mich auf den Weg, ohne noch zusätzlich an eine Handtasche denken zu müssen. Die Jacke hat sich bisher als so nützlich erwiesen, daß ich bestimmt zum erstenmal ein wenig traurig sein werde, wenn der Winter zu Ende geht, weil ich dann wieder eine Handtasche tragen muß.

Als ich aus der Haustür trat, stand Pat auf, streckte die Hinterläufe, streckte die Vorderläufe und gab höflich zu verstehen, daß er gerne mitkommen würde. »Aber du wirst im Auto bleiben müssen, wenn wir da sind«, sagte ich zu ihm.

Er winselte.

»Was soll's«, sagte ich. Ich ging zurück ins Haus und holte die Leine – was nicht hieß, daß Pat sich durch irgendeine Leine halten lassen würde, wenn er es nicht wollte. Ein durchschnittlicher Pitbull kann über kurze Distanz sogar einen Jeep ziehen. Ich ging wieder nach draußen, öffnete die hintere Tür des alten Escort, den ich gekauft hatte, nachdem der alte Lynx endgültig den Geist aufgegeben hatte. Pat hüpfte hinein, wedelte mit dem Hinterteil, bis er ganz im Wagen war und keinen Platz mehr hatte, mit irgendwas zu wedeln.

Von einem Pitbull begleitet zu werden, so dachte ich mir, hatte zumindest den Vorteil, daß ich sicher war. Wenn jemand mich belästigen wollte, würde ich nicht mal meine Dienstmarke oder Pistole zücken müssen. Ein Pitbull, der einen Winkel seines Mauls hochzieht, seine Zähne zeigt und »Grr-grr-grr« sagt, hat im allgemeinen selbst auf den entschlossensten Belästiger eine sehr, sehr einschüchternde Wirkung. Pat hat noch nie jemanden gebissen. Aber andererseits gab es bisher auch noch keine Veranlassung dazu.

Pat winselte, als ich aus dem Wagen stieg und die Tür schloß, aber ich würde ihn bestimmt nicht mit zu einem Tatort nehmen.

Helen's Club, eine Kombination aus französischem Restaurant und Bar und ziemlich in, hatte vermutlich so gegen ein Uhr Samstag nacht – genaugenommen natürlich Sonntag morgen – geschlossen. Irgendwann zwischen diesem Zeitpunkt und drei Uhr morgens – aber wahrscheinlich näher an drei als an ein Uhr, weil Helen Thorne selbst anscheinend noch als einzige in dem Gebäude war – war jemand durch eine nicht abgeschlossene Hintertür eingedrungen. Das erzählte mir Andy Ryan, der Cop, der die Schicht von Mitternacht bis acht Uhr morgens hatte und unglücklich an der Hintertür stand, als ich kurz mit ihm sprach. »Ich wollte nur die Tür überprüfen, und da ist sie aufgegangen«, sagte er. »Und Mannomann! So was hab ich noch nie gesehen.«

»Was heißt ›so was‹? Raubmord?« fragte ich. Die Kombination aus Raub und Mord passiert vielleicht nicht gerade alle Tage, weder in Fort Worth noch sonstwo, aber sie kommt durchaus vor.

»Raub? Das glaube ich nicht. Aber es ist auf alle Fälle der schrecklichste Mord, der mir je untergekommen ist, und ich bin seit fünf Jahren dabei. Passen Sie auf die Schuhabdrücke auf«, fügte er hinzu, als ich mich zur Tür wandte.

Ich blickte nach unten – Abdrücke von Turnschuhen – auf Beton, nicht in Erde eingedrückt. Turnschuhabdrücke in Blut. Jemand war durch sehr viel Blut gegangen, bevor er durch die Tür gekommen war. Mehr Blut, als normalerweise aus einer

Schußwunde resultiert, obwohl ich schon Stichwunden gesehen habe, an denen das Opfer verblutet ist. Mit einem Mal hatte ich das seltsame Gefühl, daß ich wußte, was ich vorfinden würde und warum Millner mich hierherbeordert hatte.

Waren Sie schon mal in den hinteren Räumen eines schicken Restaurants? Es ist kein Vergleich zu vorne. Zu vorne zählt natürlich noch die Küche, und die ist im allgemeinen hübsch und sauber und glänzend, zumindest wenn sie nach Feierabend saubergemacht wurde. Aber hinter der öffentlichen Fassade, hinter der sauberen, glänzenden Küche, liegt der Lieferantenbereich, und der besteht gemeinhin aus Betonboden und Holz- oder Metallregalen, und es riecht mindestens ein bißchen nach Zwiebeln, die vor zwei Wochen hätten verarbeitet oder vor einer Woche hätten weggeworfen werden müssen, und da liegt das Büro, und wenn Sie wissen, wie das Büro von einem kleinen Automechaniker aussieht, wo sich die Papiere stapeln, als wären sie gesammelt worden, seit Noahs Arche auf Grund gelaufen ist, ohne je in den Genuß einer Ablage gekommen zu sein, tja, so ungefähr sieht es meistens in den hinteren Räumen eines schicken Restaurants aus, nur daß da der Staub nicht auf schmierigen Autoölresten, sondern auf Bratölresten klebt.

Helen Thorne – falls es sich um Helen Thorne handelte, und Ryan sagte, es sei sonst niemand im Restaurant gewesen – war unbestreitbar tot.

Ebenso wie ihr Computer.

Außer daß die Umgebung ganz anders war und das Opfer weiblich, nicht männlich, war das hier eine exakte Kopie des Mordes an Eric Huffman. Und wie es aussah, hatte sich meine hübsche Theorie, daß Eric Huffman aus persönlichen Gründen umgebracht worden war, soeben in Rauch aufgelöst, denn was für persönliche Gründe könnten dem Mord an einem fast im Ruhestand lebenden Anwalt im Nordwesten der Stadt und dem Mord an einer Restaurantbesitzerin am Camp Bowie Boulevard zugrunde liegen?

»Ach, du Scheiße«, sagte ich.

»Sie nehmen mir die Worte aus dem Mund«, sagte Captain Millner.

»Hören Sie auf«, sagte ich. »Das ist nicht komisch.«

»Deborah, meine Liebe, wofür auch immer man das hier halten könnte, für ›komisch‹ ganz bestimmt nicht.«

»Mein Name ist nicht Deborah, und das wissen Sie. War der Gerichtsmediziner schon da?«

»Negativ. Ich vermute, Habib ist unterwegs. Und Olsen.«

Habib – Dr. Habib – ist der Pathologe, mit dem ich am häufigsten zusammenarbeite, und Richard Olsen ist einer seiner zwei besten Ermittler; Gil Sanchez ist der andere.

»Wer kommt vom Erkennungsdienst?«

»Bob Castle.«

»Also warten wir noch.«

»Wir warten noch«, pflichtete Millner bei.

Das lag auf der Hand; wir würden bestimmt nicht im Büro herumtrampeln und uns Sachen angucken – oder nach Sachen suchen –, solange die Spurensicherung nicht abgeschlossen war, und was konnten wir um diese nächtliche Uhrzeit auf einer ansonsten menschenleeren Straße schon anderes tun als warten? Es war niemand da, dem wir hätten Fragen stellen können.

»Ich sehe mal, ob ich Reifenspuren finde«, sagte ich.

Millner nickte. »Halten Sie die Augen auf.« Er meinte nicht beim Suchen nach Reifenspuren, er meinte, ich sollte auf meine eigene Sicherheit achten. In dieser Hinsicht war ich leider für meine Nachlässigkeit berüchtigt.

»Ich habe meine Geheimwaffe mitgebracht«, sagte ich herablassend.

Millner wandte sich um, nur halbherzig interessiert. »Und die wäre?«

»Kommen Sie mit, ich zeig sie Ihnen.«

Er folgte mir zum Wagen. Ich öffnete die Fahrertür, nahm die Leine und meine große Taschenlampe heraus, öffnete die hintere Tür, schob das Knie (auf dem auch die Taschenlampe balancierte) zwischen Tür und Boden, bis ich die Leine an Pats Halsband befestigt hatte, nahm dann wieder die Taschenlampe und trat zurück. Pat hüpfte aus dem Wagen, blickte zu Captain Millner hoch, zog einen Winkel seiner Lippe hoch und sagte: »Grr-grr-grr.«

»Freund«, sagte ich hastig. »Lassen Sie ihn an Ihrer Hand schnuppern.«

»Sind Sie sicher, daß er sie nicht abbeißt?« fragte Millner, streckte aber skeptisch die Hand aus.

Pat hörte auf »Grr-grr-grr« zu sagen, schnüffelte an der Hand, blickte mich an und wedelte dann mit dem Hinterteil.

»Hat Ihnen schon mal jemand gesagt, daß solche Hunde gefährlich sind?« fragte Millner mich.

»Nur wenn sie gequält oder entsprechend abgerichtet werden«, erwiderte ich. »Pro Jahr werden von Schäferhunden und Dobermännern erheblich mehr Menschen getötet und verletzt als von Pitbulls.« Ich ließ unerwähnt, daß Pat nur zur Hälfte ein Pitbull ist. Zur anderen Hälfte ist er ein Dobermann. Ich sagte aber, daß es meiner Ansicht nach sinnvoller wäre, Menschen zu verbieten, die Pitbulls scharf machen, als Pitbulls zu verbieten.

»Wie auch immer«, erwiderte Captain Millner, »halten Sie ihn mir jedenfalls vom Leib.«

Pat und ich gingen mitsamt Taschenlampe von einem Ende des Blocks zum anderen. Es gab viele Stellen, wo Autos geparkt hatten. Es gab keinen Grund zu der Annahme, daß irgendeines davon mit größerer Wahrscheinlichkeit der Wagen des Mörders war als irgendein anderes.

Was gab es sonst noch zu tun? Ich führte Pat zu der Stelle, wo die blutigen Fußspuren allmählich aufhörten, offenbar, weil das Blut beim Gehen von den Schuhe abgegangen war. »Such«, sagte ich zu Pat. Seit einem Jahr dressierte ich Pat in der wenigen Zeit, die ich erübrigen konnte, zu einem nützlichen Hund.

Er schnüffelte an den Fußabdrücken, wedelte mit dem Hinterteil und winselte. Das waren ziemlich widersprüchliche Botschaften, erst recht, als er mit der Nase am Boden schnurstracks zum Streifenwagen lief und mit wedelndem Hinterteil davor stehenblieb.

»Pat, du Trottel, ich weiß, wo der Streifenwagen ist!« sagte ich. »Was ist mit den Fußspuren?«

Ich ging mit ihm zum Anfang der Fußabdrücke zurück, hielt ihn mit der Leine etwas auf Abstand, damit er nicht direkt auf die Spuren trat. »Such«, wies ich ihn erneut an.

»Such« hatten wir den ganzen Sommer bis in den Herbst hinein gespielt. Er hatte Harry und mich, Hal und Lori gesucht und gefunden, und jedesmal war er anschließend belohnt worden. Pat verlangt zur Belohnung keine Leckerchen; es genügt, ihn zu tätscheln oder ihm zu erlauben, Menschen zu küssen (was er äußerst schlabberig macht).

Er schnüffelte emsig an den Schuhabdrücken. Er folgte der Blutspur. Wo das Blut nicht mehr zu sehen war, zumindest nicht für das menschliche Auge, ging er schnuppernd und gelegentlich winselnd weiter. Und wieder endete die Suche an dem Streifenwagen. Diesmal versuchte er hineinzugelangen.

Selbst wenn ich geglaubt hätte, was ich nicht tat, daß Andy Ryan Grund gehabt hätte, Helen Thorne und Eric Huffman zu ermorden, ein kurzer Blick bestätigte mir, daß Ryan reguläre Uniformschuhe anhatte, keine Turnschuhe, und obendrein hatte er viel zu große Füße, um in die Turnschuhe zu passen, die die Spuren hinterlassen hatten. Außerdem, wie im Fall von Eric Huffman, hätte wohl niemand diesen Mord begehen können, ohne von oben bis unten mit Blut besudelt zu sein.

Ergo war Pat entweder durcheinander, was beileibe nicht unmöglich ist – er ist nicht der intelligenteste Hund auf Erden –, oder der Wagen des Mörders hatte an genau der Stelle gestanden, wo jetzt der Streifenwagen parkte. Und die Theorie erschien mir durchaus einleuchtend. Wieso auch nicht? In der kleinen Straße hinter dem Restaurant wäre er vom Boulevard aus bestimmt nicht zu sehen gewesen, und wenn der Mörder aus irgendeinem Grund damit gerechnet hatte, daß die Hintertür offen war, machte es durchaus Sinn, möglichst dicht davor zu parken.

Ich wollte Ryan schon bitten, den Streifenwagen woanders hinzustellen, überlegte es mir aber dann doch anders. Das hatte Zeit; schließlich würden noch der Wagen der Gerichtsmedizin, der Wagen des Ermittlers der Gerichtsmedizin und der Wagen der Spurensicherung kommen, und wenn Ryan den Streifenwagen woanders hinstellte, würde ganz bestimmt jemand anders an der Stelle parken.

Der erste von den genannten Wagen bog gerade in die kleine Straße ein; da ich nichts als Scheinwerfer sehen konnte, erkannte ich natürlich auch nicht, wer da kam, bis der Wagen an der anderen Straßenseite entlangfuhr und direkt vor der Tür parkte, so daß zwischen Tür und geparktem Wagen kein anderes Auto mehr gepaßt hätte.

Andrew Habib stieg aus. »Was habt ihr –«

Er wollte sagen »Was habt ihr diesmal für mich?« Ich weiß das, weil er das immer sagt. Aber er sprach die Frage nicht zu Ende, weil Pat losbellte. »Freund«, beruhigte ich Pat. »Freund!«

Pat wollte mir nicht glauben. Er bellte weiter, sprang auf und ab und zerrte so wild an der Leine, daß er mir fast den Arm ausriß. Habib stieg natürlich wieder in seinen Wagen und blieb dort, bis ich schließlich Pat am Halsband packte, ihn zurück in den Escort verfrachtete und dort einsperrte, wo er weiterbellte und auf und ab sprang. Er konnte Habib nicht leiden. Er konnte Rick Olsen nicht leiden, der kurz danach kam. Er konnte Bob Castle nicht leiden. Auf einmal konnte er überhaupt niemanden mehr leiden. Offenbar waren mehr Leute da, als er meinte, bequem im Auge behalten zu können, und er wollte am liebsten einfach alle auffressen, damit die Sache ein Ende hatte.

Anscheinend war ich nicht sonderlich erfolgreich darin, aus

Pat einen Polizeihund zu machen, obwohl ich nicht glaube, daß er wirklich jemanden gebissen hätte.

Als ich zurück zu der Hintertür ging, fragte Habib, der inzwischen wieder ausgestiegen war: »Seit wann spielen Sie denn die Löwenbändigerin?«

»Er ist bloß ein lieber netter Hund«, beteuerte ich.

»Klar«, sagte Habib. »Und King Kong war bloß ein Affe, und die Titanic hatte bloß ein kleines Leck. Halten Sie mir in Zukunft diese Bestie vom Leib.«

»Werde ich.«

»Wie kommen Sie überhaupt zu einem Pitbull?« fügte er hinzu.

»Der ist uns zugelaufen«, sagte ich.

»Und deshalb mußten Sie ihn behalten.«

»Na ja –«

»Die Geschichte Ihres Lebens«, sagte er.

»Na ja –«

»Wie viele Katzen? Wie viele Hunde? Sogar wie viele *Kinder?«*

»Jetzt reicht's aber«, protestierte ich, äußerst verärgert, daß er meine Adoptivkinder mit Katzen und Hunden in einen Topf warf. Na ja, meine Adoptivkinder und Shane und die zwei, drei anderen Leute von der Straße, na ja, acht oder zehn oder vielleicht mehr, die ich vor Shane vorübergehend bei uns aufgenommen hatte, und –

»Schon gut, schon gut«, sagte Habib resigniert. »Die Welt wäre um einiges besser, wenn mehr Leute Streuner aufnehmen würden – menschliche oder sonstige. Aber wie gesagt, halten Sie ihn mir vom Leib. Und bei dem da soll ich entscheiden, ob es tot ist oder nicht?« fragte Habib, der jetzt auf das blickte, was von – aller Wahrscheinlichkeit nach; es lag noch keine offizielle Identifizierung vor – Helen Thorne übriggeblieben war. »Also, Sie werden es nicht glauben, es ist tot.«

Inzwischen waren auch Olsen und Castle eingetroffen,

Castle mit dem Durchsuchungsbefehl, der uns berechtigte, ohne Einwilligung des Besitzers unsere Arbeit am Tatort durchzuführen, und sie waren mit Fotografieren, Messen, Sammeln und so weiter beschäftigt. Bob machte sorgfältige, maßstabsgetreue Aufnahmen von den Schuhabdrücken, da es so gut wie unmöglich wäre, sie abzunehmen, ohne sie dabei zu zerstören, obwohl er auch das versuchte.

Es gab hier wirklich weitaus weniger zu tun als im Haus der Huffmans, weil es ein Restaurant mit Publikumsverkehr war. Aber dennoch dauerte es ziemlich lange, und ich überlegte ernsthaft, zu dem Hund auf den Rücksitz zu kriechen und zu schlafen, bis sie fertig waren – also bis der ständig summende Habib wieder abgefahren wäre – und ich reindurfte. Aber es war gut, daß ich es nicht tat, denn gegen Viertel vor fünf hielt ein weiterer Wagen in der kleinen Straße, und ein stämmiger Mann in weißem Hemd und weißer Hose stieg aus. »Was ist denn hier los?« wollte er wissen.

Millner wandte sich um und zeigte seinen Ausweis. »Und wer sind Sie?«

»Leon Aristides. Ich bin hier der Chefkoch.« Ich bin nicht sicher, wie ich mir einen Chefkoch vorgestellt hatte – vielleicht ein wenig französisch, ein wenig schlank –, aber Leon Aristides war gut 1,88 groß und brachte vermutlich an die hundertzehn Kilo auf die Waage. Seine Kochmontur war eindeutig weder sauber noch frisch, und er hatte sich bestimmt seit Tagen nicht rasiert. Ich konnte ihn mir ohne weiteres als Schnellkoch in einem Imbiß vorstellen, der beispielsweise den Namen »Bennie's« trug. Es war erheblich schwieriger, ihn mit französischer Küche in Verbindung zu bringen.

Ich konnte nicht sagen, ob Millner mit den gleichen Klischees zu kämpfen hatte oder nicht, als er fragte: »Kommen Sie immer so früh?«

»Nur sonntags«, erwiderte Aristides. »Oder meinen Sie etwa, das Büfett für den Sonntagsbrunch kommt von allein auf den Tisch? Meine Pâtissiers sind in etwa zwanzig Minuten hier. Wieso fragen Sie?«

»Die können Sie gleich wieder nach Hause schicken«, sagte Millner, »weil der Sonntagsbrunch heute ausfällt.«

»Was reden Sie denn da! Wir haben fünfzig Reservierungen, und es kommen immer eine ganze Menge Leute, die nicht reserviert haben! Und ich habe eine Wagenladung Gemüse und Obst –«

»Kommen Sie mal mit«, sagte Millner und führte ihn an den Schuhabdrücken vorbei in den Lieferantenbereich. Die schwere Holztür des Büros stand weit offen, und Aristides wurde bleich.

»Ist das Helen?« fragte er.

»Das wollte ich Sie fragen«, sagte Millner. »Möchten Sie näher rangehen?«

»Nein, bloß nicht«, sagte Aristides. »Das ist Helen.«

»Sind Sie sicher? Vielleicht können Sie ihr Gesicht besser erkennen, wenn Sie näher rangehen.«

»Ich erkenne ihr Gesicht auch von hier aus.«

»Wir brauchen eine offizielle Identifizierung.«

Aristides sagte Millner, was er mit seiner offiziellen Identifizierung machen könnte, aber natürlich bestand Millner darauf, daß Aristides sich ihr Gesicht genau ansah. »Also, kommen wir jetzt zur offiziellen Identifizierung. Ist das Ihre Arbeitgeberin?«

»Partnerin«, sagte Aristides düster.

»Partnerin?«

»Helen Thorne. Das ist Helen Thorne. Wir haben das Restaurant zusammen gekauft. Aber Helen ist … Helen *war* … hübscher als ich. Wann werden Sie sie von hier wegschaffen können?«

»Wieso?«

»Weil ich trotz allem fünfzig Reservierungen habe. Hören Sie, das hier geht mir auch nahe, ja?« fügte Aristides hinzu. »Aber Helen und ich waren Geschäftspartner. Mehr nicht. Nicht einmal – richtig – befreundet. Bloß Geschäftspartner. Helen war geschäftstüchtig. Ich kann kochen. Das ist alles. Und – Sie müssen das verstehen –, als Helen und ich eröffnet haben, da habe ich jeden Penny, den ich hatte, und noch einiges mehr in diesen Laden gesteckt. Und ich muß eine Familie ernähren. Helen hat die ganze Repräsentation und so gemacht. Helen – wie gesagt – sah hübsch aus. Sie konnte gut reden. Ich, ich kann bloß kochen. Ich habe Angst, verstehen Sie? Wenn wir Kundschaft verlieren – wenn *ich* jetzt Kundschaft verliere –, dann geht hier alles den Bach runter. Alles. Wer immer sie getötet hat, er hat mir damit keinen Gefallen getan. Und – ich erwarte mindestens fünfzig Gäste.«

Ich fragte mich, ob die fünfzig Gäste kommen würden, aber natürlich würden sie das: Der Mord war zu spät passiert oder zumindest zu spät gemeldet worden, um es noch in die Morgenzeitungen zu schaffen, und wer hört schon nach dem Aufstehen Radio oder guckt sich die Nachrichten im Fernsehen an, bevor er zu einem Brunch geht?

Millner hatte wahrscheinlich die Befugnis, das Restaurant trotzdem zu schließen, doch es war fraglich, ob er dann nicht auch das Gesundheitsamt verständigen mußte. Aber die Leute von der Spurensicherung waren fertig, und Olsen forderte einen Krankenwagen an, damit die Leiche abtransportiert wurde.

Ohne um Erlaubnis zu fragen, rief Aristides seine Putzkolonne an, die auf der Stelle kommen und ein bedauerliches Chaos beheben sollte, das in der Nacht entstanden war. Ich fragte mich unwillkürlich, was die Leute von der Putzkolonne wohl sagen – oder machen – würden, wenn sie sahen, worum es sich bei diesem bedauerlichen Chaos handelte, das sie saubermachen sollten, aber ich wollte mich nicht zu lange mit solchen Überlegungen aufhalten, weil ich jetzt schnell an den endlich geräumten Tatort wollte.

Oberflächlich betrachtet, gab es nicht viel zu sehen, das sich in irgendeiner Weise von dem unterschied, was ich bei den Huffmans gesehen hatte. Ich mußte zwar auf die Bestätigung von Habib warten, die ich vermutlich erst am Montag erhalten würde, doch ich hätte gewettet, daß dieselbe Waffe, oder zumindest eine fast gleiche, benutzt worden war. Von Helen war nicht mehr viel zu erkennen; Aristides mußte sie gut gekannt haben, um sie so schnell identifizieren zu können. Über dem Blut und dem Gehirn und den Knochen- und Schädelfragmenten auf dem Betonboden lagen Computerfragmente verteilt. Aus irgendeinem Grund hatte ich das Gefühl, als wollte mir das etwas sagen, aber ich kam einfach nicht drauf, was.

Helen hatte anscheinend demselben Computernetz angehört wie Harry und Eric Huffman, weil fast dasselbe Buchstabenchaos auf ihren Ausdrucken war, auf Ausdrucken, die entnervt – oder wütend – herausgerissen und auf den Boden geworfen worden waren, und auf Ausdrucken, die noch aus dem Drucker ragten. Die Zahlen sahen in Ordnung aus, bis ich sie mir genauer ansah – es war wirklich nicht zu erkennen, daß »321« »432« sein sollte, bis man die Summen ausrechnete. Aber die Buchstaben, die Wörter, die die Zahlen erklären sollten, waren eindeutig durcheinandergeraten.

Die Tatsache, daß auch ihre jüngsten Ausdrucke noch so aussahen, legte den Schluß nahe, daß sie, anders als Harry und Eric Huffman, nicht das Glück gehabt hatte, eine »Medizin« gegen den »Virus« zu finden. Sie war vermutlich sehr frustriert gestorben.

Es gab in diesem Mordfall viel für mich zu tun. Im Moment konnte ich allerdings nichts anderes machen als Leon Aristides ein paar Fragen zu stellen, wenn er einverstanden war. Vom Gesetz her konnte ich Leon Aristides natürlich befragen, wann immer ich wollte, aber genauso konnte er vom Gesetz her sagen, er hätte nicht die Absicht, mit mir zu reden, und dann blieb mir nur die Wahl, ihn kleinlaut gehen zu lassen oder als einen Hauptzeugen festzunehmen, was garantiert zur Folge hätte, daß er in Zukunft nicht mehr mit mir kooperieren würde.

Aristides wuchtete gerade Kisten mit Erdbeeren, Trauben,

Melonen und Kopfsalat aus seinem Wagen. Ich machte ihm Platz. Zwei weitere Männer, vermutlich die Pâtissiers, kamen durch die Hintertür herein, stellten sich Millner vor, mußten sich beim Anblick des blutbesudelten – obwohl mittlerweile leichenlosen – Büros sichtlich zusammenreißen und gingen dann, als Aristides lautstark nach ihnen verlangte, weiter in die Küche, um das zuzubereiten, was auch immer Pâtissiers in einem Restaurant wie Helen's Club um fünf Uhr an einem Sonntagmorgen zubereiten.

Ich sagte Millner, ich würde nach Hause fahren, und tat es.

Alle schliefen noch, außer natürlich Cameron; sogar Pat war im Wagen eingeschlafen und wachte nur so lange auf, wie er brauchte, um aus dem Wagen zu steigen, sich vor seiner nie benutzten Hundehütte zusammenzurollen und wieder einzuschlafen. Ich ging ins Haus und nahm Cameron aus seinem Bettchen, wechselte ihm die Windel und zog ihm einen süßen, kleinen Strampelanzug an. Dann gab ich ihm eine Schüssel Fruchtjoghurt (auf dem Herd, nicht im Hochstuhl), gab ihm ein kleines – ein *ganz* kleines – Glas Orangensaft, vergewisserte mich, daß die Türen verschlossen waren und daß nichts in unmittelbarer Nähe war, das durch ihn Schaden erleiden oder ihm Schaden zufügen konnte, und legte mich zum Schlafen auf die Couch.

Und ob Sie's glauben oder nicht, Cameron kann inzwischen Türen aufschließen.

Als ich um halb acht aufwachte, sah ich, daß Pat im Haus war und überglücklich mit dem Hinterteil wedelte, während Cameron mit Hilfe eines Löffels ein Fruchtjoghurt an ihn verfütterte.

Also rollte ich mich auf die Seite, zog mir ein Sofakissen über den Kopf und schlief weiter. Wieso auch nicht? Cameron war glücklich. Pat war glücklich. Sie waren beide leise. Der Garten hat einen Zaun.

Ich war *müde*, verdammt.

Hal stand um Viertel nach acht auf, was ziemlich knapp kalkuliert war, wenn er um neun in der Kirche sein wollte – eine halbe Stunde Fahrt. Ich stellte mich schlafend. Er ist siebzehn – fast achtzehn – und müßte eigentlich alt genug sein, sich ab und zu allein Frühstück zu machen. Er aß einigermaßen leise eine Schüssel Frühstücksflocken, dachte sogar daran, die Haustür hinter sich wieder abzuschließen, und fuhr ziemlich laut los, was die Schuld des Pick-ups ist, nicht seine.

Er verbannte, wie ich bemerkte, Pat nicht nach draußen. Harry stand um neun Uhr auf und erledigte das. Cameron plärrte natürlich los.

Es gibt eine Grenze, wie lange und unter welchen Umständen ich so tun kann, als würde ich noch schlafen. Ich stand auf, badete Cameron und dachte darüber nach, was ich uns übrigen zum Frühstück machen konnte.

Ich hatte genug von Cornflakes. Ich hatte genug von Muffins; es war kein Schinkenspeck da; ich kaufe keinen mehr, weil weder Harry noch ich Cholesterin oder gesättigtes Fett gebrauchen können. Aus demselben Grund gab es auch keine Wurst. Es waren Eier da, aber was sind Eier ohne Wurst oder Schinkenspeck anderes als ungenießbar? Nein, ich hatte keine Lust, Buttermilchbrötchen zu backen.

Draußen wurde es langsam hell. Harry könnte sich, mich und Cameron irgendwo zum Frühstück einladen. Shane würde wahrscheinlich sowieso nicht vor Mittag aufwachen, und wenn er doch aufstand, während wir noch unterwegs waren, könnte er sich selbst was zum Frühstück machen, wie Hal.

Harry könnte uns irgendwo zum Frühstück einladen ... in Helen's Club.

Nicht raffiniert genug, oder aber er kennt mich inzwischen einfach zu gut. Jedenfalls, nach eingehender Befragung, um sicherzugehen, daß er genau wußte, warum ich dahin wollte, lachte er, und wir machten uns auf den Weg.

Während der Fahrt bemerkte Harry: »Damit ist Shane ja wohl aus dem Schneider. Ich meine, er wird diese ... Helen

Thorne ja wohl kaum gekannt haben, oder irgendeinen Grund gehabt haben –«

»Bei Huffman hatte er auch keinen Grund«, entgegnete ich. »Und er ist gestern spät in der Nacht nach Hause gekommen.«

»Verdächtigst du ihn wirklich?« fragte Harry.

»Nein«, sagte ich. »Falls ja, würde ich ihn wohl kaum bei uns wohnen lassen, oder?«

Als wir in Helen's Club ankamen, war Camerons Freude unübersehbar. Wir sind schon so oft mit ihm ausgegangen, daß er ein Restaurant erkennt – nicht nur ein Restaurant, in dem wir schon mal mit ihm waren, sondern Restaurants überhaupt. Restaurants sind Orte, wo viele Menschen ihm Aufmerksamkeit schenken und ihm interessante Sachen zu essen bringen, einschließlich rote Dauerlutscher, die ich ihm aus (für ihn) unerfindlichen Gründen nicht kaufe.

Könnte man mir unsägliche Abgebrühtheit zum Vorwurf machen, wenn ich zugeben würde, daß ich einen herzhaften Appetit hatte und das Frühstück in vollen Zügen genoß? Daß ich mir Gedanken über einen Mord machen mußte, reichte eindeutig nicht aus, meine Aufmerksamkeit von solchen Köstlichkeiten abzulenken wie Speck, Wurst und Schinken, Spiegeleiern, Rühreiern, pochierten Eiern, Buttermilchbrötchen, Muffins, Maisbrot, frischem Obst, Bratkartoffeln, Maisgries (schließlich gehört Texas immer noch zu den Südstaaten), Bratensoße, Butter, Honigbutter und allerlei kleinen Gebäcksorten, die ich nicht mal hätte benennen können – alles von jemandem zubereitet, der nicht ich war. Ah, die Kalorien, das Cholesterin, und dieses eine Mal kümmerte es mich nicht die Bohne.

Nach dem Frühstück jedoch, in der Annahme, daß vielleicht wenigstens der eine oder andere von den Köchen und Hilfsköchen eine kleine Verschnaufpause hatte, ließ ich Harry und Cameron, die mit in Ananassaft marinierten Bananenscheiben liebäugelten, am Tisch zurück und schlich mich nach hinten Richtung Küche.

Leon Aristides war in dem gesäuberten – gründlich gesäuberten – Büro und befaßte sich mit etwas, das aussah wie eine Gehaltsliste. »Darf ich das mal sehen?« fragte ich.

Er erkannte mich offenbar vom frühen Morgen wieder, zuckte die Achseln und reichte sie mir.

Auf der Liste stand nur ein einziger Name, den ich kannte, und das war ein ausgesprochener Schock. Shane Corbett war drei volle Tage in Helen's Club angestellt gewesen (fast hätte ich gesagt »hatte drei Tage in Helen's Club gearbeitet«) und war dann gefeuert worden. »Dieser Corbett«, sagte ich zu Leon Aristides, »ist er der einzige, der in den letzten paar Monaten gefeuert wurde?«

»Wer hier nicht arbeitet, fliegt«, erwiderte Aristides. »Der größte Faulpelz, der mir je untergekommen ist. Wir hatten ihn als Hilfskellner engagiert. Er konnte nicht mal einen Tisch abräumen – und ich meine *einen* Tisch, nicht sechs –, ohne zwischendurch eine Viertelstunde zu quatschen. In einer Viertelstunde müßte er die Hälfte der Tische im großen Saal abräumen können.«

»Wer hat ihn gefeuert?«

»Ich«, sagte Aristides. »Sie denken doch nicht, daß er Helen umgebracht hat, oder?«

»Ich habe mich da noch nicht festgelegt. Ich habe bloß Fragen gestellt.«

»Na, legen Sie sich nicht auf ihn fest. Er ist faul. Er ist dumm. Aber er ist nicht unehrlich, und er ist nicht böse. Er würde lieber betteln gehen als arbeiten, aber nach dem, wie ich ihn kennengelernt habe, würde ich sagen, daß er nicht stehlen würde. Und seine Entlassung hat er ganz gelassen genommen. Hat bloß gesagt: ›Überall flieg ich raus. Wüßte wirklich gerne mal, warum.‹ Ich habe ihm gesagt, warum, und er hat gesagt: ›Ich wollte doch bloß freundlich sein.‹ Wissen Sie, was ich denke? Ich denke, der Bursche hält das Leben für ein einziges riesiges *Dungeons-and-Dragons*-Spiel. Er hat mir erzählt, daß er seit drei Jahren überwiegend auf der Straße lebt und jede Menge interessante Leute kennengelernt hat.«

»Hat er viel über *Dungeons and Dragons* geredet?« fragte ich.

»Und ob«, sagte Aristides. »Zwei Tage lang hatte er im Vorratsraum ein Spielbrett aufgebaut, und in jeder Pause hat er da mit ein paar von den anderen Hilfskellnern gespielt.«

Das beunruhigte mich. *Dungeons and Dragons* übt wie die meisten Fantasy-Rollenspiele auf ganz unterschiedliche Menschen eine starke Faszination aus. Es fasziniert phantasievolle Menschen, solche, die eines Tages vielleicht selbst Fantasy-Bücher schreiben könnten. Es fasziniert Teenager. Es fasziniert Leute, die das wirkliche Leben langweilig finden und viel lieber in einer Phantasiewelt leben würden.

Es fasziniert meinen Sohn Hal. Mich fasziniert es nicht.

Und es fasziniert eine stattliche Zahl von Spinnern und Durchgeknallten, von denen die meisten einfach ihr spinnertes und durchgeknalltes Leben leben, von denen einige aber Selbstmord begehen oder töten. Erst vor ein paar Monaten hatten die Zeitungen von einem Fall berichtet, ich weiß nicht mehr, wo das passiert ist, jedenfalls ging es darum, daß ein intelligentes, kreatives junges Mädchen von einem anderen Fantasy-Rollenspieler getötet worden war – einer von der spinnerten, durchgeknallten Sorte –, der sich irgendwie in den Kopf gesetzt hatte, daß er das Mädchen wirklich umbringen müßte, um sie aus ihrer aktuellen Rolle zu befreien, damit sie in einem anderen Spiel eine andere Rolle spielen konnte.

Natürlich fragte ich Aristides nicht nur nach Shane Corbett. Ich fragte ihn so allerhand. Nach der Finanzlage des Restaurants – solide, laut Aristides. Nach Helens Liebesleben – nicht existent, laut Aristides. Nach Helens Beziehung zu Eric Huffman. »Hab noch nie von ihm gehört«, sagte Aristides. Hatte sie je was mit Amateurfunk zu tun? Aristides sagte nein, wie ich darauf käme? Ob Helen Computernetze genutzt hatte?

»Oh, ja, sie hat zwei, drei verschiedene Netze genutzt«, sagte Aristides. »Sie hat über den Computer Aktienkurse und Zeitungsmeldungen abgerufen. Hat über den Computer einen Teil der Rechnungen bezahlt – sie konnte sich in ihre Bank einloggen oder so und von ihrem Konto Geld auf andere Konten überweisen. Sie hat viel am Computer gemacht. Sie war fuchsteufelswild, als sich der Virus in den Computer eingeschlichen hatte. So wütend hatte ich sie noch nie gesehen. Er hat ihre ganzen Konten durcheinandergebracht. Ich selbst arbeite sowieso nicht mit Computern, aber ich weiß nicht, wie ich das mit den Konten wieder hinkriegen soll. Ich werde wohl jemanden einstellen müssen, der sich mit Computern auskennt und das alles wieder in Ordnung bringt. Was meinen Sie, was mich das kosten wird?«

»Ich habe keinen Schimmer«, erwiderte ich. »Wie lange kannten Sie Helen?«

»Eine Ewigkeit«, sagte Aristides. »Zwanzig Jahre oder so. Seit gut fünfzehn Jahren hatten wir das Restaurant hier geplant, bis wir endlich das nötige Geld zusammen hatten.«

»Bestand zwischen Ihnen und ihr mehr als eine Geschäftsbeziehung?«

Er lachte. »Das soll wohl ein Witz sein. Ich habe Ihnen ja schon gesagt, daß da nichts war. Lady, ich habe eine Frau und fünf Kinder. Helen Thorne hab ich nicht gebraucht – in dieser Hinsicht.«

»Könnte es sein, daß sie sich zu Frauen hingezogen fühlte?«

»Nein. Ich habe sie oft mit Männern gesehen. Nur, soweit ich weiß, hatte sie in letzter Zeit niemanden. Was nicht heißt, daß da nicht doch jemand war. Vielleicht war sie mit jemandem zusammen, und ich hab's einfach nicht mitbekommen. Wir waren Geschäftspartner. Mehr nicht. Ich habe sie nur hier gesehen, niemals außerhalb des Restaurants. Und wenn sie einen Lover hatte, tja, dann hat sie ihn sehr wahrscheinlich woandershin mitgenommen.«

»Sie hat *ihn* mitgenommen?« fragte ich. Die Formulierung war eigenartig.

»Von mir aus auch umgekehrt«, sagte Aristides. »Aber sie hätte entschieden. Sie war ein richtiger Drachen, im Ernst. Aber ich meine das nicht abfällig. Sie mußte ein Drachen sein, um es in unserer Branche zu was zu bringen.«

Als ich ins Restaurant zurückkam, schlief Cameron in seinem Hochstuhl, und Harry löste ein Kreuzworträtsel. Das bedeutete, daß er sich zu Tode langweilte. Harry löst normalerweise keine Kreuzworträtsel.

Ich befreite Cameron aus dem Hochstuhl (er wurde nicht wach) und schnallte ihn in seinem Kindersitz im Auto an (er wurde noch immer nicht wach – jetzt war nun mal die Zeit für sein Schläfchen, und er hatte nicht vor, sein Schläfchen für irgendwen oder irgendwas ausfallen zu lassen), setzte mich auf den Vordersitz und schnallte mich selbst an. »Harry«, sagte ich, »Helen Thornes Geschäftspartner sagt, sie habe einigen Computernetzen angehört. Hast du sie gekannt?«

»Darüber hab ich auch schon nachgedacht«, sagte Harry. »Ich glaube, ich hatte ein- oder zweimal in einem der Computernetze mit einer Helen Thorne zu tun, aber ich weiß nicht, ob es diese Helen Thorne war. Sie hat nie erwähnt, womit sie ihre Brötchen verdient, und ich hab nicht gefragt. Persönlich bin ich ihr jedenfalls nie begegnet, das weiß ich.«

»Meinst du, Eric Huffman könnte sie gekannt haben?«

»Falls ja, so hat er es mir gegenüber nie erwähnt. Wahrscheinlich kannte er sie ungefähr so gut wie ich, also überhaupt nicht.«

Ich saß im Wagen und dachte auf der ganzen Fahrt nach Haus nach. Was mir keine Ruhe ließ, war folgendes: Eric Huffmans Computer war mit einem Virus infiziert gewesen. Eric Huffman hatte Shane Corbett bei sich zu Hause aufgenommen. Eric Huffman war tot.

Helen Thornes Computer war mit demselben Virus infiziert

gewesen. Helen Thornes Restaurant hatte Shane Corbett einen Job gegeben, bis Leon Aristides ihn drei Tage später feuerte. Helen Thorne war tot.

Harry Ralstons Computer war mit demselben Virus infiziert gewesen. Harry Ralston hatte Shane Corbett bei sich zu Hause aufgenommen.

Sollten wir nun Shane Corbett vor die Tür setzen oder nicht?

Hatte Eric Huffman beschlossen, Shane Corbett vor die Tür zu setzen?

Ich war nicht glücklich. Ich war eindeutig nicht glücklich.

Ich war noch weniger glücklich, als ich Harry meinen Gedankengang kundtat und er lachte. »Tausende von Computern im Großraum Dallas-Fort Worth waren von dem Virus befallen«, hielt er mir vor Augen, »und wenn Shane seit drei Jahren praktisch auf der Straße lebt, dann haben ihn eine ganze Menge Leute vor die Tür gesetzt oder gefeuert. Hör auf, dir Sorgen zu machen. Er ist bloß ein ziemlich dummer Junge, mehr nicht.«

Das hoffte ich. Das hoffte ich wirklich.

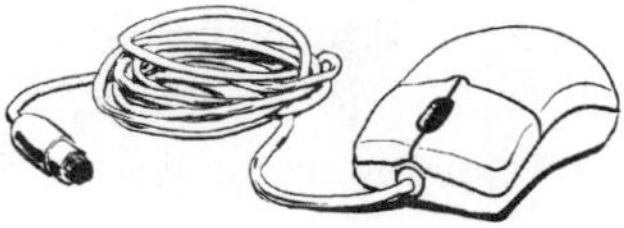

Kapitel 6

Als ich am Montag morgen zur Arbeit fuhr, hatte ich mich noch immer nicht entschieden, was ich wegen Shane unternehmen oder nicht unternehmen würde. Ich konnte ihn nicht verhaften, weil kein hinreichender Grund für einen Haftbefehl vorlag. Außerdem war ich rein gefühlsmäßig noch immer mit Harry einer Meinung. Aber die reine Logik sagte mir, wenn das ein Zufall war – und tatsächlich kommen Zufälle bei der Polizeiarbeit ebenso häufig vor wie überall sonst –, dann war das ein riesiger Zufall.

Ich hatte Shane noch nicht wegen Helen Thorne befragt, weil ich mich noch nicht entschieden hatte, was ich ihn fragen würde. Und das war möglicherweise dumm von mir, weil ich ihn befragen wollte, bevor er die Nachricht auf andere Weise erfuhr, und es würde ganz sicher in der Montagszeitung stehen. Würde Shane Zeitung lesen? Vielleicht nicht, aber Harry ganz bestimmt, und wenn er sie herumliegen ließ – was er immer macht –, würde selbst Shane die Schlagzeilen überfliegen. Vorausgesetzt natürlich, daß er lesen konnte. Aber eigentlich mußte er lesen können, um *Dungeons and Dragons* zu spielen.

Ich hatte die Gelegenheit genutzt, um heimlich, so hoffte ich jedenfalls, Shanes Turnschuhe zu untersuchen, die sich zu dem Zeitpunkt, als ich sie untersuchte, unter dem Couchtisch im Wohnzimmer befanden. Es war kein Blut an ihnen, und die Sohle hatte nicht dasselbe Muster, obwohl sie ungefähr die gleiche, für einen Mann kleine Größe hatten wie die Turnschuhe, die die Blutspur auf dem Beton hinter Helen's Club hinterlassen hatten. Soweit ich wußte, hatte Shane keine anderen Turnschuhe.

Soweit ich wußte, hatte Shane auch keine Axt oder irgendeine Möglichkeit, zu Helen's Club und wieder zurück zu kommen.

Und er hatte keine blutige Kleidung auf den Boden geschmissen, den er, da er ähnliche Gewohnheiten hatte wie Hal, üblicherweise als Wäschekorb benutzte.

Wie es aussah, konnte Shane unmöglich der Killer sein. Das bedeutete jedoch nicht, daß ich mir keine Sorgen mehr machte, als ich an jenem Montag morgen zur Arbeit fuhr.

Dutch Van Flagg saß an seinem Schreibtisch und sah mürrisch den Inhalt seines Eingangskörbchens durch. Ich *glaube*, er hatte was in mein Eingangskörbchen geschummelt, bis ich reinkam, woraufhin er nahtlos zu Wayne Carlsens Körbchen wechselte. Das war im Grunde nur ausgleichende Gerechtigkeit, denn natürlich schummele ich immer Sachen in Nathan Drukkers Körbchen. Ich glaube, Nathan ist derjenige, der Sachen in Dutchs Körbchen schummelt.

Ich las – oder überflog – in großer Eile den Inhalt meines Eingangskörbchens, und dann, nachdem Dutch mit den Autoschlüsseln in der Hand gegangen war, setzte ich meine Initialen unter alles, was meine Initialen verlangte, und behielt nur ein paar Blätter zurück, die mich wirklich etwas angingen, und dann schob ich alles mit strafverschärfendem Vorsatz (zurück?) in Dutchs Körbchen.

Wenn wir mit unseren Eingangskörbchen nicht »Reise nach Jerusalem« spielen, sondern tagtäglich den gesamten Inhalt wirklich *lesen* würden, gingen dafür mindestens drei Stunden von unserer Arbeitszeit drauf, und wir werden ja schließlich nicht fürs Lesen bezahlt.

Eine der Tätigkeiten, für die wir bezahlt werden, sind Zeugenbefragungen. Diesmal hielt sich einer der Zeugen in meinem Haus auf, aber ich war nun wirklich nicht bereit, ihn in meiner Freizeit zu befragen. Ich arbeite ohnehin schon zuviel in meiner Freizeit. Auch wenn mir dieser Umstand nicht bewußt war, Harry sorgte schon dafür, daß er mir bewußt wurde. Oft.

Also gut. Tagesplanung.

Das ist natürlich ein Witz. Ganz gleich, wie gut und effizient ich meinen Tag plane, jeder Blödmann mit einer Pistole oder einem Messer oder einer Axt kann die Planung ganz schnell wieder über den Haufen werfen. Aber ich versuche meist trotzdem, ihn zu planen. Also, mal sehen. Noch einmal mit Mrs. Huffman über Shane reden, über alles und jeden, einfach über alles, was mir einfiel, das auf irgendeine halbwegs vorstellbare Weise mit dem Verbrechen zu tun haben könnte.

Dann mit Shane sprechen, und zwar so lange, wie es in diesem Augenblick erforderlich schien.

Was dann? Tja, das könnte davon abhängen, was ich aus Shane herausbekam. Aber möglicherweise noch einmal zu Helen's Club fahren und mit den Köchen sprechen, den Hilfsköchen, den Kellnern und so weiter, die am Sonntag nicht da waren.

Vielleicht sollte ich mir auch ein Fingerabdruckset mitnehmen und Vergleichsfingerabdrücke nehmen, wo immer das angebracht schien. Das würde natürlich bedeuten, daß ich Irene anrufen und fragen mußte, welche Vergleichsfingerabdrücke gebraucht wurden.

Was zuerst?

Das war offensichtlich, da es schon seit einigen Wochen offensichtlich war. Ich rief im Methodist Hospital an, um mich nach Lori zu erkundigen. »Unverändert«, teilte mir eine Donna mit, die sich hundemüde anhörte.

»Hal hat gesagt, sie hätte am Wochenende ein paarmal unruhig gewirkt – ›zappelig‹ war sein Ausdruck. Und auch als ich das letzte Mal da war, kam sie mir ein bißchen unruhig vor. Haben die Ärzte irgendwas dazu gesagt?«

Donna lachte bitter, was eher hysterisch als amüsiert klang. »Du weißt doch, daß Ärzte nie was sagen. Kommst du heute abend?«

»Ich hoffe es. Aber die haben mir diesen Mordfall aufgehalst –«

»Das ist doch verrückt«, unterbrach Donna mich. »Du bist

im Sonderdezernat für Kapitalverbrechen, nicht bei der Mordkommission. Wieso geben die dir andauernd Morde?«

»So viele sind's nun auch wieder nicht«, erwiderte ich. »Vielleicht drei oder vier im Jahr, und dann auch nur, wenn daran wirklich irgendwas *Seltsames* ist. So wie jetzt diese Axtmorde.«

»Ach ja? Ich wußte gar nicht, daß du die bearbeitest. Wie sieht's denn aus?«

»Ziemlich mies«, sagte ich. »Wir haben einfach keine richtige Spur.«

»Dir wird schon was einfallen.« Donna klang alles andere als interessiert. Das konnte ich ihr nicht verdenken; sie hatte wirklich den Kopf voll mit anderen Dingen. Aber aus Höflichkeit fragte sie mich dann doch, was wir bislang herausgefunden hatten, und ich erzählte ihr dies und das, was nicht gerade viel war. »Ich würde nicht mit dir tauschen wollen«, erklärte sie. »Du, ich muß jetzt Schluß machen. Der Arzt ist gerade da, und ich möchte mit ihm reden.«

»Dann werd ich auch mal wieder zurück in die Tretmühle«, sagte ich, weil mir nichts Besseres einfiel. »Halt die Ohren steif.«

»Ja«, sagte sie, und sofort hörte ich das Knacken in der Leitung, bevor ich selbst dazu kam aufzulegen.

Na schön, also was nun? Wenn ich meine Tagesplanung ein bißchen umsortierte, könnte ich es schaffen, rein zufällig wohlgemerkt, genau in der Mittagszeit zu Hause zu sein, um mit Shane zu sprechen, was bedeutete, daß ich zu Hause zu Mittag essen könnte, was angenehm wäre. Aber um das zu tun, mußte ich natürlich zuerst etwas anderes tun, und mit Clara Huffman hatte ich alles durchgesprochen, was im Augenblick wichtig war. Es lag auf der Hand, daß sie bei jeder Frage, die ich ihr stellte, versuchen würde, mir Shane als Killer zu verkaufen, eine Mutmaßung, die ich nicht hundertprozentig als falsch abtun wollte, aber ganz sicher auch nicht als richtig betrachtete. Aber im Augenblick …

Das Problem war nur, ich wurde das ungute Gefühl nicht los, daß wir in Helen's Club etwas übersehen hatten, etwas, das irgendwem hätte auffallen müssen und das keiner bemerkt hatte, und ich versuchte, dieses Gefühl mit allen Mitteln zu verscheuchen, weil die Leute vom Erkennungsdienst immer gleich Gift und Galle spucken, wenn man auch nur ganz zaghaft andeutet, daß sie am Tatort möglicherweise irgend etwas übersehen haben könnten. Sicher, Bob Castle auf diese Weise zu kränken war keine so schwerwiegende Majestätsbeleidigung, wie Irene Loukas auf diese Weise zu kränken, konnte aber auch einigen Unmut heraufbeschwören, der sich nicht eher legen würde, bis ich wirklich etwas fand – vorausgesetzt, daß ich etwas fand –, was dann unten im Erkennungsdienst reichlich Schreierei und Schmollerei auslösen würde.

Nachdem ich noch ein Weilchen länger mit mir gekämpft hatte, kam ich zu dem Schluß, daß ich nicht bis Mittag weiter herumtrödeln konnte. Ich fuhr also nach Hause, damit ich das Gespräch mit Shane abhaken und mir dann überlegen konnte, was ich wegen dieses unguten Gefühls unternehmen sollte. Das war jedenfalls meine Absicht. Wie üblich kam es anders als beabsichtigt, was diesmal hauptsächlich daran lag, daß ich Shane nicht finden konnte. Ich fragte Harry nach seinem Aufenthaltsort. »Weg«, sagte Harry lakonisch.

»Was soll das heißen, weg?«

»Das soll heißen, weg. Er hat sich verdrückt. Zuerst hab ich gedacht, er hätte sich nur für ein paar Stunden verdrückt, bis ich in Camerons Zimmer nach meinem besten Schraubenzieher gesucht habe« (er mußte mir nicht erklären, warum er in Camerons Zimmer nach einem Schraubenzieher gesucht hatte; Cameron zahnt gerade und kaut für sein Leben gern auf Schraubenziehern herum) »und da hab ich gesehen, daß seine ganzen Sachen weg sind. Wie gesagt, er hat sich verdrückt.«

»Wohin verdrückt?« erkundigte ich mich.

»Woher soll ich das wissen? Als er ging, hab ich gedacht, er würde sich wieder auf Jobsuche machen, also hab ich nicht nachgefragt. Und selbst wenn, ich glaube kaum, daß er mir die Wahrheit gesagt hätte.«

Das war vermutlich richtig, aber … »Du hast mir nicht mal Bescheid gesagt? Ich meine, wann hast du das gemerkt?«

»Ich hab versucht, dich im Büro zu erreichen, aber du warst schon weg. Die von der Zentrale haben gesagt, du wärst unterwegs und wahrscheinlich auch über Funk nicht zu erreichen. Dann hab ich versucht, Captain Millner zu kriegen, aber auch ohne Erfolg. Also was hätte ich tun sollen, Deb. Shane war ja auch schon weg.«

Ich wußte nicht, was er hätte tun sollen. Ich wußte nur, daß ein Streuner wie Shane, wenn er verschwindet, ziemlich lange verschwunden bleiben kann – beispielsweise für immer –, und obwohl Shane nicht gerade dringend verdächtig war – zumindest nicht nach meinem Dafürhalten –, zwei Morde begangen zu haben, blieb es doch eine Tatsache, daß er der einzige Verdächtige war, den wir im Augenblick hatten.

Also rief ich die Zentrale an, und die Zentrale, wo kluge Menschen saßen, die wußten, an welchen Straßen Leute, die Fort Worth per Anhalter verlassen wollen, sich die größten Chancen ausrechnen, mitgenommen zu werden, gab das über Funk durch, und exakt zwanzig Minuten später wurde Shane, inklusive Rucksack und so weiter, von einem Polizeiwagen vor meiner Haustür abgeliefert.

Zu sagen, daß er gereizt war, wäre möglicherweise eine Untertreibung. Zu sagen, daß *ich* gereizt war, war absolut keine Untertreibung.

»Sie hätten mich nicht so zurückholen müssen«, beschwerte sich Shane, als er zur Haustür hereinkam. »Ich hab nichts gemacht! Ich meine, ich wollte doch bloß weg, weil ich hier sowieso nur im Weg bin und so, wo Hal sich um seine Lori Sorgen macht und Deb ständig zu tun hat und Harry mit seinem Studium zu tun hat oder was er da macht, und da hab ich gedacht, wenn ich nicht mehr im Weg bin, wäre das für alle besser, und mir hat auch keiner gesagt, daß ich nicht …«

Er hielt inne und sah mich an. »Shane«, sagte ich, »ich erinnere mich sehr genau, Ihnen gesagt zu haben, daß Sie die Wahl haben, entweder hier bei mir zu bleiben oder ins Gefängnis zu wandern.«

»Jaja, aber das ist schon eine ganze Weile her.«

»So lange nun auch wieder nicht. Also, würden Sie mir bitte erklären, wieso Sie sich einfach so aus dem Staub gemacht haben?«

Totenstille.

»Brauchen Sie mich noch?« fragte der Streifenbeamte.

»Nein, danke«, erwiderte ich geistesabwesend. Der Streifenbeamte verabschiedete sich. Harry nahm sich eine Ausgabe von *Soldiers of Fortune* und legte sie wieder weg. Cameron, der beschlossen hatte, unter dem Eßtisch ein kleines Nickerchen einzulegen, rollte sich auf die Seite, seufzte und schob sich wieder den Daumen in den Mund. Die Stille hielt an.

Dann hatte Shane die Stille plötzlich satt. »Hab ich doch schon gesagt. Alle hatten zu tun, und ich war im Weg und –«

»Gequirlte Scheiße«, sagte ich laut.

Shane blickte betroffen. Harry, der mich länger kennt, als Shane mich kennt, blickte nicht betroffen. Cameron schlief natürlich weiter.

»Jetzt erzählen Sie mir die Wahrheit«, sagte ich.

Wieder Totenstille. Ich wartete.

»Na ja, es war so«, sagte Shane und stockte wieder.

»*Wie* war es?« Ich hatte nicht die Absicht, ihm diesmal zu helfen. Ich hatte ihm schon mehr als genug geholfen.

»Ich hab da in so ’nem Schuppen gearbeitet.«

»Helen’s?«

»Ja. Helen’s. Und die haben mir noch Lohn für drei Tage geschuldet, weil sie mich nicht bezahlt hatten, und dieser Typ, der heißt Leon, der wollte mich auszahlen, und er hat mir gesagt, ich sollte Samstag abend vorbeikommen, und er wollte mir dann 'nen Scheck geben.«

»Ich dachte, Samstag abend wären Sie mit einer Freundin verabredet gewesen.«

»Ja, war ich auch. Das war dann nach der Verabredung.«

»Wie sind Sie dahin gekommen?« fragte ich.

»Dieses Mädchen, mit dem ich zusammen war, die hat gesagt, sie würde mich hinfahren. Wir haben uns gedacht, wenn ich mein Geld kriegen würde, könnten wir, na ja, noch was unternehmen, wissen Sie. Also hat sie mich hingefahren.«

»Wie heißt dieses Mädchen?«

»Ich weiß nicht. Ich hab sie irgendwie, na ja, Sie wissen schon, in diesem Laden kennengelernt.«

»Nein, weiß ich nicht, ich kenne diesen Laden eben nicht«, sagte ich spitz. »Was für ein Laden?«

Nach weiteren eingehenden Bemühungen meinerseits konnte ich schließlich mit einigermaßen hoher Wahrscheinlichkeit ermitteln, daß Shane dieses Mädchen – an den Namen konnte er sich anscheinend wirklich nicht erinnern – in irgendeinem wilden Rockschuppen – oder wie auch immer man die heute nennt – auf einer Seitenstraße der Belknap Street kennengelernt hatte. Sie hatten was getrunken, das meiste Geld, das sie dabeihatte, auf den Kopf gehauen, waren dann noch woanders hingegangen und hatten anschließend beschlossen, zu Helen's zu fahren, um Shanes Scheck abzuholen, den sie in einem Spirituosengeschäft einwechseln wollten. Vermutlich hätten sie gleich das eine oder andere Fläschchen gekauft, wo sie schon mal da waren.

Aber sie bekamen den Scheck nicht. Und was Shane, wie er behauptete, bei Helen's gesehen hatte, hätte selbst den schlimmsten Trunkenbold schlagartig ernüchtert.

»Um wieviel Uhr war das?« fragte ich. »Wann seid ihr bei Helen's angekommen, meine ich?«

»Das muß irgendwann nach Mitternacht gewesen sein, weil

wir doch noch in diesem Film waren, nach der Kneipe« (das bezweifelte ich, sagte es aber nicht) »und der war erst nach Mitternacht zu Ende, und dann sind wir direkt hingefahren.«

»Zu Helen's?«

»Ja. Vorne war schon alles zu, aber ich hab mir gedacht, daß hinten bestimmt noch ein paar Leute wären. Also hab ich dem Mädchen, Lindy hieß sie, glaub ich, gesagt, sie soll ums Haus auf die Rückseite fahren, und ich bin ausgestiegen, und die Hintertür stand offen, also bin ich rein, und da war auf einmal diese ... diese ...*Person*, und sie kam auf mich mit so 'ner Axt oder so zugerannt, und das Ding war total voller Blut, und ich bin weggerannt und in den Wagen gehechtet, und weg waren wir. Aber –«

»War diese Person ein Mann oder eine Frau?« unterbrach ich ihn.

»Weiß der Geier«, sagte er. »Der Typ – ich meine, was auch immer, er oder sie – hatte so 'nen gelben Regenmantel oder so an, und das Teil hatte er sich über den Kopf gezogen, und er oder sie hatte Turnschuhe an, und der Regenmantel und die Turnschuhe waren auch voll Blut, wie die Axt, und ich kann Ihnen sagen, der ist mit der Axt hinter mir her, er hat mich bis auf die Straße verfolgt, und ich bin ins Auto und hab die Tür zugeknallt, und dieses Mädchen, die ist losgebrettert, so schnell sie konnte, und die Person mit der Axt ist noch ein Stück hinter uns hergerannt, ich meine, das war der reinste Horrorfilm.«

»Und das war Samstag abend.«

»Ja.«

»Und am Montag morgen beschließen Sie, Fort Worth zu verlassen.«

»Ja.«

»Wie kommt's?«

Er starrte mich an. »Weil ich *Schiß* hatte, Mann!«

Wenn Hal mich *Mann* nennt, entgegne ich: »Ich bin kein Mann, ich bin deine Mutter.« Ich war doch irgendwie froh, nicht Shanes Mutter zu sein, also verzichtete ich auf den Hinweis, daß ich ebensowenig ein Mann war. Statt dessen fragte ich: »Wenn Sie Samstag abend Angst bekommen haben, wieso haben Sie dann noch bis Montag morgen gewartet?«

Ich sah, wie Shane zu Harry rübersah, der als stummer Zeuge zuhörte. »Wissen Sie noch, der Anruf, den ich heute morgen gekriegt habe? Wo Sie an den Apparat gegangen sind, und es war für mich?«

»Meinen Sie den, wo der Anrufer sich so komisch angehört hat?« fragte Harry. »Oder den von den Leuten, die Sie nicht wieder einstellen wollten?«

»Den, wo der Anrufer sich so komisch angehört hat«, sagte Shane.

»Ja, ich erinnere mich«, sagte Harry. »Was ist damit?«

»Tja also, da war einer dran, ich könnte nicht sagen, ob Mann oder Frau, und diese Person hat gesagt ... die hat gesagt, sie würde mich auch umbringen.«

»Ja, klar«, sagte ich skeptisch.

»He, Mann, ich erzähl hier keinen vom Pferd!« beteuerte Shane. »Diese Stimme, ich meine, die war total kratzig und so, und die Stimme hat gesagt, wenn ich irgendwas erzählen würde, würden sie kommen und mich auch umbringen, so, wie sie Helen Thorne und Eric Huffman umgebracht haben. Und das war, nachdem Sie mir erzählt hatten, daß Ms. Thorne auch mit so einer Axt umgebracht worden ist, genau wie Eric, und, Mann, ich will nicht mit 'ner Axt umgebracht werden, echt nicht!«

Die ganze Geschichte hörte sich für mich extrem unwahrscheinlich an – wie hätte diese hypothetische Person im gelben Regenmantel beispielsweise wissen können, daß Shane in meinem Haus wohnte? Aber andererseits hätte Shane das schon vierzig Leuten erzählt haben können, und von denen hätte jeder einzelne es wiederum vierzig Leuten weitererzählen können (vorausgesetzt natürlich, daß der Aufenthaltsort von Shane Corbett eine Frage von allgemeinem Interesse war, was, wie ich vernünftigerweise annahm, nicht der Fall war.)

Es bestand auch die Möglichkeit, daß er die Wahrheit sagte ... und plötzlich hatte ich eine ziemlich genaue Vorstellung davon, was mich den ganzen Morgen gestört hatte, dieses Gefühl, daß etwas Bestimmtes noch getan werden müßte.

Nachdem ich Shane gesagt hatte, daß er, wenn er diesmal nicht blieb, wo er war, definitiv die kommenden Wochen als Hauptzeuge im Gefängnis verbringen würde, was er, wenn ich nicht völlig schieflag, ohnehin tun würde, ging ich zur Tür hinaus, stieg in den Polizeiwagen, der mir zugeteilt worden war, und fuhr los Richtung Camp Bowie Boulevard.

Helen's hatte noch nicht auf. Ich hatte schon vorher das Schild registriert, auf dem stand, daß sie wochentags um elf öffneten, und ich war sicher, obwohl wir noch keine halb elf hatten, daß Leon Aristides bereits da war, vermutlich mit einigen, wenn nicht gar den meisten seiner Mitarbeiter. Wenn ich es recht überlegte, würden vermutlich so gut wie alle da sein, bis auf die Bedienung. Das Problem war, daß ich eigentlich mit keinem von ihnen reden wollte, aber andererseits sicher war, daß sie – oder zumindest einige von ihnen, am ehesten jedoch Leon Aristides, der ja jetzt der Besitzer war – ein wenig irritiert sein würden, wenn sie mich hinter dem Restaurant herumschnüffeln sahen, ohne sie vorher davon in Kenntnis gesetzt zu haben.

Und das brachte mich ganz plötzlich und ohne erkennbaren Grund auf eine andere Frage, die ich schon hätte stellen sollen, bevor ich das Präsidium und erst recht das Haus verließ – eine Frage, die sogar so dringend war, daß ich am nächsten 7-Eleven anhielt, um zu telefonieren.

Irene Loukas meldete sich, was bedeutete, daß ich angeschnauzt werden würde, ganz gleich, wie die Antwort auf meine Frage lautete. Kleinlaut stellte ich sie dennoch. »Hat jemand den Müllcontainer vom Helen's Club untersucht?«

»Müßte eigentlich«, erwiderte Irene. Sie geht davon aus, daß kein Tatort angemessen untersucht wird, es sei denn, sie untersucht ihn selbst, aber einige wenige Stunden am Tag benötigt sie zum Schlafen, Essen und für andere unerläßliche Funktionen.

»Ich weiß, daß das eigentlich getan worden sein *müßte*, aber ich möchte wissen, ob es auch getan wurde.« Mit dieser Formulierung warf ich Bob den Wölfen zum Fraß vor – und in meinen Augen war Irene die blutrünstige Rudelführerin, was ich ihr natürlich nie sagen würde, obwohl ich mir vorstellen könnte, daß sie das als Kompliment auffassen würde –, falls er den Müllcontainer tatsächlich nicht untersucht hatte. Aber ich mußte es schließlich wirklich wissen. Wenn jemand den Container bereits untersucht hatte, mußte ich es vielleicht nicht mehr tun, obwohl ich es angesichts dessen, was Shane erzählt hatte (falls das stimmte), wahrscheinlich doch würde tun müssen.

Womit ich nichts anderes sagen will, als daß ich wußte, wonach ich suchte. Ich hatte nur ein bißchen gebraucht, bis mir klar wurde, daß es in dem Container sein könnte. Wenn mir das Glück hold war, hatte schon jemand den Container untersucht und keine Beweismittel gefunden.

Wenn mir das Glück hold war …

Das Glück war mir unhold. »Laß mich nachsehen.« Der Ton ihrer Stimme war eindeutig unfreundlich. Er war sogar noch unfreundlicher, als sie eine Minute später wieder an den Apparat kam, um mir höchst widerwillig mitzuteilen, daß der Müllcontainer nicht untersucht worden war.

Ich wäre um einiges glücklicher gewesen, selbst wenn sie mich angeschnauzt hätte, wenn die Antwort anders ausgefallen wäre. Denn raten Sie mal, wer den Müllcontainer nun untersuchen mußte.

Damals, als ich bei der Polizei anfing, steigerte sich meine Mutter oft in nackte Panik bei dem Gedanken, daß auf mich geschossen werden könnte. Einmal erklärte ich ihr, daß sie sich, wenn sie sich wirklich unbedingt Sorgen machen mußte, lieber wegen etwas Sorgen machen sollte, das sehr viel wahrscheinlicher war, wie beispielsweise die Möglichkeit, daß ich mir beim

Wühlen im Müll anderer Leute die Krätze oder dergleichen Unappetitliches einfangen könnte. Sie glaubte mir nicht, auch nicht, als ich drastischer wurde. Aber das Problem ist, daß jeder Tatort nun mal eine Fluchtroute hat, und viele, viele Kriminelle lassen entlang dieser Route Gegenstände liegen.

Ich erinnere mich noch an einen der ersten Raubüberfälle, bei denen ich eingesetzt wurde. Der Bursche war mitten im Juli in Fort Worth mit einer Skimaske auf dem Kopf in das Büro einer Immobilienfirma spaziert und hatte das ganze Geld gefordert. Natürlich bekam er nur Kleingeld – ich kann mir nicht vorstellen, was er erwartet hatte – aber es gelang ihm doch, den Leuten gehörig Angst einzujagen. Jemand sah ihn rauskommen, und jemand anderes sah die Richtung, in der er floh, und die Zentrale informierte uns andauernd, daß er eine Skimaske trug, als ob er die durch die ganze Stadt tragen würde.

Zufälligerweise fand ich die Skimaske mitten während so einer Durchsage (und übrigens auch mitten in einer schmalen Seitenstraße) und fiel der Zentrale über Funk ins Wort: »Skimaske streichen. Verdächtiger trägt *keine* Skimaske. Ich wiederhole: Verdächtiger trägt *keine* Skimaske.«

Einer aus der Zentrale erkundigte sich leicht angesäuert, was genau ich denn damit meinen würde, aber er ließ sich beschwichtigen, als ich erklärte, daß der Verdächtige die Skimaske nicht tragen konnte, da ich sie just in diesem Moment in der Hand hielt.

Manchmal werden andere Gegenstände, so wie diese Skimaske, auf der Fluchtroute einfach weggeworfen. Aber ebenso häufig – vor allem, wenn der Täter die Fluchtroute verschleiern will – werden Dinge in Container und Mülleimer entlang der Route geworfen. Und das heißt, wie ich bereits andeutete, daß Polizisten – vor allem Polizisten niederen Ranges – ziemlich viel Zeit damit verbringen, in anderer Leute Müll herumzuwühlen. In den Zeiten vor AIDS war das zumindest etwas weniger nervenaufreibend, als es das jetzt ist.

Ich hielt kurz an einem Drugstore, um mir Plastikhandschuhe zu kaufen, solche, die manche Leute zum Spülen anziehen. Nicht, daß die mir viel nützen würden, denn es war ziemlich offensichtlich, daß die einzige Möglichkeit, wie ich den Müllcontainer hinter Helen's Club einigermaßen gründlich untersuchen konnte, die war, in den Container hineinzuklettern, eine Aussicht, die mir nicht gerade Vergnügen bereitete.

Zumindest hatte ich mir an diesem Tag Sachen angezogen, die man einfach in die Waschmaschine stecken konnte, was nicht immer der Fall war.

Unnötig zu erwähnen, daß Leon Aristides, als ich ihm rasch Bescheid sagte, was ich vorhatte, gequält grinste und sagte: »Bin froh, daß Sie das tun müssen und nicht ich.« Keiner von uns sprach von den Schalen und sonstigen Abfällen aus den Kisten voller Obst und Gemüse, die er am frühen Sonntag morgen mitgebracht hatte; keiner von uns sprach von dem Müll und den Essensresten, die in weniger aufgeklärten (oder weniger wegwerffreudigen) Jahrhunderten dazu genutzt worden wären, um ein paar Schweine zu mästen.

Es macht mir keinen Spaß, in einen Müllcontainer zu krabbeln. Es macht mir keinen Spaß, jemandem zu erzählen, daß ich in einen Müllcontainer krabbeln werde. Es macht mir keinen Spaß, jemandem zu erläutern, was ich in einem Müllcontainer so alles zu sehen bekomme oder entdecke. Begnügen wir uns mit der Feststellung, daß ich in diesem Müllcontainer nichts fand, das irgendwie mit unserer Ermittlung in Zusammenhang zu bringen war, auch keine gelben Regenmäntel, blutige Turnschuhe (weiß) oder Äxte, und daß ich zu dem Zeitpunkt, als ich endlich wieder aus dem Container kroch, dringend, nein, sehr dringend ein Bad gebrauchen konnte. Das bedeutete jedoch nicht, daß ich auch gleich eins nehmen würde. Ich mußte nämlich noch das Sträßchen hinter dem Restaurant durchsuchen.

Zumindest würde mich wohl niemand dabei stören. Weil

sich mir wohl niemand so weit nähern wollen würde, daß er mich irgendwie hätte stören können.

Ich ging die Gasse in eine Richtung ab. Ich ging sie wieder zurück, vorbei am Hintereingang des Restaurants und bis zum anderen Ende des Häuserblocks, dann erneut zurück. Natürlich war ich die Strecke auch schon in der Mordnacht abgegangen, unterstützt von meinem Pitbull Pat. Natürlich war Bob Castle sie – wahrscheinlich – am Sonntag erneut abgegangen, bei Tageslicht. Das bedeutete aber noch lange nicht, daß nichts übersehen worden war.

Etwas war übersehen worden.

Ganz hinten in der Gasse, in einem kleinen Dickicht aus wilden Pflaumenbüschen, die hier mitten in der Stadt gewachsen waren, direkt an der Rückwand eines Gebäudes, das ehemals ein Wohnhaus mit Garage gewesen war und nun einen Schildermalerbetrieb beherbergte, lag eine braune Tüte, wie man sie in Lebensmittelgeschäften bekommt, aus der Abfälle quollen.

Es gab keinen Grund, das Butterbrotpapier und die Bananenschale zu untersuchen, die darauf schließen ließen – und vermutlich darauf schließen lassen sollten –, daß hier irgendwer sein Lunchpaket verzehrt hatte, aber die Tüte selbst war viel zu groß für einen normalen Lunch. Außerdem hatte es auf diese Tüte nicht geregnet, sie war nicht wieder getrocknet und von der Sonne Fort Worths gebleicht worden. Diese Tüte war frisch; meiner Meinung nach konnte sie nicht länger als zwei Tage hier gelegen haben. Womit sie exakt in den fraglichen Zeitraum paßte.

Ich beschloß, besonders vorsichtig zu Werke zu gehen. Falls sich herausstellte, daß die Tüte tatsächlich nur Essensreste enthielt, hätte ich zwei (na gut, etliche) Negative eines Kleinbildfilms verschwendet und etwas Zeit beim Vermessen. Aber falls, wie ich vermutete, es mit dieser Tüte mehr auf sich hatte, als es auf den ersten Blick schien, würde ihre genaue Position vermutlich irgendwann vor Gericht erörtert werden, und diese Erörterung könnte unangenehm ausfallen, wenn ich nicht in der Lage war, die *exakte* Position et cetera anzugeben.

Ich holte den Polizeiwagen, den ich hinter Helen's abgestellt hatte, und parkte ihn neben dem Gebüsch. (Das natürlich erst, nachdem ich mich vergewissert hatte, daß keine Reifenabdrücke oder Fußspuren zu sehen waren.) Ich nahm die Kamera heraus und fotografierte die Tüte von vorne, von der linken Seite, von der rechten Seite und direkt von oben; wegen der Büsche und der rückwärtigen Wand des Schildermalerbetriebes konnte ich sie nicht auch noch von hinten ablichten.

Nachdem ich damit fertig war, schritt ich die Entfernung bis zu der Ecke ab, wo die Gasse auf die Seitenstraße stieß, und maß die Distanz bis zur rechten hinteren Ecke der Garage. Damit hatte ich eine Triangulierung von zwei fixen Punkten aus; jetzt konnte ich exakt beschreiben, wo ich die Tüte gefunden hatte.

Aus dem Kofferraum nahm ich einen von diesen großen Beweismittelbeuteln aus Plastik, überlegte es mir dann jedoch anders. Falls sich, wie ich hoffte, in dieser Papiertüte etwas befand, auf dem Blut war, würde sich dieses Blut in einem luftdichten Plastikbeutel zersetzen. Also schob ich die Papiertüte nicht in den Plastikbeutel; statt dessen kippte ich ihren Inhalt auf den Plastikbeutel – und wurde fündig.

Eine gelbe Öljacke, ziemlich gute Qualität, eine von der Sorte, die außen eine Schicht haben, die aussieht wie Plastik, und innen eine Schicht, die aussieht wie richtig robuster Stoff, Segeltuch oder so ähnlich. Die Sorte, die von Polizei, Feuerwehr und Truckern benutzt wird, eben von Leuten, die bei Wind und Wetter draußen unterwegs sind. Und ein Paar alte weiße Turnschuhe, eine Sorte, die vermutlich bei K-Mart oder irgendeinem anderen Billigladen gekauft wurde. Der Zustand von Öljacke und Turnschuhen ließ vermuten, daß jemand sie entweder beim Schweineschlachten oder bei einem Axtmord getragen hatte, und in diesem Teil von Fort Worth waren praktisch seit

Menschengedenken keine Schweine mehr geschlachtet worden.

Die Jacke war nicht um eine Axt gewickelt, die ganz sicher nicht in so eine Lebensmitteltüte gepaßt hätte, sondern um ein Beil, das hineinpaßte. Ich konnte wohl ohne weiteres davon ausgehen, daß Shane der Unterschied zwischen einer Axt und einem Beil nicht bewußt war.

Ich mußte nicht mal groß überlegen, wo das Beil herkam. Auf dem Stiel stand ein Wort. HUFFMAN.

Damit verringerten sich die Chancen, daß Helen einem Nachahmungstäter zum Opfer gefallen war, auf etwa eins zu zehntausend.

Leider war ich in der Frage, wer außer Shane Corbett in engen und unglückseligen Kontakt sowohl mit Eric Huffman als auch mit Helen Thorne gekommen war, noch immer keinen Schritt weiter.

Und, was von wesentlich geringerer Bedeutung für alle außer mir war, unversehens war ich wieder ein gutes Stück weiter von meinem ersehnten Vollbad entfernt.

Ich nahm mein Walkie-Talkie vom Beifahrersitz, schaltete das Mikro ein und bat die Zentrale, jemanden vom Erkennungsdienst herzuschicken.

* * *

»Du stinkst«, klärte Irene mich auf.

»Ach was, Sherlock.«

»Was hast du denn getrieben, Müllcontainertauchen?«

»Volltreffer.«

»Hab ich's mir doch gedacht.« Nachdem die Regeln des Anstands dergestalt gewahrt worden waren, wandte Irene ihre Aufmerksamkeit meiner Entdeckung zu. Sie war erst kürzlich zur Leiterin der Abteilung Erkennungsdienst/Spurensicherung ernannt worden, und ihre Miene verhieß nichts Gutes für Bob

Castle, wenn er heute nachmittag zum Dienst kam. Ich hätte wesentlich mehr Mitgefühl gehabt, wenn nicht ich diejenige gewesen wäre, die in den Container hatte steigen müssen, was eigentlich Bob hätte tun müssen, aber nicht getan hatte.

Das Blut auf der Öljacke war noch nicht ganz trocken, was bedeutete, daß Irene kein Fingerabdruckpulver verwenden konnte. Aber sie drehte die Jacke hin und her, ließ das Sonnenlicht und den Strahl ihrer Hochleistungstaschenlampe aus unterschiedlichen Winkeln darauf fallen und suchte nach sichtbaren Fingerabdrücken – also Fingerabdrücke, die mit Blut gemacht worden waren und daher auch ohne Entwicklung sichtbar waren. Es gab keine.

Natürlich waren keine Fingerabdrücke auf den Turnschuhen.

Die Tüte würde mit den übrigen Sachen darin – schließlich war es *möglich*, daß die Essensreste vom Lunch des Mörders stammten – ins Präsidium geschickt werden, wo man alles auf Fingerabdrücke untersuchen und auch sonst haargenau analysieren würde. Die meiste Arbeit, so vermutete ich, würde Bob Castle erledigen, und zwar vor Irenes Augen. Nicht, daß Irene das nicht selbst machen konnte; tatsächlich hätte sie das wohl lieber selbst gemacht. Aber sie würde es unerläßlich finden, daß Bob sich seiner Nachlässigkeiten in Sachen Müllcontainer und Gasse hinreichend bewußt werden würde.

Ich übergab Irene den belichteten Film, bekam im Austausch einen neuen unbelichteten Film und fuhr (auf einer Plastiktüte sitzend, die ich über den Sitz gelegt hatte) nach Hause, wo ich beabsichtigte, ein Bad zu nehmen, bevor ich auch nur daran dachte, wieder mit Shane zu reden.

Diesmal war Shane zu Hause, und Harry hatte sich verdrückt.

Das war mir natürlich nicht sofort klar; ich stellte nur fest, daß die Haustür abgeschlossen war, der Pick-up verschwunden und der Hund im Garten vor dem Haus, wo er eigentlich erst sein sollte, wenn die Post gebracht worden ist. Aber es war

Viertel nach eins, also war die Postbotin vielleicht schon gekommen. Ich hoffte es jedenfalls. Die Postbotin hat letztes Mal sehr deutlich zu verstehen gegeben, daß unsere Post, sollte der Hund in Sichtweite sein, nicht ausgeliefert wird. Ich konnte ihr diese Haltung eigentlich nicht verübeln, obwohl Pat in Wahrheit ganz gut mit Postboten klarkam, bis zu dem Tag, als ein Ersatzpostbote, der Pats freundliche Begrüßung mißverstand, ihm mit einer Dose Reizgas ins Gesicht sprühte. Von diesem Erlebnis hat Pat unglücklicherweise eine nachhaltige Abneigung gegen jede Person in Uniform zurückbehalten, darunter auch Postboten, UPS-Lieferanten und Polizeibeamte.

Als ich das Sicherheitsschloß, das wir einbauen ließen, bevor wir den Pitbull bekamen, entriegelte, hörte ich Getrippel im Flur. »Wer ist da?« schrie Shane von irgendwo hinten im Haus.

»Ich bin's bloß«, erwiderte ich, und er kam mit Cameron im Arm heraus.

»Ich hatte Angst, es wäre jemand anders«, sagte er. Er hätte gar nicht sagen müssen, daß er Angst hatte; der Ausdruck in seinem Gesicht sprach Bände. Aber vor wem, so fragte ich mich, hatte er Angst? Hatte er den Anruf, von dem er erzählt hatte, tatsächlich bekommen? Hatte er tatsächlich eine androgyne Gestalt in einer gelben Öljacke gesehen, die mit einem Beil hinter ihm her war?

Oder hatte er selbst die gelbe Öljacke und Turnschuhe getragen und das Beil in der Hand gehabt?

Doch dann rief ich mir ins Gedächtnis, daß er diesen Anruf tatsächlich bekommen hatte, da ja Harry ans Telefon gegangen war, nicht Shane. Aber das hieß nicht, daß der Anrufer wirklich so klang, wie Shane es beschrieben hatte, und wirklich das gesagt hatte, was Shane behauptete.

Vielleicht wurde ich langsam paranoid.

»Wo ist Harry?« fragte ich.

Offensichtlich wurde ich paranoid. Das war mir in dem Augenblick klar, als Shane erwiderte: »Ach, er hat gesagt, er müßte in die Bibliothek und irgendwas nachsehen, für das Seminar, was er gerade macht. Mensch, wieso geht einer in seinem Alter überhaupt noch aufs College? Ich hab's gar nicht erwarten können, bis ich endlich alt genug war, um den Kram hinzuschmeißen.«

»Richtig«, dachte ich, »und deshalb bist du jetzt arbeitslos und läßt dich von anderen Leuten durchfüttern, anstatt selbst für dich zu sorgen.« Aber das war nicht unbedingt richtig; bei der derzeitigen Wirtschaftslage sind viele ganz normale, gut ausgebildete Leute auf Arbeitssuche, und manche von ihnen landen schließlich aus purer Verzweiflung in einer ganz ähnlichen Situation wie die von Shane.

Aber es interessierte mich nicht, warum Shane Corbett von der Highschool abgegangen war. Mich interessierte, wieso Harry es für angebracht gehalten hatte, sich zu verdrücken und Cameron in der Obhut von Shane Corbett zurückzulassen. Das kam mir überaus verantwortungslos vor.

Aber danach würde ich Shane ganz sicher nicht fragen.

Und trotz meiner Paranoia würde ich jetzt nicht das Haus nach Harrys zerhackten Überresten absuchen. Ich hielt es für höchst unwahrscheinlich (Ed Gough hin oder her, falls Sie sich noch an Ed Gough erinnern), daß Shane einen Mord begangen und gleichzeitig den Küchenboden gebohnert hatte.

Plötzlich war mir nämlich der starke Bohnerwachsgeruch aufgefallen – so stark, daß er selbst meinen Müllgestank überdeckte –, und ich fragte danach, obwohl ich es eigentlich schon wußte. »Och, ich hab den Küchenboden gebohnert«, erklärte Shane, »sozusagen als Entschuldigung, weil ich mich so doof benommen habe und Ihnen soviel Ärger mache. He, was riecht denn hier so komisch? Das erinnert mich irgendwie an, na ja, daran, wie ich mal nicht wußte, wo ich pennen sollte, und irgendwie hat's dann angefangen zu hageln, und da bin ich dann in diesen, na ja, in so 'nen Müllcontainer gestiegen.«

Ich weiß, wann ich verloren habe. Ich ging in die Badewanne.

Kapitel 7

Ich war immer noch im Dienst, trotz des Bades. Daß Detectives im Dienst zwischendurch mal nach Hause müssen, um ein Bad zu nehmen, ist zwar keinesfalls an der Tagesordnung, aber doch schon vorgekommen. Das bedeutete, daß ich zurück an die Arbeit mußte, nasses Haar im Dezember hin oder her, es sei denn, ich hätte mir noch die Zeit genommen, es zu föhnen, was nicht in meiner Absicht lag. Andererseits konnte ich unmöglich wieder losziehen und Shane mit Cameron allein lassen, und am Abend würde ich mit Harry ein Wörtchen – ein nicht sehr liebevolles und charmantes Wörtchen – darüber reden, daß *er* Shane mit Cameron allein gelassen hatte.

Aber ich konnte Cameron auch nicht mitnehmen, wenn ich Zeugen befragte. Es ist zwar keinesfalls an der Tagesordnung, aber doch schon vorgekommen, daß Detectives, die friedlich anfangen, Zeugen zu befragen, sich auf einmal eine wilde Verfolgungsjagd oder gar eine Schießerei mit jemandem liefern, von dem noch keiner was gehört hatte, bis die wilde Verfolgungsjagd oder die Schießerei anfing.

Damit blieb nur noch May Rector, die Nachbarin, die mich letztes Jahr gefragt hatte, ob ich ihr wohl erlauben würde – wohlgemerkt, um *ihr* einen Gefallen zu tun –, auf Cameron aufzupassen, wenn Harry und ich beide beschäftigt waren. Wir hatten sie schließlich dazu überreden können, wenigstens Geld dafür zu nehmen, aber manchmal kam mir das Ganze immer noch seltsam vor, vor allem, wenn ich daran dachte, wie empört sie protestiert hatte: »Aber Sie wollen mir doch wohl nicht diese Freude nehmen!«

Doch in letzter Zeit war Harry meist zu Hause, wenn ich es nicht war, vor allem tagsüber, und ich wußte nicht, wie die Tagesplanung von May – Schwester Rector, wie ich sie am Anfang auf ihre Bitte hin nannte, bevor wir allmählich zu May und

Deb wurden – aussah. Falls sie nicht zu Hause war, wußte ich beim besten Willen nicht, was ich machen sollte, außer vielleicht Captain Millner anrufen und versuchen, ihn davon zu überzeugen, daß ich ein paar Überstunden abfeiern könnte, die sich inzwischen auf zig Wochen summierten, weil Captain Millner mir jedesmal, wenn ich welche nehmen wollte, wütend oder herablassend, je nach Stimmung, erklärte, daß er zwar grundsätzlich damit einverstanden sei, daß ich meine Überstunden abfeiere, aber *nicht* gerade heute.

Ich konnte natürlich versuchen, Harry in der Bibliothek anzurufen, aber dazu müßte ich erstens herausfinden, in welcher Bibliothek er war; zweitens die Bibliothekarin davon überzeugen, daß die Angelegenheit wirklich so dringend war, daß sie jemanden losschickte, um Harry zu suchen; drittens erklären, *warum* ich nicht wollte, daß Cameron allein in Shanes Obhut blieb (wissen Sie, Cameron ist mein Baby, und Shane ist möglicherweise ein Axtmörder; muß ich wirklich noch mehr erklären? oder es überhaupt erklären, wo Shane ganz sicher in Hörweite war?); und viertens solange warten, bis Harry wieder nach Hause kam, was mindestens eine Stunde in Anspruch genommen hätte, und vielleicht noch mehr, je nachdem, wie viele kleine Erledigungen auf dem Heimweg seiner Meinung nach unaufschiebbar wären.

Ich rief also May Rector an. Dann suchte ich Cameron, die Windelpackung, die Fläschchen, auf die er *nicht* zu verzichten bereit ist, und wenn der Kinderarzt hundertmal sagt, er sei zu alt dafür, und zwei Bananen, falls Schwester Rector keine im Haus hatte, zusammen und eilte zur Tür.

»He, wo wollen Sie hin?« erkundigte sich Shane, der inzwischen mit dem Staubsauger in der Hand und dem Hund direkt hinter ihm durchs Haus trottete.

»Zurück zur Arbeit.«

»Mit dem *Baby*?«

»Ich bringe ihn zum Babysitter.«

Shane spielte überaus beeindruckend den Gekränkten. »Aber ich kann doch auf ihn aufpassen!«

»Sie haben schon genug anderes zu erledigen«, sagte ich schroff. Na schön, ich sagte es nicht sehr schroff; selbst wenn Shane möglicherweise (aber nicht wahrscheinlich) ein Axtmörder war, bestand kein Grund, seine Gefühle zu verletzen, und er arbeitete wirklich fleißig. Ich konnte mich schon gar nicht mehr erinnern, wann der Küchenboden zuletzt gebohnert worden war. Wer hat denn in dieser Familie mal Zeit? (Na ja, eigentlich hat Harry ja im Augenblick Zeit, aber das würde mich schwer wundern.)

Ich überlegte allerdings auch, wie lange der Boden brauchen würde, um zu trocknen; Shane hatte das Bohnerwachs etwas großzügiger verteilt als auf der Packung angegeben.

Egal, jedenfalls gelang es mir, zuerst mein Haus und anschließend Mays Haus zu verlassen. Meinen zweiten Abschied nahm Cameron kaum zur Kenntnis, da er damit beschäftigt war, eine große Langhaarkatze zu jagen, die irgendwie mehr Bereitwilligkeit an den Tag legte, sich mißhandeln zu lassen, als sowohl unsere gefleckte Katze Margaret Scratcher als auch unsere unlängst adoptierte Langhaarkatze Rags.

Auf der Fahrt in die Stadt sinnierte ich über Rags nach. Sie ist die erste Langhaarkatze, die ich je besessen habe. Sie zu besitzen war von meiner Seite aus nicht geplant gewesen. Irgendwer hat sie in meiner Nachbarschaft ausgesetzt, und es gibt eine gewisse Grenze, wie lange ich ein hungerndes Tier an meiner Tür miauen oder bellen lasse, dann hole ich besagtes Tier herein und füttere es.

Sollte es sich um ein langhaariges Tier handeln, ist auch Bürsten erforderlich. Es hat sechs Wochen gedauert, alles in allem, je nachdem, wie ich Zeit hatte, um Rags vollständig zu bürsten. Rags hatte keinen großen Spaß daran. Ich auch nicht. Alles in allem habe ich zehn große Plastiktüten bis oben hin mit Fellbüscheln gefüllt. Wenn so ein Büschel sich schließlich löste, begleitet von ungeheurem Miauen und Kratzen auf Rags' Seite und Schmerzensschreien und halblauten Flüchen auf meiner Seite, ging gleichzeitig ein so gewaltiger Schuppenregen nieder, daß ich nur folgern konnte, daß diese Katze seit dem Tag ihrer Geburt noch nie gebürstet worden war. Nach Schätzung des Tierarztes war die Katze knapp über ein Jahr alt.

Kostenlose Katzen sind teuer, ebenso wie kostenlose Hunde. Sterilisation, Impfungen, Katzenfutter und Katzenklo, weil Margaret Scratcher die gemeinschaftliche Nutzung ihrer Toilette verweigerte, neue Auffrischungsimpfungen für Margaret, nur für den Fall, daß Rags irgendwelche Bakterien eingeschleppt hatte, gegen die Margaret nicht mehr immun war ... Aber sie (Rags, meine ich) schnurrt ganz allerliebst, viel besser als Margaret, die ziemlich schnurr-los ist; und außerdem habe ich festgestellt, daß das Streicheln einer Langhaarkatze viele von den Vorzügen aufweist, die einem ein Pelzmantel beschert, ohne daß man sich schämen müßte.

Dennoch, ich würde gerne mal diese Menschen erwischen – irgendwelche von denen –, die dauernd Katzen und Hunde aussetzen, mit der Begründung, daß Katzen schon für sich selbst sorgen können. Erstens können die Tiere es nicht, und zweitens, selbst wenn sie es könnten, dann nur auf eine Art und Weise, die für Menschen zumindest unangenehm und möglicherweise auch gefährlich werden würde.

Dann kam mir die Frage in den Sinn, wieso ich mitten in einer Mordermittlung über Rags nachdachte, und ich folgerte, daß ich in Wirklichkeit über Shane nachdachte. War er ursprünglich ein Ausreißer – ich wußte ja, daß er, seit er sechzehn war, auf der Straße lebte –, oder ein Ausgestoßener? Und wie viele andere Shanes, männlich und weiblich, die meisten noch jünger und weniger charmant als dieser, lebten wohl noch auf den Straßen?

Wie viele von ihnen würde jemand hereinholen und füttern und bürsten, und wie viele würden, wie so viele streunende Hunde und Katzen, weiter auf den Straßen hungern müssen?

Wie viele von denen, die hereingeholt, gefüttert und gebürstet worden waren, würden irgendwann ihren Wohltäter in Stücke reißen, so wie Rags mich zerkratzt hatte, als ich sie bürstete, weil sie die Welt mittlerweile haßten und ihr mißtrauten?

Hatte Shane das getan?

Die reine Logik beharrte weiter darauf, daß es wahrhaftig niemanden sonst gab, der mit beiden Opfern in Zusammenhang gebracht werden konnte. Aber Logik hin oder her, ich konnte bei Shane keinerlei Anzeichen für Haß oder Mißtrauen feststellen. Und ich konnte mir nicht vorstellen, konnte mir absolut nicht vorstellen, daß jemand diese beiden Axtmorde begangen hatte, ohne der Welt auch nur im geringsten Haß oder Mißtrauen entgegenzubringen.

Mit diesen Gedanken parkte ich ziemlich unglücklich vor Clara Huffmans Haus. Clara Huffman tat mir furchtbar leid, aber, verflucht noch mal, ich *mochte* diese Frau nicht. Sie war bloß seicht und schwächlich und ein Jammerlappen. Auf der ganzen Fahrt durch die Stadt hatte ich gehofft, daß Mardee Hamilton noch dasein würde; sie war viel vernünftiger.

Mardees Auto war da, also war Mardee selbst vermutlich auch da.

Sie war es, und als sie die Tür aufmachte, schien sie nicht gerade überglücklich zu sein, mich wiederzusehen. »Tut mir leid«, sagte ich.

Mardee verzog das Gesicht. »War's mir so deutlich anzusehen?«

»Es war Ihnen so deutlich anzusehen.«

»Dann tut es *mir* leid. Es liegt weniger an Ihnen als an der Tatsache, daß Sie bei der Polizei sind. Ich hab sie gerade einigermaßen ruhig bekommen, und jetzt werden Sie sie wieder aufregen. Ach, ich weiß ja, Sie können nichts dafür, aber trotzdem … Tja, dann kommen Sie mal rein.«

Zwischen dem Wohnzimmer, das ich zuletzt gesehen hatte,

und dem Wohnzimmer, wie es jetzt war, bestand ein feiner, aber deutlicher Unterschied. Wohlgemerkt ein kleiner Unterschied; es waren noch immer dieselben Polstermöbel da, dieselben zu dunklen, zu schweren Vorhänge, aber die Vorhänge waren geöffnet, damit Licht hereinkam, und die Möbel waren ein klein wenig umgestellt worden, damit das Ganze etwas mehr wie eine Wohnung aussah und weniger wie eine Möbelausstellung. Clara war da und sah niedergeschlagen aus, was durchaus verständlich war, aber die Blumen auf den Beistelltischchen wirkten fröhlich – auch das wieder eher subtil als allzu augenfällig – und nicht wie Trauersträuße.

Mardees Augen paßten nicht zu dieser Fröhlichkeit, die offensichtlich sie in das Zimmer gebracht hatte, nicht Clara, und erneut fragte ich mich, ob Mardee Hamilton ungeachtet ihrer sexuellen Orientierung nicht doch zumindest ein bißchen in ihren Arbeitgeber verliebt gewesen war.

Clara starrte mich an. »Kenne ich Sie?« wollte sie wissen. »Ja, ich glaube, ich kenne Sie. Sie sind diese Polizistin. Was wollen Sie denn jetzt schon wieder?«

»Ich habe ein paar Fragen an Sie zu –«

»Haben Sie diesen gräßlichen Jungen schon verhaftet? Diesen Shane? Haben Sie ihn endlich verhaftet?«

»Hinreichender Tatverdacht«, sagte Mardee halblaut, und Clara fuhr sie wütend an.

»Ich verstehe nichts von solchen Sachen. Ich weiß bloß, daß dieser gräßliche Junge meinen Mann getötet hat und keiner was unternimmt.«

Mardee setzte sich auf eine Sessellehne und trommelte gereizt mit den Fingerspitzen auf den Beistelltisch daneben. »Sie tun, was sie können, Clara«, sagte sie. »Und noch weiß niemand, wer Eric getötet hat. Vielleicht war es dieser Junge, vielleicht aber auch nicht. Nun laß Detective Ralston doch ihre Fragen stellen, damit sie wieder gehen kann, ja? Sie muß bestimmt noch andere Leute befragen außer uns.«

»Nicht *uns*«, sagte Clara. »Das hier ist mein Haus. Nicht deins.«

»Natürlich ist es deins«, gab Mardee ihr recht. »Ich würd's nicht wollen, und wenn ich es auf einem Silbertablett gereicht bekäme. Es ist mir nämlich viel zu vollgestopft.«

»Das sind meine Sachen, und mir gefallen sie.«

»Schön. Sollen sie ja ruhig. Aber unterstell mir nicht, daß ich sie haben will.«

»Ich unterstelle dir nicht –«

»Mrs. Huffman, Ms. Hamilton«, unterbrach ich, »Sie beide können sich später von mir aus soviel streiten, wie Sie möchten, aber im Augenblick brauche ich wirklich ein paar Auskünfte.«

Sowohl Mardee als auch Clara sahen mich mit echter Verblüffung an. Dann begann Mardee leise und entzückt zu lachen. Clara Huffman war nicht entsprechend amüsiert, aber sie nickte säuerlich und sagte: »Fangen Sie an.«

Ich setzte mich, unaufgefordert, und fragte: »Sie haben mir erzählt, daß Sie sich vage daran erinnern können, eine Axt im Haus gesehen zu haben, wissen Sie noch?«

»Die war im Fernsehzimmer.«

»Ich dachte, Sie hätten gesagt, sie war in Erics Arbeitszimmer.«

»Vielleicht war sie in Erics Arbeitszimmer.«

»Wo wurde sie normalerweise aufbewahrt? Bei dem Holzstapel?« Mir war neben dem Haus ein großer Stapel Brennholz aufgefallen, und obwohl ich nicht glaube, daß Äxte normalerweise beim Brennholz aufbewahrt werden, war die Frage zumindest ein Anfang.

»Nein. Wir haben fertiges Brennholz gekauft.«

»Haben Sie mir nicht erzählt, daß Eric mit der Axt Holz gehackt hat?«

»Jaja, das hat er auch, manchmal, wenn es zu lang war. Aber es war schon fertig gehackt.«

»Also schön, wo wurde die Axt normalerweise aufbewahrt?« fragte ich, bemüht, langmütiger zu klingen, als mir zumute war.

Totenstille.

Schließlich war es Mardee, die antwortete, nachdem sie sich ruhelos von der Armlehne erhoben hatte und zu einem anderen Sessel gegangen war, um sich in ihn, nicht auf ihn, zu setzen. »Sehen Sie nicht, daß sie es nicht weiß? Solche Sachen hat immer Eric erledigt, und Clara hatte – hat – für so was absolut kein Interesse. Ich weiß nicht, wo das Ding in letzter Zeit aufbewahrt wurde. Es war jedenfalls in dem Wohnmobil, bis Eric es verkauft hat, das Wohnmobil, meine ich, aber ich habe keinen blassen Schimmer, wo Eric die Sachen aus dem Wohnmobil verstaut hat. Ich schätze, daß die Axt in der Garage war, aber das ist reine Vermutung. Und wahrscheinlich hat Sarah im Fernsehzimmer tatsächlich eine Axt gesehen – es ist übrigens ein Beil, keine Axt –, weil ich gesehen habe, daß Eric damit Späne gemacht hat, damit sie schneller Feuer fingen. Ob sie nun in Erics Arbeitszimmer war ...« Sie schüttelte den Kopf.

»Sind Sie sicher, daß Sie sie dort gesehen haben?« fragte ich Clara.

»Ich bin mir bei gar nichts sicher.«

Das glaubte ich ihr aufs Wort. »Wie hat sie ausgesehen?« fragte ich Mardee.

»Wie gesagt, es war keine Axt, sondern ein Beil. Ziemlich gute Qualität. Er hat seinen Namen auf den Stiel geschrieben, damit es nicht verwechselt wurde, wenn er irgendwohin fuhr, wo er es vielleicht draußen benutzte und wo noch andere Leute mit einem Beil waren. Nur für den Fall, daß Sie sich das fragen: Ja, ich habe manchmal mit ihm und Clara Wochenendausflüge gemacht.«

»Und auch andere Wochenendausflüge mit ihm, nur mit ihm«, sagte Clara mit ziemlich ausdrucksloser Stimme.

»Also wirklich, Clara«, erwiderte Mardee heiter und amüsiert. »Du warst es doch, die nicht mitkommen wollte.«

»Ich wollte nicht mit. Aber das heißt noch lange nicht, daß du an meiner Stelle mitfahren solltest.«

»Ich bin für mich allein mitgefahren, nicht an deiner Stelle.« Mardees Stimme klang noch immer heiter und amüsiert, aber etwas nachdrücklicher. Sie holte eine Zigarettenschachtel und ein Feuerzeug hervor und zündete sich eine Zigarette an, eher aus nervöser Unruhe denn aus einem offensichtlichen Bedürfnis zu rauchen. Ein Teil meines Gehirns fragte sich plötzlich, ob ich Mardee nicht zu voreilig von jedem Verdacht ausgeschlossen hatte; ein anderer Teil meines Gehirns fragte sich, ob ich Clara nicht zu voreilig von jedem Verdacht ausgeschlossen hatte und ob, falls dem so war, Mardee nicht vielleicht das nächste Opfer sein könnte; und ein dritter Teil meines Gehirns fragte sich, ob die Eifersucht, die Clara erkennen ließ, ein anderes, vielleicht berechtigteres Ziel gefunden hatte.

»Kennen Sie Helen Thorne?« fragte ich übergangslos und ließ absichtlich offen, an welche der beiden Frauen sich die Frage richtete.

»Wer soll das sein?« fragte Clara mit einer derart nörgeligen, leicht verwirrten Alte-Dame-Stimme, daß ich mich argwöhnisch fragte, ob das gespielt war.

»Falls Sie die Helen Thorne meinen, die Geschäftsführerin von Helen's Club, dann wissen Sie doch bestimmt, daß sie tot ist«, erwiderte Mardee prompt.

»Ich weiß das. Ich war nur nicht sicher, ob Sie es wissen«, entgegnete ich und bewegte meinen Kopf ein wenig aus der Rauchfahne.

»Stört Sie das?« fragte Mardee sofort. »Entschuldigung, ich mach sie aus.«

»Du weißt, daß es mich stört«, sagte Clara, »und hast dir trotzdem eine angesteckt.«

»Entschuldige, daß ich geboren bin, Clara. Du hast selber fünfundzwanzig Jahre lang geraucht.«

»Aber bevor Eric herzkrank wurde.«

»Hast recht, hast recht. So, jetzt ist sie aus, zufrieden?«

»Wieso fährst du nicht einfach nach Hause? Ich brauche dich hier nicht mehr.«

»Wenn ich hundertprozentig sicher sein könnte, daß du nicht sofort ins Auto steigst, sobald ich hier raus bin, würde ich das auch sofort tun.«

»Ich bin eine hervorragende Autofahrerin.«

»Jawohl, Miss Daisy, Ma'am.«

»Was?« fragte Clara, während ich ein Lachen unterdrückte.

»Clara, du bist keine hervorragende Autofahrerin, wenn du Xanax nimmst. Niemand ist das.«

Xanax, dachte ich und schauderte innerlich. Kein Wunder, daß sie sich benimmt, als wäre sie nicht ganz da. Das Xanax hatte ich ganz vergessen.

»Und überhaupt, was interessiert dich das?« fügte Clara gehässig hinzu. »Du hast hier nichts mehr zu suchen.«

Mit voller Absicht zündete Mardee sich erneut eine Zigarette an, pustete den Rauch in Claras Richtung und drückte die Zigarette wieder aus. »Ich hatte hier nie etwas zu suchen. Aber das heißt nicht, daß ich das Recht habe, dich ins Auto steigen zu lassen, damit du unschuldige Menschen totfährst.«

»Ich brauche dich absolut nicht. Ich verstehe gar nicht, wieso Eric das geglaubt hat.«

Ich hatte das Gefühl, daß hier etwas für mich Sachdienliches nicht ausgesprochen wurde. Mein Gesichtsausdruck hatte Mardee wohl diesen Eindruck vermittelt, denn sie zündete sich eine dritte Zigarette an. »Tut mir leid«, sagte sie zu mir, »aber dieses Gewäsch geht mir auf die Nerven. Du kannst mir glauben, Clara, wenn ich irgendeinen Grund zu der Vermutung gehabt hätte, daß Eric sein Testament ändern würde, ich hätte ihn davon abgehalten.« Sie sah wieder mich an und hielt die Zigarette genau so, daß Clara den Rauch abbekam, nicht ich.

»Ich hab Ihnen doch von dem Testament erzählt, nicht wahr?« fragte sie.

Ich nickte.

»Eric«, sagte sie behutsam, »hat es geändert. Ohne das vorher mit irgendwem zu besprechen. Eric mußte nämlich einsehen, daß seine Ehefrau nicht so verantwortungsbewußt ist, wie man sich das wünschen würde. Eric mußte nämlich befürchten, daß seine Frau nach seinem Ableben dem erstbesten Heiratsschwindler auf den Leim gehen würde. Eric, der gute gute Eric, kam zu dem Schluß, daß Mardee den Schwarzen Peter schon solange gehabt hat, daß sie ihn ruhig auch noch ein Weilchen länger behalten könnte. Er hat sein Testament dahingehend geändert – und das habe ich erst heute morgen herausgefunden –, daß *ich* seinen Nachlaß verwalten soll. Alle Rechnungen gehen an mich, und ich muß sie bezahlen. Ohne meine ausdrückliche Zustimmung bekommt Clara lediglich ein Taschengeld.«

»Wieviel Taschengeld?« erkundigte ich mich vorsichtig.

Diesmal war Mardees Lachen verbittert. »Bloß tausend Dollar die Woche, ist das nicht eine Schande? Wie soll die arme Frau nur damit auskommen? Natürlich bekomme ich ein Gehalt für meine Mühe, aber glauben Sie mir, nicht mal annähernd soviel wie Claras ... Taschengeld.«

»In Treuhandschaft, vermute ich.«

»Aber nein«, Mardee zerdrückte die neue Zigarette in einem Schälchen, das sie offenbar aus der Küche geholt hatte, da es hier keine Aschenbecher im Haus gab, und zündete sich sofort die nächste an. »Er hat mir vertraut, verstehen Sie. Also gibt es keinen Treuhänder. Und zum krönenden Abschluß hat er mich auch noch als Nacherbin eingesetzt, weil es seiner Meinung nach sonst niemanden gab.«

»Was ist denn aus dem Amon Carter Museum geworden?«

Mardee zuckte die Achseln. »Woher soll ich das wissen? Vielleicht haben die ihn geärgert. Sie sehen also ...« Wütend drückte sie die letzte Zigarette ungeraucht aus. »Sie sehen, ich kann nicht zulassen, daß die gute – gute – Clara sich totfährt.

Dann würde sich nämlich vielleicht jemand, jemand wie Sie, die Frage stellen, warum ich das wohl zugelassen habe.«

* * *

»Und was dann?« fragte Captain Millner, als ich ihm später am Nachmittag erzählte, was passiert war.

»Ich hab natürlich weiter Fragen gestellt. Ich glaube wirklich nicht, daß Mrs. Huffman Helen Thorne gekannt hat. Ob mit oder ohne Xanax, sie hätte sich erinnert –«

»Es sei denn, sie hat die Morde wirklich begangen und jede Erinnerung daran ausgeblendet. So was gibt es, wissen Sie.«

»Das weiß ich«, sagte ich. »Aber … mal angenommen, sie hat ihren Mann getötet, ich kann mir nicht vorstellen, daß sie lange genug von Mardee Hamilton weggekommen wäre, um auch den anderen Mord zu begehen.«

»Stimmt, Mardee Hamilton hätte es merken müssen«, pflichtete Captain Millner mir bei. »Aber wenn Hamilton sie so unter ihre Fittiche genommen hat, wie Sie gesagt haben, könnte es dann nicht sein, daß Hamilton sie deckt?«

Das konnte ich nicht ausschließen, weil ich nicht wußte, ob sie es tun würde oder nicht. Aber ich war mir ziemlich sicher, daß sie es nicht tun würde, und das sagte ich auch.

»Deb, das ist höchst unbefriedigend«, sagte Captain Millner. »Sie sind überzeugt, daß der Junge es nicht war, Sie sind überzeugt, daß Mrs. Huffman es nicht war, Sie sind überzeugt, daß Ms. Hamilton es nicht war, also wer zum Teufel war es dann, Ihrer Meinung nach?«

»Es gibt da irgendeinen Faktor, den wir noch nicht kennen«, sagte ich, »und ich weiß nicht, was das sein könnte.«

»Offensichtlich nicht. Haben Sie schon ein Schaubild gemacht?«

»Noch nicht. Eigentlich schon, im Kopf, aber nicht auf Papier, damit es sich jeder ansehen kann.«

»Dann tun Sie das. Jetzt.«

Das war nicht unvernünftig, und sobald ich einige Berichte auf Band diktiert hatte, holte ich eins von den großen Blättern heraus, die wir für unsere Schaubilder benutzen.

Das muß ich wohl erklären. Wenn wir eine Serie von vermeintlich ähnlichen, aber nicht offensichtlich miteinander zusammenhängenden Verbrechen haben, ist es unerläßlich herauszufinden, wo die Verbindung liegt, weil die Lösung des Falles irgendwo an der Nahtstelle zu finden ist. Mit Hilfe des Schaubildes versuchen wir, irgendwelche Ähnlichkeiten oder Bezüge zwischen den Opfern zu ermitteln, ganz gleich, wie vage oder vermeintlich unbedeutend sie sein mögen. Kaufen sie im selben Supermarkt ein? Gehen sie in dieselbe Apotheke? Joggen sie im selben Park? Gehören sie derselben Kirche an? Leihen sie in derselben Zweigstelle der Stadtbibliothek ihre Bücher aus?

Ich merkte bald, daß ich nicht genügend Informationen hatte, um ein Schaubild zu erstellen; dasjenige, das ich mir im Kopf gemacht hatte, war kläglich unzureichend. Ich wußte, daß Eric Huffman in der Episkopalkirche gewesen war, weil mir das irgendwer gesagt hatte. Ich wußte nicht, in welcher Kirche Helen Thorne gewesen war oder ob überhaupt in einer. Ich wußte nicht, wo oder ob überhaupt die beiden Opfer eingekauft hatten, welche Apotheke sie bevorzugt oder wo sie Bücher ausgeliehen hatten; ich war mir ziemlich sicher, daß Eric nicht gejoggt hatte, und ich vermutete stark, daß das gleiche für Helen galt.

Eines wußte ich jedoch – die *einzige* Verbindung, die mir bekannt war –, nämlich daß sie beide demselben Computernetz angehört und Computer besessen hatten, die vor gar nicht langer Zeit von einem Virus befallen worden waren.

Doch diese Verbindung schloß einen physischen Kontakt zwar nicht aus, machte ihn jedoch auch nicht wahrscheinlich. Und nur sehr wenige Morde werden ohne physischen Kontakt begangen. Axtmorde ganz sicher nicht.

Das klingt wie ein Witz. Natürlich gibt es bei Briefbomben und dergleichen auch keinen physischen Kontakt. Aber das meine ich jetzt nicht. Ich meine, daß nur sehr wenige Morde – mit Ausnahme politisch motivierter Verbrechen natürlich und Zufallsverbrechen wie beispielsweise ein Mord, der sich aus einem Einbruch entwickelt – im Kopf eines Täters Gestalt annehmen, ohne daß hinreichend physischer Kontakt vorhanden ist, der ein gewisses Maß an Haß, Verachtung oder anderen psychischen und emotionalen Reaktionen ausgelöst hat. Und vor allem ein Axtmord ist ein Mord –

Ich stutzte innerlich.

Ja, was war ein Axtmord für ein Mord? Das hier war mein allererster Axtmord – schon gut, Beilmord, um genau zu sein. Ich wußte im Grunde nicht, was im Kopf und im Gefühlsleben des Killers vorgegangen sein mochte. Aber ich kannte jemanden, der das wissen konnte.

Und es war jetzt zehn nach vier am Nachmittag, und ich arbeitete in meiner Freizeit, wovon sowohl mein Ehemann als auch mein Vorgesetzter mir wiederholt eindringlich abgeraten haben. Ich ließ das halbfertige Schaubild liegen und ging in den Einsatzraum. »Ich brauche mehr Informationen, um das Schaubild fertigzumachen«, erklärte ich Captain Millner, der natürlich auch schon Feierabend hatte, aber immer noch arbeitete.

»Das hab ich mir schon gedacht. Machen Sie morgen weiter.«

Und bevor ich nach *Hause* fuhr, so sagte ich mir, konnte ich noch rasch im Krankenhaus vorbeischauen, wo ich seit Donnerstag nicht gewesen war, also vor vier Tagen.

Als ich auf der Etage der Intensivstation aus dem Fahrstuhl stieg, hörte ich ein Klick-Klick-Klick, das ganz sicher nicht von Schuhen stammte, und dann blieb ich wie vom Donner gerührt stehen, als ich einen Hund sah – keinen Blindenhund, keinen irgendwie besonders ausgebildeten Hund, bloß einen ordinären

Feld-Wald-und-Wiesen-Hund und noch dazu vermutlich eine Promenadenmischung –, der zielstrebig und leicht schräg, wie Hunde das oft tun, an einer Leine den Flur hinuntertrabte. Ich wollte jemanden fragen, was der Hund hier machte, aber als ich in Loris Zimmer trat, vergaß ich den Hund sofort wieder.

Lori sah nicht aus wie das schlafende Dornröschen im gläsernen Sarg. Nicht nur, weil es unmöglich ist, sich Dornröschen mit all den angeschlossenen Drähten und Schläuchen vorzustellen, sondern auch weil ihr Haar – das sie sich hatte lang wachsen lassen, aus Rücksicht auf Hals typisch männliche Überzeugung, daß langes Haar die viele Zeit und Mühe wert ist, die erforderlich sind, um es zu pflegen, weil es für die betrachtende Person (die Trägerin?) so überaus attraktiv ist – so gar nicht in das klassische Bild des schlafenden Dornröschens paßte. An manchen Stellen war es abgeschnitten und geschoren worden, damit die Chirurgen besser an ihren Schädel herankamen, und wo nicht, lag es einfach glatt und verklebt da – nicht richtig verfilzt, weil Donna es so sauber und ordentlich gehalten hatte, wie es unter den gegebenen Umständen möglich war, aber ganz sicher nicht so sauber und wellig und glänzend, wie Lori es normalerweise trug.

Gut möglich, daß sie vor ein paar Tagen unruhig gewesen war. Jetzt jedenfalls war sie es nicht mehr. Aber sie lag auch nicht in dieser Embryonalhaltung da, die hoffnungslos hirntote Patienten anscheinend reflexartig einnehmen, diese Position, die ich zum erstenmal vor einigen Jahren gesehen hatte, als das Opfer einer schweren Körperverletzung trotz aller Gebete nicht innerhalb eines Jahres plus ein Tag nach der Tat starb, was nötig gewesen wäre, um die Körperverletzung rechtlich als Todesursache und den Tod als Mord behandeln zu können. Der Staatsanwalt ließ das Opfer in den Gerichtssaal bringen, damit die Geschworenen sich genau ansehen konnten, was man der armen Frau angetan hatte, um die Vorstellung von Dornröschen zu vertreiben, die sich Laien so oft von langfristig komatösen Patienten machen.

Nicht, daß es viel genützt hätte. Der Mann konnte trotzdem nur wegen schwerer Köperverletzung und schwerem tätlichen Angriff verurteilt werden.

Und wir hatten nicht mal eine Vermutung, wer Lori das angetan hatte und einfach weitergefahren war.

Ich hatte erwartet, daß Donna schon weg sein würde, weil ihre Schicht von vier bis zwölf tatsächlich schon mit der Dienstbesprechung um halb vier anfängt. Aber sie war noch da. Ich sprach sie darauf an, und sie sagte: »Der Sergeant hat gesagt, ich könnte ruhig später kommen. Das mach ich in letzter Zeit öfter.«

Ich nickte. »Irgendeine Veränderung?« fragte ich leise, als dächte ich irgendwo in meinem Unterbewußten, daß Lori schliefe und wir leise sprechen sollten, um sie nicht aufzuwekken – obwohl ich doch, wenn ich in meinem Bewußtsein gedacht hätte, daß Sprechen sie aufwecken könnte, aus Leibeskräften gebrüllt hätte.

Donna schüttelte den Kopf. »Nein«, sagte sie, auch leise. »Nichts. Sie liegt einfach da. Es ist bloß … Deb, allmählich frage ich mich, wenn sie einfach immer weiter so liegen bleibt … immer weiter … und weiter … was soll ich dann nur machen?«

Darauf wußte ich keine Antwort. Ich trat näher und berührte nicht Donnas Hand, sondern Loris Hand. Sie war warm, und ihre Finger schlossen sich um meine. Ich hätte gerne gedacht, daß das ein Willensakt war, aber das dachte ich nicht. Es ist ein Instinkt, mit dem Babys zur Welt kommen und der innerhalb weniger Wochen nach der Geburt verschwindet, während das Bewußtsein immer mehr die Führung übernimmt und den Instinkt in tiefere Regionen verdrängt. Wenn dieser Instinkt jetzt wieder hochkam …

Ich wollte nicht darüber nachdenken, was das vielleicht bedeutete.

Und ich mußte wieder gehen, um zu meiner eigenen Familie

nach Hause zu fahren, selbst wenn ich mir deshalb wie eine miese Ratte vorkam.

Aber ich hatte kein Recht, mich so zu fühlen. Tatsache war, daß Donna zwar nicht viele Freunde hatte, aber Lori, die mit Hal zur Kirche und zur Schule ging, hatte sehr viele. Es hätte jederzeit jede Menge Leute, jede Menge verläßliche Erwachsene, hier bei Lori wachen können. Aber Donna wollte das nicht. Sie hatte mich akzeptiert, widerwillig, weil sie mich bereits als potentielle Schwiegermutter ihrer Tochter akzeptiert hatte, aber sie akzeptierte sonst niemanden. Daran konnte ich nichts ändern.

Dieses Wissen hinderte mich jedoch nicht, mich auf dem ganzen Nachhauseweg wie eine miese Ratte zu fühlen.

Etwa zwei Sekunden, nachdem ich durch die Tür war, hörte ich auf, mich wie eine miese Ratte zu fühlen, und begann, mich wie eine sehr geplagte Frau zu fühlen.

Shane war als einziger zu Hause; Harry war vermutlich noch immer in der Bibliothek, was bedeutete, daß Cameron noch immer bei May Rector war. Ich wußte nicht, wo Hal war. Er konnte unmöglich schon zum Krankenhaus gefahren sein – Harry war ja noch immer mit dem Pick-up unterwegs. (Na ja, in Wahrheit konnte er doch, falls er sich von irgendwem hatte hinbringen lassen, und er hatte viele sehr verständnisvolle Freunde. Falls er in den nächsten paar Minuten nicht auftauchte, würde ich das überprüfen.)

Ich hätte mir Sorgen um Harry machen können, aber angesichts der Tatsache, daß sein Computer noch ganz intakt aussah, beschloß ich, das nicht zu tun … und wenn Sie mir das glauben, würde ich Ihnen gerne ein wunderschönes Haus mit Meerblick in Arkansas andrehen. Ich war vor Sorge ganz krank. Aber Harry ist grundsätzlich unfähig, überhaupt je mal pünktlich zu sein, und das war schon immer so.

Ich würde mir jetzt noch keine Sorgen machen, redete ich mir ein. Ich würde abwarten und mir später Sorgen machen. Vorläufig würde ich etwas Nützliches tun. Falls mir etwas

Nützliches einfiel. Und bei meiner Familie habe ich meist keine Schwierigkeiten, mir etwas Nützliches einfallen zu lassen.

Das Haus war übernatürlich sauber, was bedeutete, daß Shane stolz auf sich hätte sein können. Aber die Tatsache, daß er herumschlich, als hoffte er, sich in Luft aufzulösen, ohne richtig zu verschwinden, ließ mich ahnen, daß er etwas getan hatte, von dem er wußte, daß ich nicht sehr glücklich darüber sein würde, wenn ich es herausfand. Seine Worte bestätigten diesen Verdacht.

»He, Deb«, sagte er, auf diese typische beiläufige Art, die die Männchen unserer Spezies annehmen, wenn ihnen bewußt ist, daß sie etwas Blödes gemacht haben, sie nicht genau wissen, was, und ganz genau wissen, daß sie die Sache nicht ausführlich diskutieren wollen, »in welche Richtung dreht man das Einstellrad von der Waschmaschine?«

»Im Uhrzeigersinn«, sagte ich, und auf einmal war mir leicht übel.

»Das hatte ich befürchtet.«

Ich hastete in die Garage, um nachzusehen, was für einen Schaden er der Waschmaschine zugefügt hatte. Überall häufte sich schmutzige Wäsche; anscheinend hatte er alle Betten abgezogen (ich fragte mich, hatte er sie auch wieder neu bezogen?), die gesamte Wäsche überall im Haus zusammengesucht und dann keinerlei Gedanken daran verschwendet, sie nach Farbe oder Stoff zu sortieren. Die Ladung in der Maschine, unter der sich weiße Laken, schwarze Socken, blaue Jeans und Khakihosen befanden, war mindestens doppelt so groß, wie sie hätte sein sollen. Aber glücklicherweise stellte sich heraus, daß er das Einstellrad nicht so weit zurückgedreht hatte, daß die Maschine nicht mehr funktionierte; es war nur so, daß sie jetzt anscheinend, wenn man den Hauptwaschgang anstellte, mit den letzten Drehungen des Schonwaschgangs anfing, den ich sowieso nie nutze.

Ich mußte also nur das Knäuel aus Laken usw. aus der Maschine holen (das Waschpulver gleich mit), die Wäsche sortieren, etwas Waschpulver in die Trommel schütten, die Maschine anstellen, damit sich Waschpulver und Wasser bei »niedrigem« Wasserstand vermischten, eine Ladung Wäsche in die Maschine stopfen und die Maschine auf »hohen« Wasserstand stellen, so daß sie sich weiter füllte, während das Pulver sich schon aufgelöst hatte.

Nein, ich verwende kein Bleichmittel. Ich wasche auch nicht übermäßig heiß, es sei denn, jemand im Haus hat sich irgendwas eingefangen und ich muß Bakterien abtöten. Ich würde gern behaupten, daß ich das alles mit Rücksicht auf die Umwelt tue, aber eigentlich tue ich es, weil ich mir soviel heißes Wasser nicht leisten kann. Außerdem werden die Sachen genauso sauber, und sie halten viermal länger, wenn sie nicht dauernd mit Bleichmittel und übermäßig heißem Wasser malträtiert werden.

»Ich, äh, hab schon angefangen, das Abendessen zu machen«, sagte Shane, als ich schließlich durch die Küchentür wieder ins Haus trat. Das ist der einzige Weg aus der Garage, es sei denn, man macht die Tür auf, die das Auto benutzt, wenn wir das Auto in die Garage fahren, was so gut wie nie vorkommt.

»Schön«, sagte ich mechanisch und blieb dann wie angewurzelt stehen, als ich eine leere Packung Uncle Ben's Naturreis, Kochzeit 10 Minuten, sah. »Shane«, sagte ich, »die Packung war noch nicht angebrochen.«

Shane blickte mich verwundert an. »Ja«, bestätigte er.

»Und wo ist jetzt der Rest davon?«

»Ich hab alles gekocht.« Er deutete auf meinen größten Kochtopf, der geschlossen auf dem Herd stand.

»Shane«, sagte ich, »diese Packung enthält fünfzehn Portionen Reis. Wenn ich Cameron mitzähle, der noch nicht sehr oft das ißt, was wir essen, und Hal, der keinen Reis mag, und Sie und mich und Harry, sind wir heute abend fünf Personen zum Abendessen. An was hatten Sie außer Reis denn gedacht?«

»Na ja, da war so eine Packung Fischstäbchen …«

Es waren achtundvierzig Fischstäbchen. Er hatte sie alle gebraten. Jetzt schon. Es dauert zwanzig Minuten, Fischstäbchen zu braten, und ich fange normalerweise erst damit an, wenn schon alle am Tisch sitzen.

Er hatte einen ganzen Kohlkopf kleingehackt, um Krautsalat zu machen. Ich bin die einzige in dieser Familie, die gerne Krautsalat ißt, und außerdem hätte der nun wieder schon vor Stunden gemacht werden müssen, wenn er zum Abendessen genießbar sein sollte.

Wir hatten schon vor drei Tagen Fischstäbchen und Krautsalat gegessen.

»Shane«, sagte ich, »von heute an mache ich das Abendessen, okay?«

»Hab ich was falsch gemacht?«

»Nur, daß Sie genug Essen für mindestens zehn Leute gekocht haben.«

»Oh.« Er ließ den Blick traurig über sein Werk schweifen. »Tja, ich hatte mal 'nen Job als Koch auf einer Bohrinsel.«

»Wie viele Leute waren denn auf der Bohrinsel?«

»Zwanzig. Deshalb kann ich nicht für weniger als zwanzig Leute kochen.«

Falls er routinemäßig die Fischstäbchen schon gebraten hatte, bevor er mit dem Krautsalat anfing, dann konnte er auch nicht für zwanzig Leute kochen, dachte ich, sagte es aber nicht. »Wie lange haben Sie den Job behalten?«

»Och, bis das nächste Versorgungsboot kam. Mit dem haben sie mich zurück an Land geschickt. Das ist einfach vertrackt, Deb, ich weiß nicht wieso, aber irgendwie gelingt es mir einfach nicht, mal einen Job zu behalten. Und dabei bin ich richtig ein guter Arbeiter.«

Stimmt, dachte ich, während ich Bettwäsche aus dem Wäscheschrank zerrte und anfing, mein Bett zu beziehen. Du bist ein richtig guter Arbeiter, und ich wünschte, du würdest gehen und zirka fünftausend Meilen von mir entfernt arbeiten.

Aber natürlich müßte ich ihn aufhalten, wenn er versuchen würde zu gehen. Also bezog ich mein Bett fertig, und dann ging ich Cameron abholen und brachte ihn nach dem unvermeidlichen Plausch mit May Rector nach Hause, und ich überlegte, was ich mit dem kleingehackten Kohl anfangen könnte, weil es viel zu spät war, daraus noch Krautsalat zu machen.

Gepfefferter Kohleintopf, und wer das nicht mochte, hatte eben Pech.

Vielleicht würde ich heute mal früh ins Bett gehen. Aber andererseits vielleicht auch nicht, weil ich entweder heute abend noch mit Susan Braun reden mußte oder morgen, in ihrer Arbeitszeit, was sie überhaupt nicht gern macht.

Mir doch egal, dachte ich undankbarerweise und beschloß, sie besser gleich anzurufen, anstatt bis nach dem Abendessen zu warten, weil sie dann vielleicht noch mehr zu tun hatte.

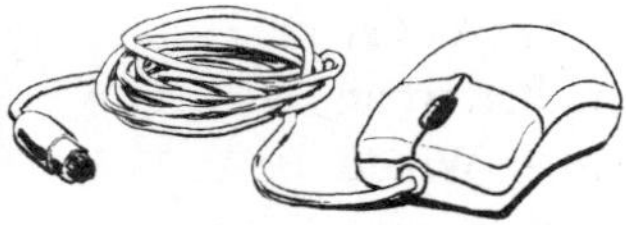

Kapitel 8

»Wir könnten doch heute abend zusammen essen«, schlug Susan vor.

Ich zögerte. Es war verlockend. Es war *sehr* verlockend, vor allem, da ich wußte, daß Harry bald nach Hause kommen würde und ich mir also keine Gedanken um Cameron machen mußte. Harry hatte in letzter Zeit eine unerklärliche und bis dato unbekannte Abneigung dagegen entwickelt, die Abendnachrichten im Fernsehen aus egal welchen Gründen zu verpassen. Der einzige Grund, den er akzeptierte, war natürlich sein Seminar donnerstags abends. Na ja, ich sage in letzter Zeit; eigentlich hat er seine Abhängigkeit von den Nachrichten während des Golfkriegs entwickelt und sie seitdem behalten. Ich hatte Harry über, hatte Hal über, hatte Shane ganz extrem über – tatsächlich hatte ich mich in dem Augenblick sogar selbst über. Ich hatte alle über, höchstens mit Ausnahme von Cameron und Rags, und selbst die hatte ich über, wenn Cameron plärrte oder die Wand mit dem Inhalt seiner Windel verschönerte oder wenn Rags mich kratzte oder sich an meinen Cornflakes gütlich tat, bevor ich mit dem Frühstück fertig und gewillt war, ihr die restliche Milch in der Schüssel hinzustellen. »Wo und wann?« fragte ich.

»Cattleman's. Halb sieben.« Susan weiß sehr wohl, daß es schwierig für mich ist, so früh von zu Hause wegzukommen, aber sie weiß andererseits auch, daß ich, wenn ich zu lange mit dem Essen warte, sehr sehr mürrisch werden kann und manchmal sogar ein klein wenig desorientiert – auf jeden Fall zu desorientiert, um allein quer durch die Stadt zu fahren.

»Ich komme.«

Etwas aufgemuntert durch den Gedanken an ein Abendessen, das *nicht* aus achtundvierzig abgestandenen Fischstäbchen und fünfzehn Portionen kaltem Naturreis bestand, packte ich die erste Ladung Wäsche in den Trockner (da Shane sich jetzt vor dem Fernseher niedergelassen hatte, offensichtlich mit dem Gefühl, einen erfolgreichen Arbeitstag hinter sich zu haben), setzte den Kohl auf und löffelte etwas von dem Reis in ein Schälchen, fügte ein bißchen Pilzsuppe und ein bißchen Thunfisch hinzu, tat ein paar Erbsen und Möhren in ein anderes Schälchen, erhitzte das Ganze in der Mikrowelle, bis es lauwarm war, und setzte Cameron in seinen Kinderstuhl.

Er ist jetzt in dem Alter, wo er sich selbst füttern möchte; eigentlich ist er schon länger in dem Alter, aber jetzt wird er allmählich immer geübter darin. Natürlich ist das für alle Mütter ein grauenhafter Anblick, aber wenn ein Kleinkind sich nicht selbst füttern darf, wenn es das möchte, besteht die Wahrscheinlichkeit, daß es sich mit aller Leidenschaft sträubt, wenn seine Mutter etliche Monate oder Jahre später beschließt, daß *sie* von ihrem kleinen Augenstern erwartet, er möge sich fortan selbst füttern.

Wenn Cameron von May Rector kommt, ist er manchmal extrem unhungrig, deshalb wußte ich nicht, worauf ich mich diesmal einzustellen hatte. Zum Glück beschloß er, hungrig zu sein und daß Thunfischauflauf (der bei uns unter dem Namen Etwas Anderes läuft, weil er genau das war, als ich ihn zum erstenmal servierte) und Erbsen und Möhren *exakt* seinem Geschmack entsprachen. Das hatte zur Folge, daß von dem Reis mit Thunfisch und den Erbsen und Möhren ein bißchen weniger als sonst auf dem Boden oder in seinen Haaren landete. Zum krönenden Abschluß aß er Vanilleeis – Hals Unglück war so groß, daß er schon seit einer Woche nicht mehr sämtliche Eisvorräte verputzt hatte und diese sich demnach nicht auf die übliche Art dem Ende zuneigten, was seit mindestens sechs Jahren nicht mehr vorgekommen war.

Ich hoffte, daß ich nun nicht auch noch Hal wegen Depressionen in Therapie schicken mußte. Falls Lori wieder gesund wurde, wäre Hal wahrscheinlich auch wieder bald der alte, aber falls Lori nicht wieder gesund wurde … wie es dann mit Hal weitergehen sollte, wollte ich mir nicht mal ausmalen.

Viertel nach fünf. Bestimmt würde Harry gleich kommen. Ich wollte den Streit, der unvermeidbar war, nicht gerade vor Shane ausfechten, aber wie sollte ich Shane loswerden? Das war ganz einfach; ich drückte ihm drei Dollar in die Hand und sagte ihm, er solle zum Kiosk gehen und eine Familienpackung Eis kaufen. Mit dem Restgeld könne er Videospiele spielen.

Das Eis kostet weniger als zwei Dollar. Je nachdem, wie gut er mit diesen Videospielen war, müßte er zwischen fünfzehn und fünfundvierzig Minuten beschäftigt sein, zusätzlich zu den zwölf Minuten Fußweg für eine Strecke.

Etwa zehn Minuten, nachdem Shane gegangen war, kam Harry hereingeschlendert, während ich noch damit beschäftigt war, Cameron in der Spüle in der Küche zu baden (nein, das Geschirr spüle ich natürlich in der Spülmaschine). »Wieso«, wollte ich wissen, »bist du einfach abgehauen und hast Cameron mit Shane allein gelassen?«

Harry kam durchs Wohnzimmer in den (angeblichen) Eßzimmerbereich und starrte mich in der (angeblichen) Küche an. »Weil ich etwas nachschlagen mußte, oder hast du vergessen, daß ich –«

»Ich habe nicht vergessen, daß du Betriebswirtschaft studierst«, unterbrach ich ihn, »aber du hast anscheinend vergessen, warum Shane eigentlich bei uns wohnt.«

»Er wohnt hier, weil er Zeuge in einem Mordfall ist«, sagte Harry, »und du nicht willst, daß er sich verdrückt.«

»Er wohnt hier, weil er ein *Hauptzeuge* in einem Mordfall ist, was auch heißen könnte *Verdächtiger*«, sagte ich, »und ich nicht unbedingt will, daß er eingesperrt wird.«

»Ja, aber du glaubst doch nicht wirklich, daß er es war.«

»Das heißt noch lange nicht, daß ich das Leben meines Kindes aufs Spiel setzen würde –«

»Deb, wenn du wirklich denkst, er ist ein Mörder, dann setzt du das Leben der ganzen Familie aufs Spiel, und dann solltest du ihn höchstpersönlich einsperren.«

»Hör auf, so vernünftig mit mir zu reden!« schrie ich, höchst unvernünftig. »Ich glaube ja nicht wirklich, daß er ein Mörder ist, und das weißt du ganz genau!«

»Mir ist auch nicht klar, wieso du das glauben solltest«, meinte Harry. »Von hier bis zum Helen's Club sind es dreizehn Meilen, und Shane hat kein Auto. Selbst Shane ist nicht so blöd, durch ganz Fort Worth mit einer blutigen Axt zu spazieren.«

»Einem Beil.«

»Was?«

»Die Morde sind mit einem Beil begangen worden, das die Huffmans im Haus hatten. Ich hab's hinter dem Restaurant gefunden. Ungefähr dahinter.«

»Dann verrate mir doch bitte mal, wo Shane dieses Beil zwischen den Morden versteckt haben soll? Auf dem Boden in Camerons Zimmer, zusammen mit seinen anderen Sachen?«

»Ach, hör doch auf!« brüllte ich ihn an. »Ich hab doch schon gesagt, daß ich nicht glaube, daß er es war!«

»Und was stört dich dann daran, wenn ich ihn auf Cameron aufpassen lasse?«

»Weil er total verantwortungslos ist, und das weißt du genauso gut wie ich«, sagte ich. »Was meinst du, was er machen würde, wenn Cameron eine Flasche Spülmittel oder Desinfektionszeug in die Hände bekommen und davon trinken würde? Oder sogar irgendwie an deine Schrotflinte kommen würde und –«

»Ich bewahre keine geladenen Schrotflinten im Haus auf«, sagte Harry. »Ein kleines bißchen Hirn hab selbst ich.«

»Ach, Harry, verdammt …« jammerte ich, und Cameron, der anscheinend mehr als genug von der Streiterei hatte, fing an, sogar noch lauter zu jammern. »So, da siehst du, was du angerichtet hast!«

»Was *ich* angerichtet habe?« Harry kam in die Küche, was gar nicht so leicht war – es ist bestenfalls eine Einpersonenküche, und ich habe mich oft gefragt, ob das nicht schon übertrieben ist –, hob das Handtuch auf und hob dann Cameron in das Handtuch. »Leg dich hin und schlaf ein bißchen, ja?«

»Ich treffe mich um halb sieben mit Susan im Cattleman's, und ich hab das Abendessen für euch noch nicht fertig.« Dabei fiel mir ein, daß ich den Kohl von der Platte nehmen mußte, was ich tat.

»Ich finde, das sieht ziemlich fertig aus«, erwiderte Harry, warf einen Blick Richtung Herd und verzog das Gesicht, als er den Kohl sah, »und du weißt, wenn du mit Susan um halb sieben verabredet bist, kommt sie frühestens um Viertel vor. Also kannst du dich noch bis Viertel nach sechs ausruhen.«

»Sechs«, sagte ich. »Ich muß mich noch kämmen und so weiter, wenn ich aufgestanden bin.«

»Susan wird's egal sein, ob du gekämmt bist.«

»Mir aber nicht.«

»Okay, sechs Uhr«, gab Harry nach. »Und jetzt ist es noch nicht mal halb sechs. Leg dich hin.«

»Aber laß Cameron nicht mehr mit Shane allein«, sagte ich.

»Mach ich nicht. Ich hätt's auch diesmal nicht tun sollen, aber ich bin so im Hintertreffen mit der Arbeit, daß ich nicht richtig drüber nachgedacht hab. Ich hab schon Angst, daß ich den Kurs abbrechen und im nächsten Halbjahr neu machen muß, und dann verliere ich viel Zeit.«

Das war die reine Wahrheit. Seine Kurse kommen in einer genau festgelegten Reihenfolge, und alle Studenten, die sich zur selben Zeit angemeldet haben, werden als eine »Klasse« betrachtet, die dieselben Kurse in derselben Abfolge absolviert. Wenn er also diesen Kurs abbrach, würde er in eine andere Klasse kommen und müßte wieder neue Kontakte knüpfen, die absolut unerläßlich waren, weil die Hälfte des Lehrplans auf Gruppenarbeit basierte.

Auch Harry machte sich schon seit Wochen Sorgen um Lori.

Ich legte mich etwas aufs Ohr, nachdem ich Harry, der inzwischen tapfer dabei war, Cameron zu wickeln und anzuziehen, sein Ehrenwort abgenommen hatte, daß er mich um sechs wecken würde. Nicht etwa, weil ich Angst hatte, er würde es vergessen; ich hatte nur Angst, daß ich ihm so leid tat, weil ich derartig müde war, daß er beschließen würde, mich einfach schlafen zu lassen.

Aber nicht dieses Mal; er weckte mich um sechs, wie versprochen, und ich war darüber so erfreut, daß ich fast vergaß, aber nicht ganz, daß er einfach weggefahren war, ohne an Camerons Sicherheit zu denken. Ich hatte ein schlechtes Gewissen, weil ich Harry und Hal, der nach Hause gekommen war, während ich schlief, kurz darauf mit einem Abendessen bestehend aus achtundvierzig Fischstäbchen, fünfzehn Portionen Reis und einem Riesentopf gekochtem Kohl alleine ließ, während ich mich davonmachte, um Steak und Folienkartoffeln zu schlemmen. Aber mein schlechtes Gewissen konnte mich nicht daran hindern.

»Und du bist sicher, daß es nicht seine Frau war«, sagte Susan.

Ich nickte. »Na ja, so sicher, wie ich sein kann. Du weißt schon.«

»Und du bist sicher, daß es nicht die Sekretärin war.«

Ich nickte erneut.

»Dann ist vermutlich noch eine andere Frau mit im Spiel, die ihr noch nicht aufgespürt habt.« Ich muß wohl verwundert geguckt haben, denn Susan fuhr fort: »Deb, du weißt doch bestimmt, daß Axtmorde häufiger von Frauen als von Männern begangen werden.«

Möglich, daß ich das in einem Teil meines Bewußtseins wußte, aber nicht im vorderen, denkenden Teil meines Bewußtseins.

»Äxte und Gift«, präzisierte Susan, faltete ihre Serviette zusammen und winkte dem Kellner. »Ich hätte gerne ein Stück Käsekuchen mit Erdbeeren. Deb?«

»Für mich nichts mehr.«

Susan konzentrierte sich wieder auf mich und sagte: »Natürlich, rein numerisch betrachtet wird die überwiegende Mehrheit aller Morde von Männern begangen. Ich weiß nicht, ob das genetisch oder kulturell begründet ist, und ich glaube auch nicht, daß das überhaupt jemand weiß, weil über dieses Thema schon tonnenweise Tinte verspritzt worden ist. Aber statistisch gesehen werden Gift- und Axtmorde eher von Frauen verübt. Wenn ein Mann sich für eine dieser Mordarten entscheidet, ist er … na ja, fühlt er sich schwach.«

»Woran liegt das, deiner Meinung nach?« fragte ich, vorübergehend mehr an diesem übergeordneten Problem interessiert als an meinem eigenen Fall.

Susan zuckte die Achseln. »Die Freudianer würden das eine behaupten, die Behavioristen das andere. Die Freudianer …« Sie verzog das Gesicht. Falls sie überhaupt einer psychiatrischen Schule angehörte, was ich häufig bezweifelte, dann neigte sie mehr zu einem Synkretismus aus Jungscher Lehre und Behaviorismus. »Die Freudianer, vermute ich mal, würden sagen, daß Gift eine Fortführung und Perversion der weiblichen Fürsorge ist und der Axtmord eine Fortführung und Perversion des Durchtrennens der Nabelschnur. Aber die Freudianer haben nun mal einen verzerrten Blick auf Sexualität und Geschlechtsidentität, vor allem auf weibliche Sexualität und Geschlechtsidentität. Alles ist immer nur das Streben nach dem Phallus, was nicht notwendigerweise der Penis ist, und selbst das Durchtrennen der Nabelschnur wird zu einer symbolischen Kastration, also ist der Axtmord natürlich eine ins Extreme geratene symbolische Kastration.«

»Und wie paßt dann Gift zu dem Streben nach dem Phallus?« Ich hatte Susan schon früher über dieses Thema reden hören.

»Ach, keine Ahnung«, sagte sie abschätzig. »Für mich ist das sowieso alles nur Geschwätz. Du weißt, Freud war der Meinung, daß Frauen, die von Mißbrauchserlebnissen in der Kindheit berichteten, das alles nur erfunden hatten. Soviel zu Freud und den Freudianern. Egal, nun zu den Behavioristen. Ich weiß es nicht genau, aber ich würde annehmen, daß es für eine Frau leichter ist, Gift zu verwenden, weil sie es normalerweise ist, die das Essen zubereitet, und was die Axt betrifft … na ja, da habe ich so meine ganz eigenen Vermutungen.«

»Und die wären?« Susans ganz eigene Vermutungen sind zwar nicht notwendigerweise richtig, aber doch meist ziemlich interessant.

»Ganz einfach, jemand, der aus einer Position der Schwäche heraus handelt … Das ist die totale Vernichtung. Nicht bloß mit einer Axt, auch mit einer Schußwaffe. Wenn du das Gefühl hast, aus einer Position der Stärke heraus zu handeln, mußt du die Person nur einmal töten. Wenn du … ich will ja keine schlimmen Erinnerungen wecken, aber als du diesen Mann getötet hast, wie oft hast du da abgedrückt?«

»Einmal«, sagte ich und wünschte, die Erinnerung würde im Laufe der Jahre weniger intensiv werden. »Mehr war nicht nötig.«

»Gut, aber wenn du dich schwach gefühlt hättest – impotent, nicht im sexuellen Sinne, sondern im übergeordneten Sinne von Macht, und das scheint übrigens auch ziemlich genau das zu sein, was die Freudianer mit dem Phallus meinen, übergeordnete Macht, sagen wir, eher Machtergreifung als Macht an sich … Wo war ich?« Sie strich sich eine Haarsträhne aus den Augen. Vor kurzem hatte sie sich von ihren Zöpfen getrennt und sich einen Kurzhaarschnitt mit Dauerwelle zugelegt, aber die Locken waren genauso widerspenstig, wie es die Zöpfe gewesen waren.

»Wir sprachen von Axtmorden und Impotenz.«

»Ach ja, wenn du dich machtlos fühlen würdest – sagen wir ohnmächtig –, hättest du Angst, daß es nicht ausreichen würde, nur einmal abzudrücken. Du würdest immer wieder abdrücken, bis das Magazin leer wäre, und dann noch weiter. Ist dir nicht aufgefallen, daß ein Axtmord immer eine totale Vernichtung ist?«

»Da das der erste ist, oder besser gesagt die ersten beiden sind, mit denen ich je zu tun hatte«, erwiderte ich, »kann ich nicht behaupten, daß ich Gelegenheit gehabt hätte, das zu bemerken.«

»Na ja, aber wenn du Literatur zu dem Thema liest –«

»Tu ich nicht«, sagte ich lakonisch.

»Deb, du solltest wirklich mehr lesen.«

»Wann soll ich das denn noch machen?« Das war eine Ausrede – ich las gern und viel Romane –, aber Susan merkte es nicht.

»*Ich* finde die Zeit dazu, und ich habe eine Klinik zu leiten.«

»Du hast auch keinen halbwüchsigen Sohn und ein Baby. Übrigens, wann heiratest du endlich?«

»Bedräng mich nicht.«

»Tu ich ja nicht. Aber dein Verlobter –«

»Ist bereit zu warten«, sagte sie kokett. »Andauernd lenkst du mich ab. Wo war ich denn diesmal?«

»Beim Heiraten«, sagte ich ein bißchen schnodderig, und sie funkelte mich an, und dann mußte sie lachen.

»Vielleicht ist die Ehe für mich eine Entmachtung. Ich glaube, darüber muß ich mal mit Brad sprechen.«

»Wie steuern zwei Psychiater in den Hafen der Ehe?« fragte ich und beantwortete mir die Frage gleich selbst. »So wie Igel bei der Liebe – ganz, ganz vorsichtig. Der Käsekuchen sieht gut aus. Ich glaube, ich nehme doch ein Stück.«

Der Kellner eilte leicht verstimmt über meine Wankelmütigkeit in Richtung Küche.

»Ich glaube, wir waren beim Thema Axtmorde«, sagte Susan. »Sie sind immer die totale Vernichtung. Denk an den Fall Lizzie Borden.«

»Die wurde freigesprochen.«

»Stimmt«, sagte Susan. »Und den Rest ihres Lebens von Leuten geächtet, die sie juristisch nicht schuldig sprechen wollten, weil sie ›eine von uns‹ war, die sie aber dafür auf andere Weise verurteilten. Aber mir geht's eigentlich um dieses Liedchen, nicht um den Fall an sich. Weißt du noch, wie das ging?«

»Willst du deine Mutter morden, mach es so wie Lizzie Borden; greif zur Axt ganz couragiert, hack vierzigmal, sei ungeniert«, leierte ich. »Aber es war ihre Stiefmutter, nicht ihre Mutter. Und die Zahl war eher zu niedrig als zu hoch.«

»Ich dachte, du liest keine Fallgeschichten.«

»Diese schon.«

»Dann weißt du ja, was ich meine. Totale Vernichtung. Und erinnerst du dich noch an den Fall in McKinney vor ein paar Jahren? Nette, gottesfürchtige Frau, die aus ihrer Nachbarin Hackfleisch macht und dann mit ihren Kindern *und* den Kindern ihres Opfers auf einen Kindergeburtstag geht?«

Ich hatte selbst in den letzten Tagen über diesen Fall nachgedacht, deshalb nickte ich bloß und machte mich über den Käsekuchen her, der irgendwie während unseres Gesprächs auf dem Tisch erschienen war. »Aber was hat das mit Ohnmacht zu tun?«

»Wenn du stark bist oder dich stark fühlst«, sagte Susan, »mußt du jemanden nur einmal töten. Du bist dir nämlich ziemlich sicher, daß der andere tot ist und auch tot bleibt. Aber wenn du schwach bist oder dich schwach fühlst – das heißt, wenn du machtlos bist oder dich so fühlst, ganz gleich, ob du ein Geschlecht hast, das diskriminiert wird, oder einer Rasse oder Religion angehörst, die diskriminiert wird, oder einfach nur, weil du dich persönlich ohnmächtig fühlst, dann bist du dir, wenn du jemanden tötest, nicht ganz sicher, daß dieser jemand auch wirklich tot bleiben wird. Also tötest du und tötest und tötest. Du drückst ab, bis keine Kugeln mehr in der Trommel sind, und dann drückst du trotzdem noch weiter ab, weil vielleicht doch noch eine Kugel drin ist, die du beim ersten Mal verpaßt hast. Es ist nicht bloß Töten. Es ist sogar nicht immer dauerhafte Machtlosigkeit. Wie der Fall in Los Angeles letztes Jahr – erst diese Verfolgungsjagd im Auto, und dann haben die Cops den

Fahrer zusammengeschlagen, und irgendwer hat das gefilmt. Passiert war im Grunde, daß diese wilde Verfolgungsjagd den Cops einen Heidenschiß eingejagt hatte. Sie fühlten sich daher entmachtet und ungeheuer wütend, so daß sie dem Burschen, der sie in die Situation gebracht hatte und somit auch Ursache für ihr Gefühl von Machtlosigkeit war, die Knochen im Leib zusammengeschlagen haben.«

»Was keine Entschuldigung für die Cops ist«, stellte ich klar, ohne ihre etwas drastische Sprache irgendwie zu kommentieren. »Von Polizisten wird erwartet, daß sie mehr Selbstbeherrschung haben.«

»Du hast absolut recht«, sagte Susan. »Aber du verstehst, was ich meine. Es passiert andauernd, im Krieg zum Beispiel, im privaten Rahmen, im globalen Rahmen. Saddam Hussein hat die kuwaitischen Ölfelder abgefackelt, weil er sich durch den Sieg der UN-Alliierten entmachtet fühlte. Der Ku Klux Klan ist nach der Niederlage der Konföderierten entstanden, als die sich entmachtet fühlten. Verstehst du, was ich meine?«

»Ja, aber das heißt nicht, daß es mir gefällt.«

»Oh, natürlich gefällt dir das nicht«, pflichtete Susan bereitwillig bei. »Mir gefällt das auch nicht. Aber das liegt zumindest teilweise daran, daß wir – du und ich – uns nicht bedrohlich machtlos fühlen. Aber zurück zu den Axtmorden. Wenn du machtlos und deshalb wütend bist, schnappst du dir eine Axt und hackst und hackst und hackst, ganz egal, ob das Opfer längst tot ist, weil das Opfer nämlich vielleicht nicht *wirklich* tot oder nicht tot genug ist. Ich glaube, ich hab noch nie davon gehört, daß ein Axtmörder nur einen einzigen Schlag, den tödlichen, gelandet und dann aufgehört hat. Du schon mal? Lizzie Borden hat das jedenfalls nicht getan, und diese Frau in McKinney oder wo auch immer …«

Ich fröstelte oder erschauerte vielleicht sogar. »Bei den beiden habe ich eigentlich nicht an Machtlosigkeit gedacht. Für mich sah das eher aus wie unbändige Wut.«

»Oh, jedes Machtlosigkeitsgefühl geht mit einem Element der Wut einher. Das sagte ich doch bereits. Der Sklave haßt den Herrn, ganz gleich, ob die Beziehung eine echte Sklave-Herr-Beziehung ist oder nur so wahrgenommen wird. Also hast du schon recht, die Wut ist ganz sicher vorhanden, aber trotzdem ist da dieses Gefühl, aus einer Position der Schwäche heraus zu handeln, und wenn wir uns schwach fühlen, empfinden wir Wut. Machtlosigkeit geht *immer* mit Wut einher.«

»Das sagst du jetzt schon zum zweitenmal.«

»Im Grunde löst die Machtlosigkeit die Wut aus.«

»Weißt du, was Captain Millner sagen wird, wenn ich ihm das erzähle?« fragte ich. »Er wird sagen, ›Verschonen Sie mich mit diesem Psychogewäsch.‹«

»Dann verschon ihn eben mit diesem Psychogewäsch«, antwortete Susan unbekümmert. »Du mußt ihm ja nicht erzählen, warum du nach einer anderen Frau suchst oder die beiden Frauen, die schon in den Fall verwickelt sind, genauer unter die Lupe nimmst. Zumindest er wird bestimmt wissen, daß ein Axtmord wahrscheinlich von einer Frau verübt wurde.«

»Oh ja, das weiß er wahrscheinlich«, stimmte ich ihr zu. »Wenn sich tatsächlich herausstellen sollte, daß es eine von den beiden Frauen ist, die ich schon kenne, dann bestimmt die Ehefrau. Ich glaube nicht, daß die Sekretärin diese ... Machtlosigkeit empfindet, von der du die ganze Zeit redest.«

»Nach dem, was du mir erzählt hast, würde ich dir wohl recht geben«, sagte Susan.

»Und ich habe noch immer keine Verbindung zwischen Eric Huffman und Helen Thorne.«

»Nein?« sagte Susan. »Dann überleg noch mal. Ich glaube doch, daß du eine hast.«

»Susan, wenn du auf etwas gekommen bist und es mir nicht sagst –«

»Clara Huffman wußte nicht, wer Helen Thorne war ... oder hat gesagt, sie wüßte es nicht. Und du glaubst, daß sie die Wahrheit sagt. Mardee Hamilton wußte dagegen, wer Helen Thorne war.«

»Aber –«

»Unterbrich mich nicht und hör auf, irgendwelche Abwegigkeiten in Erwägung zu ziehen. Helen Thorne hatte nichts mit Mardee Hamiltons sexueller Orientierung zu tun, denn wenn dem so gewesen wäre, hätte es keinerlei Grund für den Mord an Eric Huffman gegeben.«

»Es sei denn, Helen hatte eine Affäre mit Mardee und hat sie beendet, um eine Affäre mit Eric anzufangen«, gab ich zu bedenken.

Susan starrte mich kurz verblüfft an. »Manchmal denkst du sogar noch verschlungener als ich. In dem Fall wäre Helen natürlich zuerst getötet worden.«

»Wieso ›natürlich‹?«

»Glaub mir einfach. Aber wir haben uns ja schon darauf geeinigt, daß Mardee Hamilton keine Axt benutzen würde.«

»Falls Eifersucht mit im Spiel ist, vielleicht doch.«

»Deb, das ist abwegig. Nun hör endlich auf damit.«

»Ich sehe gar nicht ein, wieso das abwegiger sein soll als irgendwas anderes.«

»Also schön, meinetwegen, denk von mir aus, was du willst«, sagte Susan, »aber damit wirst du nicht weiterkommen.«

»Ich komme mit gar nichts weiter«, konterte ich, »und die einzige Verbindung, die mir einfällt, ist dieses dämliche Computernetzwerk.«

»Eine Frage«, sagte Susan langsam, »und bedenke, daß du, im Gegensatz zu den meisten Menschen, die behaupten, sie wären gute Menschenkenner, tatsächlich eine gute Menschenkenntnis besitzt – hältst du es für wahrscheinlich, daß Mardee Hamilton eine Mörderin ist? Ich meine damit nicht, ob sie fähig wäre zu töten; dazu ist jeder fähig, unter den richtigen Umständen, auch wenn er felsenfest vom Gegenteil überzeugt ist. Aber hältst du es für wahrscheinlich, daß sie eine Mörderin ist?«

»Nein, ich glaube nicht. Aber wenn doch, würde sie die Tat sehr gründlich planen.«

»Was ist mit Clara Huffman?«

»Sie käme als Mörderin in Frage, aber ich glaube, sie könnte es nicht.«

»Dann siehst du also bei ihr eine extreme Machtlosigkeit.«

»Wenn du es so ausdrücken willst.«

»Sie wäre also mental und emotional fähig, einen Axtmord zu begehen, wenn sie sich so ohnmächtig fühlt. Aber du glaubst, sie wäre nicht dazu in der Lage?«

»Ich weiß es nicht. Vielleicht doch. Aber ich glaube, sie wäre nicht lange genug von Mardee weggekommen, um Helen Thorne töten zu können, und mir ist sowieso nicht klar, warum sie das hätte wollen sollen.«

»Ach, komm schon«, sagte Susan. »Du hast doch selbst schon an die Möglichkeit gedacht, daß Eric Huffman und Helen Thorne eine Affäre hatten.«

»Und da hab ich noch abwegig gedacht.«

»Vielleicht war ja nicht alles abwegig.«

»Susan«, sagte ich behutsam, »ich habe keinerlei Grund, ich wiederhole, keinerlei Grund zu der Annahme, daß zwischen Eric Huffman und Helen Thorne irgendwas gelaufen ist.«

»Aber ich gehe jede Wette ein, daß du herausfinden wirst, daß sie was miteinander hatten. Und Mardee hat davon gewußt. Die Sekretärin weiß immer Bescheid, auch wenn die Ehefrau keinen Schimmer hat.«

»Heißt das, du denkst tatsächlich, daß Clara Huffman –«

»Vielleicht. Vielleicht auch nicht. Wer noch, weiblich oder nicht, hätte aus einem Gefühl der Machtlosigkeit heraus einen Grund gehabt?«

»Soweit ich weiß, niemand. Was meinst du?«

Susan zuckte die Achseln. »Na, *das* weiß ich nun wirklich nicht.«

»Also, laß mich das Ganze noch mal rekapitulieren«, sagte

ich langsam. »Wir – das heißt eigentlich, du – haben gesagt, daß Eric Huffman und Helen Thorne eine Affäre hatten und daß Mardee Hamilton davon wußte, aber Clara Huffman vielleicht nicht, und entweder Clara Huffman oder jemand anderes, der sich irgendwie … machtlos fühlte – das Wort gefällt mir immer noch nicht –, hat sie deshalb umgebracht.«

»Oh, nein, das habe ich ganz und gar nicht gesagt«, sagte Susan.

»Das hat sich aber für mich so angehört. Was hast du denn gesagt?«

»Nun, ich glaube wirklich, daß du herausfinden wirst, daß Eric und Helen was miteinander hatten, weil es keine andere mögliche Verbindung gibt; vielleicht haben sie sich über dieses Computernetz kennengelernt, aber das liefert wahrscheinlich kein Motiv für einen Mord. Und ich glaube auch, daß Mardee Hamilton davon wußte, und ich glaube, daß die Person, die Eric und Helen ermordet hat, aus einem realen oder wahrgenommenen Zustand der Machtlosigkeit heraus handelte, aber ich glaube nicht unbedingt, daß der Grund dafür ihre Affäre war.«

»Manchmal machst du mir Bauchschmerzen«, sagte ich. »Oder vielleicht eher Kopfschmerzen.«

Susan zuckte die Achseln. »Tut mir leid. Wie geht's der Kleinen, die mit unseren Namen geschlagen ist?«

»Als ich sie das letzte Mal gesehen habe, ging's ihr prima. Sie hat nur eben schwer an der Last ihrer Namen zu tragen.«

»Wie wahr, wie wahr«, sagte Susan. »Aber es war trotzdem lieb von ihnen.«

»Ich glaube, es ging mehr von Olead als von Becky aus.« Meine Tochter – meine zweite Tochter, genauer gesagt – und mein Schwiegersohn haben, als ihre kleine Tochter letzten Monat geboren wurde, Susan und mir zu Ehren das unglückliche Kind Susan Debra genannt, weil sie meinen, daß es uns beiden zu verdanken ist, daß Olead sowohl geistig gesund als auch frei ist. Sie nennen sie Debra, weil Susan ihren eigenen Namen benutzt und ich nur noch einen Teil von meinem. Wenn ich mich daran erinnere, wie ungern ich Debra war, tut mir die Kleine leid, vor allem, weil es nicht so leicht für sie werden wird, ihn auf Deb zu kürzen, weil das ja der Teil des Namens ist, den ich benutze. Ich habe beschlossen, sie Dee zu nennen, falls Becky und Olead mir das durchgehen lassen.

Was sich natürlich erst noch herausstellen wird.

Es war ihr zweites Kind in genau zwölfeinhalb Monaten; das erste ist ein Junge, den sie in Erinnerung an Oleads Vater Jimmy genannt haben. Sie konnten es sich natürlich leisten, zumindest finanziell, zwei Babys in zwei Jahren zu bekommen, obwohl ich mich fragte, wie überhaupt jemand mit zwei Säuglingen klarkommen kann. Becky hat mir versichert, daß es nicht *viel* schlimmer sein kann, als Zwillinge zu haben.

Aber das stand im Augenblick nicht zur Debatte. »Angesichts der Tatsache, daß wir beide morgen arbeiten müssen …« begann ich.

»Sollten wir wohl besser nach Hause fahren«, beendete Susan den Satz und schnappte mir die Rechnung unter den Fingern weg. »Das mache ich.«

»Ich bin aber dran«, protestierte ich.

»Du darfst nächstes Mal zahlen. *Nachdem* du den Fall gelöst hast. Wenn ich recht hatte, lädst du mich hierher ein. Wenn ich falsch gelegen habe, lädst du mich zu … äh … McDonald's ein.«

»Abgemacht«, sagte ich.

Als ich kurz nach zehn nach Hause kam, begrüßte Pat mich in der Einfahrt mit seinem üblichen Gewackel von den Schultern bis zum Hinterteil, um das fast völlige Fehlen eines Schwanzes auszugleichen. »Wuff«, sagte er freundlich, und dann, als er merkte, daß ich nicht Lori war, setzte er sich abrupt hin. Ehrlich gesagt, ich weiß nicht, für wen er mich gehalten hat, da Lori nie – na ja, so gut wie nie – nach zehn Uhr abends zu uns gekommen ist.

Ich machte das Tor auf und blieb abrupt stehen. Shane saß im Mesquitbaum – an sich schon eine Großtat, wenn man bedenkt, wie dornig Mesquitbäume sind – und schwenkte mit großem Elan eine Machete. »Ich hab mir gedacht, ich hack ein paar von diesen tiefen Ästen ab«, sagte er gutgelaunt. »Dann stößt sich keiner mehr den Kopf dran, und außerdem können wir die Äste trocknen und sie im Sommer zum Grillen nehmen. Das wär doch schön, nicht?«

Was soll das *wir* denn heißen, dachte ich. Ich hatte keineswegs geplant, Shane auch noch im Sommer bei uns zu haben. Aber das sagte ich im Augenblick nicht, weil ich andere Dinge zu sagen hatte. »Shane, es ist mitten in der Nacht«, stellte ich fest.

»Och, ist doch noch gar nicht so spät. Und der Mond leuchtet so schön hell.«

»Der Mond leuchtet so schön hell, und die Temperatur liegt bei genau sechs Grad. Wo haben Sie die Machete her?«

»Die war im Pick-up. Ich mag so Teile, Sie auch?«

»Nein, Shane«, sagte ich, »offen gestanden, ich mag so Teile *überhaupt nicht.* Jetzt lassen Sie die Machete auf die Erde fallen, klettern vorsichtig runter, damit Sie sich nicht auf dem Weg nach unten aufspießen, legen die Machete zurück in den Pickup und begeben sich ins Haus.«

»Aber ich hab doch –«

»Ich will nichts mehr hören.« Ich hielt Pat am Halsband fest, damit er der herunterfallenden Machete nicht in die Quere geriet. Dann nahm ich Pat mit ins Haus.

Ich weiß, was Harry über Hundeerziehung sagt. Aber vielleicht war es doch gar keine so schlechte Idee, einen Pitbull im Haus zu haben.

Die Katzennäpfe waren drinnen, nicht draußen auf der Motorhaube vom Pick-up, und sie waren voll, nicht mit Katzenfutter, sondern mit Fischstäbchen. Auf dem Tisch standen drei offene Pizzakartons. Es war nicht schwer zu folgern, daß (a) die zwei Stunden zu früh gebratenen Fischstäbchen so abgestanden gewesen waren, daß man sie ungenießbar fand, daß (b) Harry Pizza hatte kommen lassen, da Hal zu diesem Zeitpunkt mit dem Pick-up zum Krankenhaus gefahren war, und (c) die Fischstäbchen sogar den Katzen zu abgestanden gewesen waren.

Pat wuffte hoffnungsfroh in Richtung Fischstäbchen. Doch selbst er wandte sich dann davon ab. Er blickte mich flehend an und wuffte erneute. »Tut mir leid, Hund«, sagte ich, »du hast dein Essen gehabt, und das Baby schläft. Du kannst Cameron nicht wecken und ihm ein Küßchen geben.«

»Deb«, sagte Harry, »wieso hast du den Hund mit reingebracht?«

»Ich hab gedacht, es wäre nett, einen Hund im Haus zu haben«, antwortete ich leichthin.

Harry war so klug, diese Behauptung nicht in Frage zu stellen, also marschierte ich Richtung Schlafzimmer, gefolgt von dem Hund. Seine Krallen tipp-tappten auf dem Boden, genau wie die Krallen von dem Hund im Krankenhaus geklungen hatten.

Und überhaupt, *was* hatte dieser Hund auf der Intensivstation zu suchen gehabt?

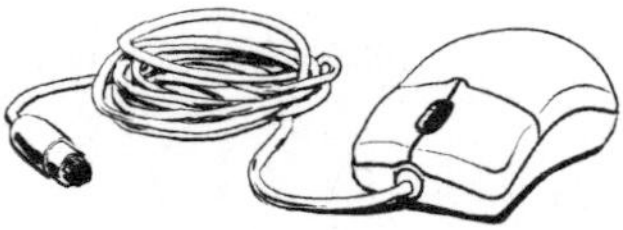

Kapitel 9

Irgendwann mitten in der Nacht – zu der Zeit, die meine Mutter als die frühen Morgenstunden bezeichnete – wachte ich auf, weil ein knirschendes Kaugeräusch verkündete, daß Pat die Fischstäbchen nun doch eßbar fand. Kurz darauf wurde ich an einen der Gründe erinnert, warum Harry und ich uns vor langer Zeit entschlossen hatten, keinen Hund mehr im Haus zu halten. Pat teilte uns höflich mit, daß er raus mußte. Er mußte *jetzt* raus, fügte er hinzu, da keiner von uns die Absicht erkennen ließ, aufzustehen und ihm die Tür zu öffnen.

»Falls du diesen blöden Hund weiter im Haus behalten willst«, sagte Harry, »müssen wir uns so eine Hundeklappe in die Tür schneiden.«

»Die haben wir aber jetzt noch nicht.«

»Du hast ihn reingelassen, du läßt ihn raus.«

»*Ich* muß morgen früh aufstehen und zur Arbeit fahren.«

Daraufhin trat langes Schweigen ein, und Pat winselte erneut, ein klein wenig dringlicher. Schließlich sagte Harry: »Ach, verdammt.« Er setzte sich auf, schaltete die Nachttischlampe ein, wollte aufstehen und stieß dabei die Lampe um. Sie landete mit der Birne zuerst auf dem Bett. »Ach, verdammt«, sagte er wieder, hob die Lampe auf und stellte sie wieder auf den Nachttisch. Er stieg ganz aus dem Bett, eskortierte Pat zur Verandatür, ließ den Hund raus und kam wieder ins Schlafzimmer.

Inzwischen hatte ich mich aufgesetzt und schnüffelte herum. »Äh, Harry«, sagte ich, »brennt hier was?«

»Nicht, daß ich wüßte.« Er setzte sich auf die Bettkante.

»Ich würde mich nicht hinlegen, wenn ich du wäre.«

»Wieso nicht?«

»Weil ich glaube, daß das Bett auf deiner Seite brennt.«

Er betrachtete den verkohlten, qualmenden Ring in der Ecke

des Bettes, wo die Glühbirne gelandet war. »Ich glaube nicht, daß es brennt«, sagte er. »Ich glaube, es ist bloß angesengt.«

»Leg dich trotzdem nicht hin.« Ich stand auf, ging in die Küche, füllte einen Meßbecher mit Wasser, trug ihn zurück ins Schlafzimmer und kippte ihn auf die verkohlte Stelle. Ein Zischen war deutlich zu hören. »Das müßte reichen. Wo ich schon auf bin, gehe ich gleich mal –«

»Ja«, sagte Harry, »das machst du ja immer.« Er blieb weiter auf der Bettkante sitzen, währen ich ins Bad ging und wieder zurückkam. »He, Deb, das Feuer ist immer noch nicht aus.«

Ich sah nach. Es war nicht aus. Noch immer stieg Rauch auf, und der Rauch hatte einen deutlich beißenden Geruch.

Ich trug den Meßbecher ins Bad, füllte ihn erneut, und schüttete mehr Wasser auf die Stelle. Und noch mehr. Und noch mehr. Harry kratzte sich am Kopf. »Ich glaube, wir müssen die Feuerwehr rufen«, sagte er.

»Die Feuerwache ist sechs Meilen weit weg«, bemerkte ich. »Meinst du, das Feuer wartet solange?«

»Ich denke, wir könnten die Matratze vors Haus schaffen.«

Ich möchte nicht näher auf den weiteren Verlauf der Nacht eingehen. Ein große, nasse, qualmende Matratze nach draußen zu schleppen, unter Mithilfe von zwei aufgeregten Teenagern (na ja, Shane war nicht gerade ein Teenager, aber er benahm sich wie einer), zwei aufgeregten Katzen, die einander nicht mögen, und einem aufgeregten Pitbull, und dann auf die Feuerwehr zu warten, die mit Blaulicht und Sirenen angebraust kam, obwohl wir darum gebeten hatten, auf beides zu verzichten, da keine unmittelbare Gefahr für Leib und Leben bestand, und dann zu versuchen, hysterische und/oder neugierige Nachbarn davon zu überzeugen, daß wirklich alles in Ordnung ist – nichts davon macht sonderlich viel Spaß. Natürlich mußte ich Hal und Shane dazu abstellen, den Hund ins Haus zu bringen – genauer gesagt, zu schleifen –, da auch Feuerwehrleute auf der Liste Uniform tragender Menschen stehen, die Pat nicht mag. Die

Feuerwehrleute gossen ungefähr tausend Liter Wasser auf die Matratze und versicherten uns, daß ein Matratzenbrand wirklich sehr gefährlich sein kann, weil er stundenlang vor sich hinglimmen und dann plötzlich aufflammen kann.

Als wir schließlich wieder ins Bett kamen, so gegen vier Uhr morgens, lag ich auf dem zusätzlichen Bett in Camerons Zimmer (in dem Shane geschlafen hatte), Harry auf der Couch, und Hal und Shane waren in Hals Zimmer und plauderten munter miteinander.

Aber nicht einmal die größte nächtliche Aufregung konnte Hal – zumindest in dieser Woche – davon abhalten, rechtzeitig zu seiner morgendlichen Bibelstunde aufzustehen, was bedeutete, daß er gegen Viertel nach fünf türenknallend aus dem Haus ging und mit dem Pick-up davonbrauste. Ich war alles andere als aufstehbereit, als der Wecker um halb sieben klingelte, und als Hal um sieben Uhr zurückkam und ins Haus rief: »Was gibt's zum Frühstück?« hatte ich das Gefühl, als hätte mir jemand einen Knüppel über den Schädel geschlagen.

Wenigstens erzählte er mir nicht ausführlich, was er gelernt hatte und was seine Meinung dazu war, wie er das letztes Jahr getan hatte, als er die Propheten und andere blutrünstige Teile des Alten Testaments las. Dieses Jahr nahmen sie das Neue Testament durch und waren inzwischen bei den Apostelbriefen angelangt, die er zu langweilig fand, um sie ausführlich und detailliert zu erörtern.

»Ich mach mir Cornflakes«, sagte ich, »und du hast die Wahl. Cornflakes, Erdnußbutter, Pizza von gestern oder irgendwas, das du dir selber machst. Und ich hoffe«, sagte ich in Harrys Richtung, »du sorgst dafür, daß die Matratze heute wegkommt.«

»Ich sorge dafür, daß die Matratze heute wegkommt.«

»Ich glaube nämlich nicht, daß die Müllabfuhr so was mitnimmt, und ich finde, sie ist nicht gerade ein ästhetisch reizvolles Schmuckstück vor dem Haus.«

»Ich hab gesagt, ich sorge dafür, daß sie wegkommt.«

Das stimmte. Er hatte gesagt, er würde dafür sorgen. Es war nicht seine Schuld, daß ich mich fühlte wie ein Zombie. Es war nicht mal seine Schuld, daß er zu Hause bleiben konnte, während ich mich der Welt da draußen stellen mußte. Dieses Wissen trug keinen Deut zur Verbesserung meiner Stimmung bei. Und auch nicht die Tatsache, daß die Katze – die neue Katze, meine ich; die alte Katze ist einsichtiger, auch wenn sie keine besseren Manieren hat –, sich an meinen Cornflakes gütlich getan hatte, während ich über diese Fragen nachsann, so daß ich ihr meine Schale geben und mir eine neue machen mußte.

Schon gut, bestimmt wäre es für die Erziehung der Katze besser gewesen, ihr *nicht* die alte Schale Cornflakes zu geben und mir eine neue zu machen, aber es gibt Tage, da habe ich einfach nicht die Energie, das zu tun, was ich tun sollte.

Okay, was mußte ich heute tun, fragte ich mich, als ich die Cornflakes-Packung wieder rausholte.

Ich mußte versuchen, Susans Überzeugung zu überprüfen, daß es eine amouröse Verbindung zwischen den beiden Opfern gab. Ebenso wie Susan war mir nicht recht klar, wieso sie beide auf die Art und Weise hätten ermordet werden sollen, wie sie ermordet worden waren, wenn es nicht irgendeine Verbindung zwischen ihnen gab, aber anders als Susan mußte ich meine Mutmaßungen wenigstens zu meiner eigenen Zufriedenheit bestätigen, wenn schon nicht zur Zufriedenheit anderer.

»Deb, ich glaube, ich geh heute mal wieder auf Jobsuche. Ist das okay?« flötete Shane. Menschen, die morgens schon gute Laune haben, sind widerlich.

»Unbedingt, gehen Sie auf Jobsuche«, sagte ich.

»Können Sie mich dann in der Stadt rauslassen?«

»Ja, ich lasse Sie in der Stadt raus.« Der nächsten Frage zuvorkommend, gab ich ihm drei Dollar, die für einen Hamburger und die Busfahrt nach Hause reichten. Ich wünschte, dachte ich, daß er wirklich einen Job finden würde, vor allem einen, den er hoffentlich länger als sechs Stunden behielt, aber so früh am Morgen ist mein Optimismuskreislauf noch nicht in Gang. Ein Gutes hat es jedenfalls, dachte ich, und zwar, wenn er in der Stadt ist, ist er weit weg von meinem Mann und meinen Kindern und meinem Haus.

Aber das war ein unwürdiger Gedanke. Meine Aufgabe ist es, alle Bürger der Stadt zu beschützen, nicht bloß die mit mir verwandten oder sonst irgendwie mit mir in Verbindung stehenden.

Es war Dienstag morgen, und die Welt war nicht in Ordnung. Pat wollte mit mir zur Arbeit kommen. Ich lehnte ab.

Was mußte ich heute tun?

Jemanden ausfindig machen, der Helen nahestand, und mit ihm reden. Noch einmal mit Clara und Mardee reden. Millner sagen, warum ich schon wieder bei Clara und Mardee herumschnüffeln wollte, wo ich sie doch schon ausgeschlossen hatte.

Es wäre vielleicht auch keine schlechte Idee, mal nachzufragen, was Dutch eigentlich so trieb; der Fall war zwar zu meinem erklärt worden, aber Dutch war am Anfang mit am Tatort gewesen, und er hatte mit den Nachbarn gesprochen. Bestimmt hatte er wenigstens einen Bericht geschrieben.

Natürlich mußte ich mit Millner anfangen, der ein gewisses Recht hatte, darüber auf dem laufenden gehalten zu werden, was ich tat und warum ich es tat. Ich beschloß, ihn weitestgehend mit dem psychologischen Kram zu verschonen, und deshalb erzählte ich ihm lediglich, daß Susan mich daran erinnert hatte, daß Axtmörder häufig Frauen sind. »Das wußte ich«, sagte er unsympathischerweise.

»Und wieso haben Sie mich dann nicht daran erinnert?«

»Ich wußte ja nicht, daß Sie nicht daran denken würden. Hatte Ihre Freundin noch andere Geistesblitze?« Er hält zwar nichts von Psychologie, aber er ist sich dennoch darüber im klaren, daß Susans »Geistesblitze« sich in der Vergangenheit häufig als hilfreich erwiesen haben.

»Nichts, was Sie begeistern würde.«

»Okay, dann machen Sie also heute mit dem Schaubild weiter?«

»Ich denke ja.« Ich mußte die Informationen, die ich gesammelt hatte, ohnehin irgendwie ordnen, und ein Schaubild war dazu gut geeignet.

Ich ging zu meinem Schreibtisch und fing an, ein paar Fragen aufzulisten, die ich Leuten stellen mußte, doch dann beschloß ich, daß ich mir lieber mal Dutchs Bericht durchlesen sollte. Mir war plötzlich – und ziemlich verspätet, aber das war nicht so schlimm, weil Dutch derjenige war, der sich darum kümmern sollte – eingefallen, daß Clara ausgesagt hatte, der Wagen ihres Mannes sei nicht dagewesen, als sie nach Hause kam.

In Dutchs Bericht stand nichts davon, wie ich feststellte, als ich ihn am Computer aufrief. Da stand nur, daß der Wagen des Opfers, der normalerweise vor dem Haus parkte, statt dessen in der Garage war, so daß die Zeugin ihn zunächst nicht gesehen und daher vermutet hatte, er sei weg.

Gut. So mußte ich mir wenigstens keine Vorwürfe machen, daß ich drei Tage lang versäumt hatte, einen gestohlenen Wagen in den zentralen Polizeicomputer einzugeben.

Das war auch schon so ziemlich alles, was mir in Dutchs Bericht irgendwie hilfreich erschien, dachte ich düster, während ich weiterlas. Keiner von den befragten Nachbarn hatte irgendwas gehört oder gesehen; alle waren sich einig – das heißt, die wenigen, die überhaupt irgendwas gesagt hatten –, daß Eric Huffman an diesem Morgen früh zum Golfspielen gefahren war (dessen waren sie sicher, weil sie seine Golftasche gesehen hatten, als er zu seinem Freund in den Wagen stieg); seine Frau war später an diesem Morgen weggefahren (keiner von ihnen wußte wohin, aber wir wußten es; sie war zum Friseur gefahren); Eric war irgendwann zurückgekommen, hatte die Wagentür zugeschlagen, sich lautstark von seinem Freund verabschiedet und fürs Mitnehmen bedankt; dann – Moment mal. Moment mal!

Nach Aussage einer Nachbarin hatte Eric Huffman nach seiner Rückkehr die Polizei angerufen. Die Nachbarin wußte zwar nicht warum, aber etwa dreißig Minuten nach Erics Heimkehr war ein Polizeiwagen eingetroffen und hatte zwanzig oder dreißig Minuten vor dem Haus geparkt, bevor er wieder abfuhr.

Es war seltsam, daß das in der Zentrale niemandem aufgefallen war, als sie später den Anruf mit der Mordmeldung erhielten – nein, wenn ich's recht überlegte, war es doch nicht seltsam, denn der erste Anruf mußte von der Frühschicht entgegengenommen worden sein und der zweite von der Spätschicht. Und Clara war nicht dabei, als der erste Anruf getätigt wurde, daher konnte sie nichts davon wissen, ganz gleich, weswegen Eric angerufen hatte.

Ich mußte dringend mit dem Streifenbeamten sprechen, der nach dem Anruf dorthin gefahren war. Ich rief in der Zentrale an und bat darum, daß die Unterlagen über den ersten Anruf herausgesucht wurden.

Dann las ich weiter in Dutchs Bericht.

Fünfzehn Minuten später rief mich jemand aus der Zentrale zurück, während ich wieder Fragen auflistete. »Wie, sagten Sie, war die Adresse noch mal?«

Ich nannte sie ihm.

»Und der Name des Anrufers?«

»Eric Huffman.«

»Tja, wir können da nichts finden. Und der für den Bezirk zuständige Beamte sagt, er wäre nicht verständigt worden.«

»Vielleicht ist der Name ja falsch notiert worden, zum Beispiel *Hoffman*. Und wenn der zuständige Kollege von der Streife gerade zu tun hatte, ist vielleicht jemand anders hingeschickt worden, wenn die Sache dringend war.«

»Ich überprüfe das mal. Bleiben Sie dran … Nein, hier ist auch kein Hoffman. Und kein Vermerk, wer hingeschickt worden ist, falls der zuständige Kollege nicht konnte.«

»Suchen Sie weiter«, sagte ich resigniert. »Vielleicht ist es einfach falsch abgelegt worden oder so.«

In unserem Computerzeitalter sollte es eigentlich nicht mehr vorkommen, daß Vermerke falsch abgelegt werden. Na ja, eigentlich hätte es nie vorkommen *sollen*, aber heutzutage ist es theoretisch unmöglich. Was natürlich nicht bedeutet, daß es auch in der Praxis unmöglich ist.

Sie würden sich so schnell wie möglich wieder melden. Aber es konnte Stunden dauern, falsch abgelegte Informationen zu finden, und in der Zwischenzeit hatte ich anderes zu tun.

Ich rief bei Carla Huffman an, und Mardee meldete sich. »Könnte ich heute vormittag noch mal rauskommen? Ich hab da doch noch ein paar Fragen«, sagte ich, nachdem ich meinen Namen genannt hatte.

»Das ist sehr ungünstig«, sagte Mardee. »Erics Beerdigung ist um zehn, wußten Sie das nicht?«

Ehrlich gesagt, ich wußte es nicht, und ich hätte es wissen sollen. Ich gehe oft, wenn auch nicht immer, auf Beerdigungen – Beerdigungen von Opfern. Der alte Aberglaube, daß der Mörder zur Beerdigung kommt, ist ein genauso großer Blödsinn wie der alte Aberglaube, daß der Mörder immer zum Schauplatz des Verbrechens zurückkehrt. Aber *manchmal* kommt der Mörder tatsächlich zur Beerdigung, ebenso wie der Mörder *manchmal* tatsächlich zum Schauplatz des Verbrechens zurückkehrt. (Ich überlegte, was Susan dazu sagen würde. Würde sie solche Verhaltensweisen als Anzeichen von Machtlosigkeit deuten, als das Bedürfnis, sich zu vergewissern, daß das Opfer wirklich tot war?) Und *manchmal* kann es für die Polizei aufschlußreich sein, wie die Menschen auf der Beerdigung interagieren.

Aber ich trug an diesem Morgen Jeans, und ich wollte nicht in Jeans zu einer Beerdigung gehen.

Ich rief Helen's Club an, doch Leon Aristides war nicht da und auch sonst niemand, der Helen so gut gekannt hatte, daß es sich gelohnt hätte, ihm irgendwelche Fragen zu stellen.

Aber irgendwer mußte sich ja wohl um die Bestattung kümmern … Ich rief in der Gerichtsmedizin an und bekam die Sekretärin Beverly Hart an den Apparat. »Momentchen«, sagte sie, »ich schau mal nach.« Eine Minute später war sie wieder dran. »Der Leichnam ist im Auftrag von Francis Marion Thorne abgeholt worden – das ist übrigens ein Männername.«

»Ich weiß«, sagte ich. Viele unglückliche Männer, vor allem hier im Süden, sind nach dem Helden aus dem Unabhängigkeitskrieg, General Francis Marion, benannt. »Habt ihr seine Adresse und Telefonnummer?«

Sie gab sie mir durch.

»Danke, Bev.«

»Viel Glück«, sagte sie. »Der Fall klingt ja ziemlich vertrackt.«

Francis Marion Thorne wohnte auf der Pecan Street. Ich mußte meinen Stadtplan rausholen und nachsehen, wo sie war. Na prima, dachte ich einige Minuten später. Es gab Pecan Streets in drei völlig unterschiedlichen Gegenden in Fort Worth, es gab eine in Arlington, eine in Azle, eine in Burleson, eine in Crowley, eine in Hurst, eine in Keller, eine in Mansfield und eine in Roanoke, ganz zu schweigen von den zahllosen Pecan Courts, Pecan Drives, Pecan Chases, Pecan Parks und so weiter, die allesamt auch richtig sein konnten, falls er seine Anschrift schlicht mit Pecan angegeben und irgendwer einfach *Street* hinzugefügt hatte. Ich rief also bei ihm zu Hause an und hoffte, daß er in Hurst oder Keller wohnte, was beides recht bequem für mich gewesen wäre.

Tat er nicht, aber andererseits wohnte er auch nicht gerade in Arlington oder irgendwo da in der Gegend. Er wohnte auch nicht auf der Pecan Street; das war seine Geschäftsanschrift, und aus irgendeinem – vermutlich illegalen – Grund hatte er im Führerschein seine Geschäftsadresse und nicht seine Privatadresse stehen, und die Person, die die Leiche freigegeben hatte, hatte sich die Anschrift aus dem Führerschein notiert. Er wohnte in einer ziemlich netten Apartmentanlage in Fort Worth, ganz in der Nähe vom Stadtzentrum. Außerdem, und wohl nicht ganz zufällig, war er zu Hause und sagte, ich könne kommen und mit ihm reden, obwohl er sich nicht vorstellen konnte, was das bringen könnte.

Ich mir eigentlich auch nicht. Ich begab mich auf einen, wie wir sagen, Angelausflug, um nach Informationen zu angeln, die vielleicht auftauchen würden, vielleicht aber auch nicht.

Also fuhr ich hin, und dieser Besuch war beileibe kein Vergnügen.

Francis Marion Thorne war Helens Vater. Lucy Thorne war Helens Mutter. Sie waren beide – wie sie beteuerten, ohne sich so zu verhalten – viel zu sehr von Trauer überwältigt, um mit mir zu reden.

Ich fing mit meiner sorgfältig aufgestellten Fragenliste an und kam absolut nicht weiter. Die beiden stritten ununterbrochen miteinander, auch wenn sie antworteten. Helen war Episkopalin, nicht praktizierend. Ihre Eltern wußten nicht, wo sie eingekauft oder Sport getrieben hatte, zu welchem Arzt sie gegangen war. Sie war unverheiratet gewesen. Falls sie einen festen Freund gehabt hatte, so wußten die Eltern nichts davon. Sie hatte eine Berufsschule besucht und danach eine Zeitlang als Sekretärin gearbeitet, bis sie merkte, daß das nicht das Richtige für sie war. Anschließend hatte sie in etlichen Restaurants und Clubs in der Gegend gearbeitet, zuerst als Kellnerin, dann als stellvertretende Geschäftsführerin, dann als Geschäftsführerin. Ich ließ mir die Namen und ungefähren Daten geben, für den Fall, daß das relevant war, was es mit an Sicherheit grenzender Wahrscheinlichkeit nicht war.

»Könnten Sie mir sagen, mit wem sie befreundet war?« fragte ich.

»Oh, Sie glauben doch nicht, daß sie *mir* erzählt hätte, mit wem sie befreundet war«, sagte Lucy. »Sie hat sich doch nur für ihr eigenes Leben interessiert. Man hätte meinen sollen, daß sie mir gern davon erzählt hätte, aber nein …«

»Sie hat sich benommen, als ob sie sich unseretwegen schämen würde«, sagte Marion – so sollte ich ihn auf seine Bitte hin nennen. »Hatte so gut wie nie Zeit für ihre Eltern, nach allem, was wir für sie getan haben –«

»Nach allem, was *wer* für sie getan hat?« fragte Lucy. »*Du* hast doch immer nur Zeit für dich gehabt –«

»Vielleicht hätte ich ja noch etwas Zeit neben der Arbeit gehabt, wenn du dich mit nur einem Nerzmantel zufrieden gegeben hättest«, sagte Marion, »aber nein, es mußten ja unbedingt zwei sein –«

»Der eine war eine *Jacke*, und die hab ich sowieso Helen geschenkt …«

Ich sah keinen Sinn darin, mir das noch weiter anzuhören, und mir war klar, wieso Helen sich ein eigenes Leben hatte aufbauen wollen. Bloß raus aus dieser Atmosphäre – und sie mußte wahrscheinlich der Drachen werden, als den Leon Aristides sie bezeichnet hatte, um sich durchsetzen zu können. Aber ich fragte doch noch etwas weiter nach, und schließlich rückte Lucy widerwillig den Namen einer Freundin heraus. »Monica Mulholland«, sagte sie.

»Monique«, verbesserte Marion.

»Bloß weil die meint, sie müßte ihren Namen aufmotzen, brauch ich sie noch lange nicht so zu nennen«, sagte Lucy.

»So heißt sie aber«, sagte Marion.

»*Du* mußt sie natürlich wieder verteidigen«, erwiderte Lucy gereizt.

»Ich verteidige sie nicht«, sagte Marion. »Ich habe bloß gesagt, daß sie so heißt, und das stimmt doch, oder?«

»Typisch Mann, nicht wahr?« sagte Lucy vertraulich zu mir. »Machen sich zum Narren, sobald nur eine Blondine, ob echt oder nicht –«

»Ich habe bloß gesagt, daß sie so heißt«, wiederholte Marion. »Und sie ist richtig sexy … ein Blick genügt, und man weiß, sie ist ein heißer –«

»Sie ist absolute Unterschicht«, versicherte Lucy mir. »Ich verstehe gar nicht, wieso Helen sie mochte.«

»Was meinen Sie mit Unterschicht?«

»Ach, dieses Wasserstoffblond«, sagte Lucy und betupfte ihr eigenes champagnerblondes und eindeutig gefärbtes Haar. »Und sie schimpft sich ›Chanteuse‹. Dabei ist sie nur Nachtklubsängerin.«

»Im Helen's Club?« fragte ich und dachte, daß eine Sängerin, die sich selbst »Chanteuse« nennt, mich irgendwie an die wilden zwanziger Jahre erinnerte.

»Äh, ja …«

Das ging noch ein Weilchen so weiter, bis mir schließlich die Flucht gelang. Am nächsten 7-Eleven suchte ich im Telefonbuch nach einer Monique Mulholland, die natürlich nicht drin stand.

Ich rief wieder im Club an, und diesmal war Leon Aristides da. Er nannte mir Moniques Telefonnummer und versicherte mir, daß sie nie vor zwölf Uhr aufstand.

Pech. Ich würde sie aufwecken.

Und genau das tat ich.

»Meinetwegen können Sie gleich herkommen«, sagte sie. »Ich habe sowieso nicht mehr schlafen können, nachdem ich die Kinder heute morgen in die Schule geschickt habe.«

Ich weiß nicht, welche Vorstellungen ich vom Leben einer Chanteuse hatte, Monique Mulholland jedenfalls wohnte in einem Reihenhaus im Stil der fünfziger Jahre, mit verblichener grüner Asbestverkleidung und einem Maschendrahtzaun, der einen großen Hund ungewisser Abstammung und die Art von Vorgarten umschloß, in dem man einen großen Hund ungewisser Abstammung und noch ungewisserer Manieren erwarten würde. Ein stumpfgrüner und angerosteter Chevrolet, fünfzehn Jahre alt, stand im Carport. Der Vorgarten bestand aus ungeschnittenen Hecken und einem Rasen, der einmal zuwenig gemäht worden war, bevor das kalte Wetter einsetzte. Auf dem

Weg zur Haustür lag eine nackte Barbie-Puppe neben einer gleichfalls nackten GI-Joe-Puppe, und zwar in einer Pose, die mich vermuten ließ, daß Monique nicht gerade peinlich darauf achtete, was ihre Kinder sich im Fernsehen ansahen. Entweder das, oder die Puppen waren einfach achtlos in dieser Position liegengelassen worden, und ich hatte nach zu vielen Jahren bei der Polizei eine schmutzige Phantasie entwickelt.

Ich fand, Monique sah natürlich blond aus, nicht wasserstoffblond; sie wirkte zerbrechlich, wie das bei Frauen mit extrem hellem Teint häufig der Fall ist. Sie hatte einen abgehärmten Zug um die Augen, und der lila Schatten darunter war kein Lidschatten. Sie trug ein rosa Nachthemd, Nylon, undurchsichtig, und einen rosa gesteppten Morgenmantel. »Kommen Sie rein«, sagte sie. »Aber halten Sie Abstand von mir. Ich glaube, ich hab mir irgendwas eingefangen. Oder aber ich bin wieder schwanger, und ich glaube, wenn das stimmt, springe ich von der nächsten Brücke oder so. War ein Witz. Tut mir leid, daß das hier alles so ein Chaos ist. Vier Kinder. Wie die Orgelpfeifen. Zehn, neun, acht, sieben. Wie viele Kinder haben Sie?«

»Vier«, sagte ich, »aber die sind viel weiter auseinander. Ich beneide Sie nicht.« Ich folgte ihr in ein sehr unaufgeräumtes und sehr kleines Wohnzimmer.

Sie deutete auf einen Sessel, wandte sich ab, hustete und setzte sich auf die Couch. »Wie alt sind Ihre?«

Ich mußte kurz überlegen. »Sechsundzwanzig, zweiundzwanzig, siebzehn und fast zwei.«

»Fast *zwei*! Mannomann! Das nenne ich einen Nachzügler! Es tut mir leid. Sie wollen über Helen reden, und ich versuche, über alles andere zu reden als über sie. 'tschuldigung.« Sie rannte zum Badezimmer.

Höchst selbstsüchtig hoffte ich, daß sie schwanger war. Das ist nämlich nicht ansteckend. Im Gegensatz zu den meisten anderen Dingen, die so einen Brechreiz auslösen.

Ich hörte die Spülung und laufendes Wasser, und dann kam

sie zurück, noch blasser, als sie ohnehin schon gewesen war. »Ich sollte wohl aufhören, mir was vorzumachen, was?«

»Was meinen Sie?«

Sie deutete ausladend auf ihre Körpermitte. »Ich bin einen Monat über die Zeit und muß ständig kotzen. Deck dich mit Windeln ein, Monica. Mannomann, Joe wird entzückt sein. Ach, was soll's, ich mag meinen Job sowieso nicht, und jetzt hab ich eine gute Entschuldigung aufzuhören. Kein Mensch will eine schwangere Chanteuse sehen.« Sie lachte selbstironisch. »Ist die Bezeichnung nicht klasse? Helen hat drauf bestanden. Sie hat auch gesagt, ich müßte mich Monique nennen, statt Monica. Es sollte französisch klingen, schick klingen. Ich hab sie gefragt, wieso sie ihren Club nicht Chez Hélène nennt oder so, und sie hat gesagt, das wäre doch albern. Jetzt frage ich Sie, klingt das etwa alberner als Monique Mulholland, Chanteuse?«

Ich fand nicht, daß es alberner klang, und sagte ihr das auch.

»Aber ich muß schon zugeben, das Geld kam mir gerade recht«, fuhr sie fort. »Ist wirklich gutes Geld. Wenn ich es schaffe, noch drei Monate länger zu arbeiten, können wir Joes Lieferwagen abbezahlen.«

»Was macht Ihr Mann beruflich?«

»Er fährt so eine Art rollende Imbißbude. Wissen Sie, so ein Wagen, der vor einer Fabrik vorfährt und ungefähr dreißigmal hupt, und alle flitzen hin und kaufen sich was zu essen. Sandwiches und Kekse und so.«

»Machen Sie die Sandwiches und Kekse und so?«

Sie lachte. »Machen Sie Witze? Das Gesundheitsamt würde einen Koller kriegen, wenn ich auch nur mal schüchtern überlegen würde, das Zeug hier selbst zu machen. Er kauft es im Großhandel. Entschuldigen Sie mich …«

Wenige Minuten später kam sie zurück. »Das einzige, was gegen die Kotzerei hilft, ist Cola, und ich hab keine mehr. Und weil ich so oft kotzen muß, schaffe ich es nicht, mich anzuziehen und in den Wagen zu steigen und loszufahren und welche zu kaufen.«

Was ich tun mußte, war klar, und ich hatte einige Querstraßen entfernt einen Kiosk gesehen. Außerdem war offensichtlich, daß sie nicht lange genug würde ruhig sitzenbleiben können, um meine Fragen zu beantworten, solange ich keine Cola besorgt hatte.

»Ich war eigentlich nicht überrascht, daß sie ermordet worden ist«, sagte Monica später, nachdem sie die erste Cola in zirka fünfzehn Sekunden in sich hineingeschüttet hatte.

»Haben Sie damit gerechnet?«

»Oh, nein, das nun nicht gerade«, sagte Monica. »Ich meine bloß ... sie lebte gefährlich. Das hab ich ihr auch gesagt. Sie war ...« Monica setzte sich aufrechter hin. »Also, sie hat nie geheiratet, ja? Und sie ist in meinem Alter, wir waren zusammen in der Grundschule. Vierunddreißig, und Sie kennen ja dieses Gerede über die biologische Uhr, die abläuft. Nur, ich glaube, daß sie keine gute Mutter gewesen wäre, dafür oder auch für eine Ehe war sie zu ichbezogen, aber sie *wollte* Kinder, und um welche zu bekommen, wollte sie heiraten. Außerdem war da noch der Club ... na ja, sie hatte schon lange so einen Club haben wollen und hat hart dafür gearbeitet, aber er nahm einen Großteil ihrer Zeit in Anspruch, und sie hatte beschlossen, daß sie ... wie hat sie noch mal gesagt, den Müßiggang pflegen wollte? Sie wollte heiraten und Kinder bekommen und den Müßiggang pflegen.«

Ich konnte mich nicht mehr beherrschen. Ich lachte laut los, und Monica auch. »Tja, genau das hab ich ihr auch gesagt«, sagte Monica. »Aber sie hatte sich das nun mal in den Kopf gesetzt. Sie wollte heiraten, und sie wollte einen reichen Mann heiraten. Das Problem war nur, alle reichen Männer waren schon vergeben.«

»Was hat sie also getan?« fragte ich.

»Sie ist den Männern hinterhergelaufen. Ständig hatte sie

eine neue Beziehung, und wenn die dann in die Hose ging, hat sie sich eine neue gesucht, die auch wieder in die Hose ging. Und dann hat sie diesen Mann kennengelernt, er war ziemlich alt und ziemlich reich, ich hab ihn nie gesehen, aber sie hat es mir erzählt, und sie hat mir auch gesagt, daß sie ihn sich schnappen würde, so oder so. Ich habe gesagt, dagegen wäre nichts einzuwenden, falls er noch zu haben wäre. Sie hat gesagt, sie würde ihn seiner Frau wegschnappen. Dann könnte sie ein oder zwei Kinder kriegen, und danach würde ihr Freund sterben, und sie hätte ihre Kinder und sein Geld, und dann könnte sie wirklich den Müßiggang pflegen. Ich hab ihr gesagt, sie wäre verrückt. Ich hab ihr gesagt, daß man nicht einfach beschließt, einer anderen den Mann ›wegzuschnappen‹. Aber ich hätte genauso gut mit … der Wand da reden können. Sie hat mich bloß ausgelacht und noch mal gesagt, sie würde ihn sich ›schnappen‹. Ich hab ihr gesagt, sie sollte bloß aufpassen, daß sie nicht irgendwann ›geschnappt‹ würde, vielleicht von der Frau von dem Typen. Und deshalb … bin ich zwar überrascht, wie sie getötet wurde. Aber ich bin eigentlich nicht überrascht, daß sie ermordet wurde. Ich denke, Sie kriegen schon irgendwie raus, wer ihr Freund war …« Monica blickte mich interessiert an. »Ich weiß ja nicht. Aber in der Zeitung stand, daß ein älterer Mann mit viel Geld genauso ermordet worden ist wie sie. Vielleicht sollten Sie sich mal mit seiner Frau beschäftigen …«

Seit letztem Freitag hatte ich fast nichts anderes getan. Aber das konnte ich Monica natürlich nicht erzählen.

»Oder vielleicht«, fügte Monica hinzu, »hatte er noch eine andere Freundin, und die hat Helen ermordet. Ich wüßte bloß nicht, wieso eine andere Freundin auch ihn hätte umbringen sollen. Eine Ehefrau ja, aber nicht eine Freundin.«

Das alles war durchaus möglich, ich wußte nur nicht, wie ich rausfinden sollte, ob er noch eine Freundin gehabt hatte. Ich dankte Monica, verabschiedete mich und grübelte im Auto vor mich hin, während ich langsam wieder zurück in die Innenstadt fuhr.

Also gut, ich wußte, daß er Golf gespielt hatte. Ich wußte nicht, wo er Golf gespielt hatte, aber das konnte mir bestimmt entweder seine Frau oder seine Sekretärin sagen – vermutlich beide. Ich konnte herausfinden, mit wem er Golf gespielt hatte … vielleicht redet ein Mann offener mit seinen Golfkumpanen über mögliche Freundinnen …

Harry hatte mir erzählt, daß Eric sich nicht bloß aus gesundheitlichen Gründen, sondern auch wegen Claras manischer Eifersucht zur Ruhe gesetzt hatte. Die meisten Männer definieren sich stark durch ihre Arbeit; wenn er sich nicht so stark durch seine Arbeit definiert hatte und sehr gut damit klargekommen war, nicht mehr zu arbeiten und einfach zu Hause zu bleiben, hieß das dann, daß seine Persönlichkeit schwach ausgeprägt gewesen war, und war es dann überhaupt wahrscheinlich, daß er eine Freundin gehabt hatte?

Andererseits, vielleicht war seine Persönlichkeit gar nicht schwach ausgeprägt gewesen. Er hatte offensichtlich so viele Hobbys gehabt, daß er sich vielleicht eher durch die Hobbys als durch seine Arbeit definiert hatte. Und vielleicht wechselte das ja, so, wie er die Hobbys wechselte. In dem Fall konnte er leicht ein Dutzend Freundinnen gehabt haben.

Irgend etwas ließ mir keine Ruhe, aber ich kam einfach nicht dahinter, was es war. Es hatte mit dem Computer zu tun. Etwas, das Clara mir erzählt hatte. Sie hatte für ihn die Buchhaltung gemacht, bis er den Computer bekam und anfing, alles selbst auf dem Computer zu erledigen. Und Clara war schwach, sehr schwach, aber sie war nicht dumm. Der Computer …

Da war irgend etwas mit dem Computer, das an den beiden Tatorten unterschiedlich war, und ich kam nicht dahinter, was.

Vielleicht wenn ich mir die Tatortfotos noch mal ansah …

Während ich zum Präsidium fuhr, konzentrierten sich nur die Randbezirke meines Gehirns auf das Fahren, weil der Hauptteil meines Gehirns sich auf das konzentrierte, wessen ich einfach nicht habhaft werden konnte, obwohl es zum Greifen nahe schien.

Auf *was* war Clara eifersüchtig gewesen? Nicht bloß auf wen, sondern auf *was*? Wenn sie auf Erics Arbeit eifersüchtig gewesen war, für die er Zeit aufwandte, die doch eigentlich ihr zustand, auf was war sie dann noch eifersüchtig gewesen?

Und gab es wirklich eine Verbindung zwischen den beiden Morden? Na ja, es mußte eine geben, aber …

Ich parkte den Wagen, ging ins Präsidium und schnurstracks zum Erkennungsdienst. Irene war unterwegs, aber Sarah Collins, unsere neueste Erkennungsdienstlerin, die zweifellos auch als Model arbeiten könnte, falls sie die Polizeiarbeit je satt haben sollte, war da und hatte keinerlei Probleme, mir die beiden Packen mit Fotos herauszusuchen.

Und da war es, was mir keine Ruhe gelassen hatte. Ich hatte es bemerkt und doch nicht bemerkt, wenn Sie verstehen, was ich meine.

Erics Computer war zertrümmert worden, bevor Eric getötet wurde; auf der Innen- und Rückseite von Computerteilen waren Blutspritzer. Das ließ vermuten, daß Clara, die ebenso eifersüchtig auf den Computer gewesen war wie auf Erics Beruf, den Computer möglicherweise demoliert hatte, bevor sie zum Friseur fuhr, ob sie sich jetzt noch daran erinnerte oder nicht. Falls dem so war, würde ich wohl herausfinden, daß der Streifenbeamte, wer auch immer es war, deshalb zum Haus der Huffmans gefahren war, weil Eric einen Fall von Vandalismus gemeldet hatte. Und nach dem Besuch von der Polizei war niemand mehr im Haus der Huffmans gewesen, bis Clara nach Hause kam. Wenn das also stimmte, dann hatte mit fast hundertprozentiger Sicherheit – ich sage *fast*, weil natürlich jemand ins Haus eingedrungen sein konnte, ohne von den Nachbarn gesehen zu werden – Clara selbst Eric Huffman ermordet, so schwer es mir auch fiel, das zu glauben.

Aber Helen Thornes Computer war *nach* Helens Tod zerschlagen worden. Computerteile lagen auf Blutspritzern, auf Fragmenten von Gewebe und Knochen und Hirn.

Wir hatten es mit einem Nachahmungstäter zu tun. Und ich hatte nicht die geringste Ahnung, wie Eric Huffmans Beil zum Tatort des zweiten Verbrechens gelangt war.

Es sei denn, Mardee Hamilton – aus Gründen, die ich mir in meinen kühnsten Gedankenflügen nicht ausmalen konnte – war die Nachahmungstäterin.

Vielleicht ist Ihnen aufgefallen, daß ich mal wieder viel schneller dachte, als die Polizei erlaubt.

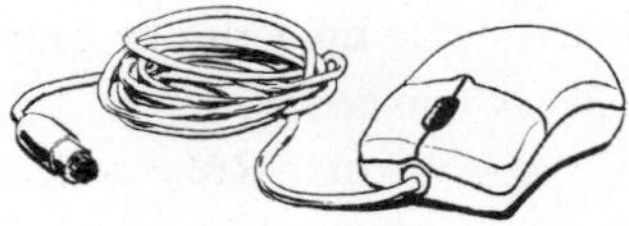

Kapitel 10

Ich begnügte mich zunächst mit einem Durchsuchungsbefehl, noch keinem Haftbefehl, weil ich nicht mal sicher war, ob ich richtig lag, geschweige denn, ob ich je in der Lage sein würde, es zu beweisen. Das Telefon auf meinem Schreibtisch klingelte, während Dutch – höchst unenthusiastisch, weil er meinte, er könnte sich nicht vorstellen, wie wir angesichts der Umstände noch irgendwelche nützlichen Beweise finden sollten – gerade unterwegs war, um den Durchsuchungsbefehl unterschreiben zu lassen, und als ich zum Hörer griff, war ich mit meinen Gedanken eine Million Meilen von irgendwelchen privaten Problemen entfernt. Aber ich wurde ruckartig an sie erinnert, als Donna sagte: »Deb? Bist du das?«

»Ja, was ist los? Geht es Lori schlechter?«

»Nein, anscheinend sogar ein bißchen besser. Zumindest ist sie schon eine Weile richtig unruhig. Deb, der Arzt hat mir neulich was erzählt, und ich hab darüber nachgedacht und wollte dich was fragen. Man hat rausgefunden, wenn jemand, der im Koma liegt, einen Hund oder eine Katze hat und richtig an dem Tier hängt, dann kann dieses Tier manchmal bewirken, daß er aufwacht, wenn ein anderer Mensch das nicht schafft. Der Arzt hat mich gefragt, ob Lori ein Haustier hat, und er hat gesagt, falls ja, könnten wir sie vorübergehend in ein Einzelzimmer verlegen und das Tier zu ihr lassen. Ich hab ihm gesagt, daß sie keins hat, aber heute hab ich so gedacht, daß euer Hund vielleicht –«

»Pat, ja. Ich weiß nicht, wie sehr Lori an ihm hängt, aber er vermißt sie wirklich.«

»Kannst du ihn vielleicht mit ins Krankenhaus bringen? Der Arzt hat gesagt, ich müßte ihm ein paar Stunden vorher Bescheid sagen, damit er sie in ein Einzelzimmer verlegen lassen kann. Ist ja klar, daß ein Hund auf der Intensivstation nicht unbedingt gern gesehen wird.«

»Ich kann aber nicht rechtzeitig da sein, bevor du wegmußt«, sagte ich, »weil ich noch im Dienst bin und eine Hausdurchsuchung machen muß, aber –«

»Ich habe heute nacht frei«, sagte Donna, »also komm einfach, sobald du kannst ...«

»Ich kann dir keine genaue Uhrzeit nennen«, sagte ich, »aber ich werde dasein.«

Dutch kam herein, den Stapel mit Formularen und Anträgen in der Hand. »Wo wirst du sein?«

»Im Krankenhaus. Ich soll meinen Hund hinbringen.«

»Klar«, sagte Dutch. »Du nimmst deinen Hund mit ins Krankenhaus, und die reißen für euch beide die Türen auf und lassen euch reinspazieren.«

»Ja, genau. Ich erklär's dir im Auto.«

Und ich erklärte es ihm, während Dutch zum Haus der Huffmans fuhr. Dann drängten wir beide alle privaten Gedanken in den Hintergrund.

Vielleicht hätte ich vorher anrufen sollen, um sicherzugehen, daß sie von der Beerdigung zurück waren. Aber ich wußte recht gut, wie lange Beerdigungen dauern, und ich wollte sie nun wirklich nicht vorwarnen. Vielleicht war es ein bißchen unter der Gürtellinie, genau an dem Tag mit einem Durchsuchungsbefehl vor Clara Huffmans Haustür aufzutauchen, an dem ihr Mann beerdigt wurde, aber falls noch irgendwelche Beweise im Haus waren, wie lange würden sie dann wohl noch dasein?

Mardee Hamilton stand hinter dem großen Wohnzimmerfenster, die Vorhänge geöffnet, blickte nach draußen und rauchte. Das war keine große Überraschung; und natürlich sah sie uns und kam zur Tür, um uns hereinzulassen. Die große Überraschung war Clara Huffman, die offensichtlich verblüfft aufsah, als wir eintraten.

Sie saß nicht einfach da und tat nichts, wie beim letzten Mal, als ich gekommen war, um sie zu befragen. Sie las, was auch keine Riesenüberraschung war, da ich aufgrund der zahlreichen

Bücher gefolgert hatte, daß entweder sie oder Eric, höchstwahrscheinlich beide, gerne lasen. Was mich jedoch überraschte, war ihre Lektüre – ein Xanth-Roman. Wenn man mich gebeten hätte, eine Liste von Büchern aufzustellen, von denen ich vermutete, daß sie sie *nicht* lesen würde, hätte ich einen Fantasy-Roman mit monströsen Wortspielen wahrscheinlich mit auf diese Liste gesetzt.

Ein Fantasy-Roman, der möglicherweise jemanden auf die Idee mit dem Virus gebracht hatte, durch den ein ganzes Computer-Netzwerk lahmgelegt worden war.

Ich ging zu ihr und setzte mich, ohne etwas zu sagen. Sie sah mich an und dann das Buch und dann mich und dann das Buch.

»Ja, ich hab's rausgefunden«, sagte ich. »Sie haben das Recht zu schweigen …« Nachdem ich die übliche Prozedur hinter mich gebracht hatte, fragte ich: »War es schwer, das Virusprogramm zu schreiben?«

»Ach nein«, sagte sie, »das war kinderleicht. Ich verstehe einiges von Computern. Als Eric den Computer kaufte, sollte der für uns beide sein, aber dann hat er alles an sich gerissen und nur noch vor dem Ding gesessen, und er hatte überhaupt keine Zeit mehr für mich, und ich hatte keine Gelegenheit mehr, am Computer zu arbeiten. Also habe ich mir einiges über Computer angelesen und Programmieren gelernt, und dann habe ich das Virusprogramm geschrieben.« Sie lachte. »Aber mir war nicht ganz klar, daß es auch auf viele andere Computer übergreifen würde. Ich wollte bloß, daß es Erics Computer erwischt. War aber irgendwie lustig.«

»Viele Leute fanden das kein bißchen lustig.«

Sie zuckte die Achseln. »Die haben wahrscheinlich ihre Familien genauso vernachlässigt wie Eric mich. Aber, wissen Sie, das Problem war, daß das Virusprogramm nichts genützt hat. Er hat mich nur noch mehr vernachlässigt, weil er dann natürlich ständig damit beschäftigt war, den Virus loszuwerden. Ich hätte ihm helfen können, aber mich hat er natürlich nicht gefragt.«

»Wenn er Sie gefragt hätte, hätten Sie ihm geholfen?«

»Ich weiß nicht. Vielleicht ja. Aber ich hätte so getan, als müßte ich es erst rausfinden. Bestimmt hätte ich ihm nicht gesagt, daß ich es schon wußte.«

Ich warf einen Blick zu Mardee hinüber. Auf ihrem Gesicht lag keine Spur von Überraschung. Sie wußte es schon; entweder war sie selbst dahintergekommen, oder Clara hatte es ihr irgendwann gestanden.

»Wie soll die Anklage gegen mich lauten?« fragte Clara.

»Das weiß ich noch nicht.« Ich wußte es wirklich nicht. Ich war nicht mit dem Verdacht hergekommen, daß sie ein Virusprogramm geschrieben hatte; ich hätte gedacht, daß das ihre Fähigkeiten weit überstieg. Aber andererseits sah ich sie jetzt zum erstenmal weder unter Schock noch unter dem Einfluß eines Beruhigungsmittels. Ich wußte nicht, seit wann sie das Xanax nicht mehr nahm, aber ich war sicher, daß sie es nicht mehr nahm. »Als Eric dann weiter ständig am Computer saß –«

»– hab ich den Computer natürlich kaputtgemacht.« Ihre Stimme klang ganz ruhig. »Es hatte immer irgendwelche Sachen gegeben, denen er mehr Zeit widmete als mir, aber meistens hatte er nach einer Weile die Lust daran verloren. Der Caravan … die Modelleisenbahn … der CB-Funk … aber immer hatte er nach einer Weile die Lust daran verloren und sich wieder stärker mir zugewandt. Aber der Computer … den hatte er schon fast zwei Jahre und war ihn noch immer nicht satt. Der Computer sollte eigentlich für uns *beide* sein, und statt dessen wurde es *sein* Computer. Da sah ich nur noch eine Lösung, nämlich den Computer kaputtmachen. So kaputtmachen, daß er nicht mehr zu reparieren war.« Sie sah mich an. »Ich bin sicher, *Sie* können das nicht verstehen. Ihr Mann kümmert sich um Sie und nicht um seine Hobbys.«

»Mein Mann«, sagte ich, selbst erstaunt über den eisigen Zorn in meiner Stimme, »war einer von denen, deren Computer von Ihrem Virus erwischt wurde. Im Augenblick sitzt er fast rund um die Uhr vor dem Computer. Davor war es CB-Funk, und er hatte auch schon Angeln, Jagen, Campen, Modelleisenbahnen, ein Flugzeug, das wir uns überhaupt nicht leisten konnten … es gibt kein Hobby, das er nicht schon gehabt hat, und manchmal habe ich die Nase gestrichen voll davon. Aber es ist mir ganz bestimmt noch nie in den Sinn gekommen, seinen Computer umzubringen – oder ihn.«

Clara starrte mich an, total verblüfft. »Sie meinen, ich hätte *Eric* getötet?«

»Haben Sie nicht?«

»Meinst du nicht, du solltest einen Anwalt kommen lassen, bevor du so eine Frage beantwortest?« schaltete Mardee sich ein.

»*Also wirklich*, Mardee!« protestierte Clara. »Man könnte meinen, du denkst, ich hätte Eric tatsächlich ermordet! Nein, natürlich habe ich das nicht. Ich hab den Computer kaputtgemacht, und dann bin ich zum Friseur. Aber das war auch alles. Und ich glaube kaum, daß Sie mir irgendeine Straftat nachweisen können, weil ich nämlich auch ein bißchen was von unserer Rechtsprechung verstehe, und ich hab schließlich bloß einen Virus in den Computer meines Mannes geschleust, und das ist eine private Angelegenheit. Wenn er sich nicht diesem Netzwerk angeschlossen hätte, wäre der Virus auch nie in andere Computer geraten, deshalb trifft mich da überhaupt keine Schuld. Und ich habe seinen Computer kaputtgemacht, aber das war auch eine private Angelegenheit.«

»Nicht, wenn er die Polizei verständigt hat«, sagte ich.

»Hat er aber nicht«, sagte Clara.

»Wenn Sie den Computer zerschlagen haben und dann zum Friseur gefahren sind und er tot war, als Sie zurückkamen, wie wollen Sie dann wissen, daß er nicht die Polizei verständigt hat?« fragte ich.

»Weil er das niemals getan hätte«, sagte Clara. »Ich hab die Axt in seinem Arbeitszimmer gelassen, damit er wußte, daß ich es gewesen war. Und da hätte er niemals die Polizei verständigt.«

»Das stimmt«, sagte Mardee, und in ihrer Stimme schwang eine gewisse Verachtung mit. »Eric hätte die Polizei nicht gerufen, egal, was Clara getan hätte.«

»Warum nicht?« fragte Dutch, der nicht weit von Mardee entfernt stand.

Clara warf den Kopf mit einer Bewegung in den Nacken, die wahrscheinlich ganz effektvoll gewesen war, als sie noch wesentlich längeres Haar hatte. »Weil«, sagte sie, »in Texas die eheliche Gütergemeinschaft gilt und Eric gierig war.«

»Es hätte nichts gebracht«, sagte Dutch im Wagen.

»Das gibt dir trotzdem nicht das Recht, einsam zu entscheiden, daß wir das Haus nicht durchsuchen.«

»Du hast einsam entschieden, daß wir es durchsuchen sollten. Denk doch bitte mal nach, Deb. Was meinst du denn, was du gefunden hättest? Die Arbeitsblätter mit dem Virusprogramm drauf hat sie uns *gegeben.* Die Axt ist beschlagnahmt. Wir haben schon ihre Kleidung mit den Blutspuren sowie eine absolut schlüssige Erklärung für die Blutspuren auf der Kleidung. Seien wir ehrlich, falls sie ihren Mann getötet hat, kommt sie davon, weil wir es ihr nie nachweisen könnten.«

»Dann bist du also bereit, die Hände in den Schoß zu legen und jemanden mit Mord davonkommen zu lassen.«

»Ich weiß nicht, ob sie es war. Und du weißt es auch nicht. Ich weiß nur, falls sie es war, können wir es ihr nicht nachweisen.«

»Das hast du schon viermal gesagt.«

»Wenn ich etwas nur einmal sage, hörst du mir nicht zu. Wir können nicht immer gewinnen. Das weißt du genauso gut wie ich.«

Ich schwieg eine ganze Weile, während Dutch fuhr. Schließlich sagte ich: »Vielleicht können wir ja *den* Mord nicht beweisen, aber vielleicht können wir den anderen beweisen.«

»Welchen anderen?«

»Helen.«

»Wovon redest du? Du selbst hast mir vor nicht mal zwei Stunden gesagt, du wärst sicher, daß der andere eine Nachahmungstat war.«

»Ich weiß, daß ich das gesagt habe. Aber wer hat da was nachgeahmt, und warum? Es muß eine Verbindung zwischen den beiden geben, weil Erics Beil irgendwie hinter Helen's Club gelandet ist. Und ich muß immer noch daran denken, was Clara gesagt hat.«

»Was sie wozu gesagt hat?«

»Zu Eric. Sie hat gesagt: ›In Texas gilt die eheliche Gütergemeinschaft, und Eric war gierig.‹ Also, damit meint sie wohl, daß sie Gründe für eine Scheidung hat – oder hatte –, und Eric nicht wollte, daß sie sich die zunutze macht.«

»Man braucht heutzutage keine Gründe mehr für eine Scheidung, oder weißt du nicht, daß das Schuldprinzip abgeschafft ist?«

»Das gilt aber nur, wenn beide Seiten zustimmen. Aber sie hätte genausowenig zugestimmt wie unser Eric. Was bedeutet, sie hätte Gründe gebraucht, wenn sie die Scheidung gewollt hätte.«

»Tja, aber vielleicht war sie ja die gierigere von beiden. Was ist denn so gierig daran, daß Eric das Geld behalten wollte, das er verdient hatte?«

»Ich werde einfach das Gefühl nicht los, daß ich irgendwas übersehen habe«, sagte ich kläglich. »Das hab ich schon mal gehabt, und dann haben wir die Axt gefunden … das Beil meine ich. Danach hatte ich immer noch dieses Gefühl, und dann ist mir das mit dem Computer aufgefallen.«

»Was denn?« sagte Dutch.

»Das mit dem Computer. Weißt du doch. Hab ich dir erzählt. Der eine ist vor dem Mord zerschlagen worden und der andere hinterher.«

»Es ist aber weit hergeholt, wenn du deshalb meinst, wir hätten es mit einem Nachahmungstäter zu tun«, meinte Dutch, der vor einer roten Ampel anhielt.

»Wieso?«

»Ganz einfach. Wenn du jemanden umbringen und seinen Computer zerstören willst, dann fängst du mit dem Menschen an, wenn er da ist; wenn er nicht da ist, fängst du eben mit dem Computer an.«

Das klang plausibel, aber ich war so müde, daß ich es nicht zugeben wollte. Es gab gar keinen richtigen Grund für mich, so müde zu sein; es war erst kurz nach Mittag, aber ich war es trotzdem.

Zum Donnerwetter, ich würde mir heute nachmittag ein paar Überstunden nehmen, komme, was da wolle. Wenn ich richtig damit lag, wer die beiden Morde begangen hatte – und warum –, bestand ohnehin keine Gefahr für jemand anderen, und ich mußte einen Hund zum Krankenhaus bringen.

Überraschung! Diesmal wirklich. Captain Millner war einverstanden, daß ich ein paar Überstunden abfeierte, vorausgesetzt, ich erledigte vorher noch ein paar Dinge. Kleinigkeiten.

Also machte ich das Schaubild fertig, was mich bloß eine halbe Stunde kostete und mir zu keinen neuen Erkenntnissen verhalf. Ich suchte die passabelsten Fotos der beiden Opfer zusammen – wir hatten welche aus unterschiedlichen Zeiten und von unterschiedlichen Orten sichergestellt –, damit ich sie morgen parat hatte, weil ich sicher war, wenn ich den richtigen Leuten die richtigen Fragen stellte, würde ich die Verbindungen finden, nach denen ich suchte.

Und dann fuhr ich nach Hause, fütterte Cameron und legte ihn ins Bett, damit er ein Nickerchen machte (eigentlich hätte Harry das schon getan haben sollen, aber er war zu beschäftigt damit, den Rückstand in seinem Studium aufzuholen), fütterte Harry und mich und legte mich selbst ins Bett, um ein Nickerchen zu machen.

Was ich meiner Meinung nach völlig verdient hatte.

Ich wurde wach, als Hal polternd von der Schule kam. Wenn er nicht von einem Freund mitgenommen wird, in welchem Fall er früher als sonst kommt, oder aus irgendwelchen Gründen nachsitzen muß, in welchem Fall er später als sonst kommt, steigt er so gegen Viertel vor vier vor unserem Haus aus dem Schulbus. Er kommt rein und nimmt eine Kleinigkeit zu sich – ein paar Sandwiches mit Erdnußbutter und gut einen Liter Milch –, bevor er wieder irgendwohin loszieht – seit zwei Wochen natürlich ausschließlich ins Krankenhaus.

»Hal«, sagte ich, »Lori wird heute in ein Einzelzimmer verlegt, damit wir Pat zu ihr bringen können. Also warte doch noch und fahr dann mit mir zusammen hin.«

»Du willst den Hund ins Krankenhaus bringen?« fragte Hal zurück. »Wieso denn das?«

»Der Arzt meint, der Hund könnte sie vielleicht wach bekommen.«

»Ach, hör doch auf«, sagte Hal.

Ehrlich gesagt, ich sah das ähnlich. Aber wenn es auch nur eine kleine Chance gab, daß das funktionierte – »Fährst du nun mit mir?« fragte ich.

»Nein, ich mach mich jetzt schon auf die Socken«, sagte er, »vielleicht kann ich ja dabei helfen, sie zu verlegen.«

Sogar er wußte, daß dem nicht so sein würde, aber das sagte ich ihm nicht. »Gut, aber hol noch rasch die schmutzige Wäsche aus deinem Zimmer, dann kann ich noch ein, zwei Maschinen anschmeißen, bevor ich nachkomme.«

»Okay«, sagte er. Als er seine Jacke auf den Couchtisch warf, rutschte ein buntes Polaroidfoto heraus.

Ich hob es auf. Es zeigte Lori und Donna, und es sah aus, als wäre es erst vor kurzem aufgenommen worden. »Wo hast du das her?« fragte ich.

»Hat mir ein Armadillo geschenkt.« Er flitzte davon in Richtung seines Zimmers.

Man möge mir verzeihen, daß ich meinem Sohn hinterherschaute, als hätte er nun vollkommen und endgültig den Verstand verloren. Schließlich ist ein Armadillo bei uns in Texas eine Art Gürteltier. »Du hast das Foto von einem Gürteltier bekommen?«

»Ach, Mom«, sagte er entnervt und blieb im Durchgang zur Diele stehen. »Doch nicht so ein Gürteltier-Armadillo. Ein Armadillo.«

Der Unterschied war mir absolut unklar.

»Einer von diesen Typen«, sagte er. »Du weißt schon. Eben ein Armadillo.«

»Hal, würdest du mir bitte erklären, was du mit ›ein Armadillo‹ meinst?«

Er holte tief Luft, offensichtlich erschüttert über die totale Begriffsstutzigkeit von Erwachsenen. »Okay, du erinnerst dich doch an diese Red Berets, diesen Verein von Stadtguerillas, oder wie immer sie sich nannten? Weshalb diese Lisa Sliwa oder Silwa, oder wie immer sie hieß, sich so aus dem Fenster gehängt hat?«

»Doch, ich erinnere mich«, sagte ich vorsichtig. »Aber was bitte hat das mit Armadillos zu tun?«

»Okay, also, wir Jugendlichen hängen doch gern in den Malls rum.«

»Das ist mir schon aufgefallen, aber was hat das mit –«

»Okay, und manche Jugendliche hängen da nicht bloß rum, sondern benehmen sich wie Idioten, und manchmal wollen die Geschäftsleute dann keine Jugendlichen mehr da haben, weil ein paar Idioten dabei sind.«

»Okay, aber –«

»Mom, läßt du mich jetzt mal zu Ende reden?« erwiderte er, wobei er sich plötzlich ganz wie ich anhörte, wenn entweder Harry oder Captain Millner andauernd meine Erklärung unterbrechen, weil sie eine Erklärung haben wollen.

»Okay«, sagte ich. »Tut mir leid. Entschuldigung. Sprich weiter.«

»Also haben sich ein paar Jugendliche zusammengetan, und das war irgendwie auch lustig gemeint. Es gibt doch diese Ninja Turtles, und da haben sie sich Ninja Armadillos genannt, weil wir hier doch diese Gürteltiere haben ...«

Das mußte er mir nicht extra erklären. Texas war, soweit ich wußte, der einzige Staat in den Vereinigten Staaten, in dem es Gürteltiere gibt. Irgendwann mal hatten die Tierchen ihr Verbreitungsgebiet nach Norden ausgedehnt, bis nach Oklahoma, aber dann waren sie wieder Richtung Süden gewandert. Ich persönlich bin nicht der Ansicht, daß Gürteltiere etwas sind, womit man angeben kann – sie sind blöd, sie stinken, und sie übertragen Lepra –, aber einige Leuten scheinen sie richtig zu mögen.

»... okay, und wenn die Armadillos Kids erwischen, die sich in den Malls wie Idioten aufführen, machen sie Fotos von ihnen. Und dann finden sie raus, wer sie sind, und schicken ihnen die Fotos zu. Und sie sagen ihnen, wenn sie sich weiter so idiotisch benehmen, würden sie die Fotos an die Eltern schicken oder sogar an die Polizei, wenn sie sich wie absolute Vollidioten aufführen, du weißt schon, wenn sie klauen und so.«

»Anders ausgedrückt, sie praktizieren eine leichte Form von Erpressung«, sagte ich.

»Na ja, was sollen sie sonst machen? Sie wollen doch nur, daß die Leute sich anständig benehmen.«

Ich nahm das Foto wieder in die Hand. »Aber Lori und Donna haben sich doch bestimmt nicht wie Idioten aufgeführt.«

»Nein, natürlich nicht. Das war ...« Er schluckte. »Das war genau an dem Tag, als Lori angefahren worden ist. Sie, Lori und ihre Mom, waren beide im Tandy Center und in der Bibliothek. Sie hatten ein paar Einkäufe und so gemacht, und dann haben sie zwischendurch einen Happen gegessen, und ein Armadillo hat sie gesehen und nur so aus Spaß ein Foto von ihnen gemacht. Und vor ein paar Tagen hat er mitgekriegt, daß Lori noch immer im Krankenhaus ist, und er hat sich gedacht, daß ich das Foto gerne hätte, und da hat er es rausgesucht und mir heute gegeben. In der Schule. Und er hat sich erkundigt, wie es Lori geht. Ich hab ihm gesagt, daß ich es nicht weiß. Was anderes konnte ich ihm ja nicht sagen.«

Ich sah mir das Foto noch einmal genauer an. Jetzt erkannte ich, wo es aufgenommen worden war – Tandy Center ist eine Mall im Stadtzentrum. Von dort kann man durch einen unterirdischen Tunnel in die Bibliothek gehen, man kann sich auch durch einen noch längeren Tunnel mit einem Shuttle-Dienst zu einem weiter entfernten Parkplatz bringen lassen, und man kann über eine Fußgängerbrücke in ein edles und teures Hotel gelangen. Dieses Bild war in einer Snackbar auf der oberen Ebene aufgenommen, nicht weit von der Fußgängerbrücke entfernt.

Und dann erstarrte ich, das Bild noch in der Hand. Hinter Donna und Lori waren mehrere Menschen zu sehen, die offenbar gerade von der Fußgängerbrücke kamen. Zwei von ihnen, die Cocktailgläser hielten und die Arme umeinander gelegt hatten, kamen mir sehr bekannt vor.

Helen Thorne und Eric Huffman.

Ich hatte meine Verbindung.

»Hal, ich brauche dieses Bild«, sagte ich.

Er griff danach. »Mom, das kannst du nicht –«

»Hal, ich verspreche dir, ich fahr damit direkt zum Fotoservice und lasse einen Abzug machen, und du kriegst das Original sofort zurück, und ich passe gut drauf auf. Aber ich brauche dieses Bild. Und ich brauche den Namen und die Anschrift von dem Armadillo, der es aufgenommen hat, und ich muß mit diesem Armadillo reden. Es ist extrem wichtig.«

»Versprichst du mir, daß ich es wiederkriege?«

»Hab ich schon versprochen. Wie heißt der –«?»

»Der Armadillo? Ach, weiß ich nicht mehr, aber den sehe ich oft in der Schule.«

»Wenn du ihn siehst, sag ihm, er soll mich zu Hause oder im Präsidium anrufen, egal wo, und zwar so bald wie möglich.«

Ich schob das Bild in meine Brieftasche. Jetzt mußte ich nur noch den Polizeibeamten auftreiben, der am Mordtag zum Haus der Huffmans gefahren war, damit er mir bestätigte, daß zu dem Zeitpunkt, als er das Haus wieder verließ, Eric Huffman noch lebte …

Ich rief die Zentrale an.

Die hatten noch immer keinen Eintrag gefunden.

Ich rief im Methodist Hospital an.

»Um fünf Uhr bringen sie sie in das Einzelzimmer«, sagte Donna. »Und sie haben alles vorbereitet, damit du den Hund mit reinbringen kannst. Du mußt bloß unten am Empfang Bescheid sagen, dann geht ein Wachmann mit dir mit, damit alle wissen, daß das in Ordnung ist.«

»Ich bin um fünf Uhr da, mit Hund und allem«, versprach ich und hatte die Wäsche, die ich eigentlich noch waschen wollte, völlig vergessen. Ich sah auf meine Uhr. Wenn ich jetzt losfuhr, hatte ich vielleicht noch Zeit, mich ein bißchen in der Huffmanschen Nachbarschaft umzutun und ein paar Fragen zu stellen, die Dutch am Tag des Mordes noch nicht hatte stellen können.

Vermutlich hätte ich mir lieber die Zeit nehmen sollen, Pat zu baden, aber das bringt eigentlich nie was, weil er sich anschließend sofort wieder im Dreck wälzt. Also sollte er ruhig sein wahres Hundewesen zeigen – und überhaupt, Lori hatte ihn so viele Male am Halsband gepackt, um ihn irgendwo hin zu befördern, wo er gar nicht hinwollte, daß Hundemief ihr ziemlich vertraut war, und wer weiß, vielleicht gehörte der Tiergeruch ja zu dem Gesamteindruck, der ihr beim Aufwachen helfen würde.

Aus Dutchs Bericht ging hervor, daß die Nachbarin, die angegeben hatte, einen Polizeiwagen gesehen zu haben, eine gewisse Sharon McCandless war und schräg gegenüber wohnte. Ich rief nicht vorher an. Ich fuhr einfach hin und ließ Pat unglücklich jaulend im Auto zurück, die Fenster so weit hochgekurbelt, daß er nicht raus konnte, aber nicht so hoch, daß er Gefahr lief zu ersticken, obwohl ich nicht annahm, daß das Risiko bei diesem Wetter überhaupt bestand.

Das McCandless-Haus war einladend und elegant zugleich, genau die Wirkung, die Clara Huffman wahrscheinlich anstrebte und knapp verfehlte. Es sah yuppie-mäßig aus, aber nicht protzig yuppie-mäßig. Das Haus war gut geschnitten, zweckmäßig und ästhetisch zugleich, und die Einrichtung wirkte geschmackvoll und gemütlich. Ich vermutete, daß Sharon McCandless, die schätzungsweise zehn Jahre jünger war als ich, das Geld hatte, eine Köchin und eine Wirtschafterin zu bezahlen, das aber nicht wollte, wie Becky und Olead. Ich zog mir einen Hocker an die Frühstückstheke und stellte meine Fragen, während sie Zwiebeln und Paprika für die Spaghetti würfelte, die sie gerade zubereitete. »Normalerweise hätte ich es gar nicht mitbekommen«, sagte sie, »weil ich sonst um die Tageszeit immer im Haus zu tun habe, aber ich war einkaufen gewesen und gerade dabei, die Sachen aus dem Wagen zu laden.«

»Und das Polizeiauto parkte vor dem Haus der Huffmans?«

»Richtig.« Sie wischte sich mit dem Handrücken eine verirrte Haarsträhne aus der Stirn.

»Um wieviel Uhr war das?«

»Na, so gegen drei, Viertel nach drei. Kurz bevor es anfing zu regnen. Fragen Sie doch bei Ihren Kollegen nach. Es muß doch einen Bericht oder so was in den Unterlagen geben.«

»Den gibt es bestimmt«, sagte ich, »aber der wurde anscheinend falsch abgelegt, und keiner weiß, welcher Beamte um diese Zeit hier rausgekommen ist. Und ich muß unbedingt mit ihm sprechen.«

»Mit ihr«, sagte Mrs. McCandless.

»Verzeihung, mit ihr. Ist Ihnen vielleicht zufällig eine Nummer auf dem Wagen aufgefallen?«

»Oh nein, so ein Polizeiwagen war das nicht«, sagte Mrs. McCandless. »Bloß ein Auto. Relativ klein und nicht ganz neu.«

Ich starrte sie ziemlich ratlos an. Das änderte natürlich alles. Denn wenn es ein ziviler Polizeiwagen gewesen war, hätte auch die Polizeibeamtin in Zivil sein müssen. Eine uniformierte Polizeibeamtin in einem normalen Auto – vor allem in einem, das klein und nicht ganz neu war – und vor allem um drei oder Viertel nach drei – war eine Polizeibeamtin auf dem Weg zur Arbeit, die einen kurzen Besuch macht oder private Ermittlungen durchführt. Das bedeutete, es würde keinen Bericht geben. Und das bedeutete, wenn der Kollegin nicht von allein klar wurde, daß ich mit ihr sprechen mußte – und wenn das der Fall gewesen wäre, hätte sie es wahrscheinlich schon getan –, würde ich wohl bei sämtlichen uniformierten Polizistinnen in Fort Worth und vermutlich auch in vielen anderen Verwaltungsbezirken in der Gegend nachfragen müssen.

Es sei denn, Clara oder Mardee konnten mir sagen, welche Polizistin Eric am Tag seines Todes vielleicht eine halbe Stunde lang besucht haben könnte. Da ich den Durchsuchungsbeschluß ja gar nicht erst vorgezeigt hatte und sie nicht wußten, daß ich einen hatte, waren sie vielleicht noch nicht so wütend auf mich, daß sie sich strikt weigerten, überhaupt noch mit mir zu sprechen.

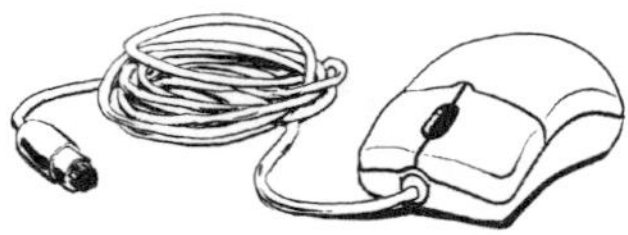

Kapitel 11

Mardees Wagen war weg; offensichtlich traute sie Clara nun wieder zu, Auto zu fahren. Und ich hoffte wirklich, daß diese Einschätzung richtig war, denn als ich die Straße überquerte, stieg Clara aus einem grauen Lincoln, den sie vor dem Haus geparkt hatte, marschierte zurück in die Garage und setzte einen zweiten grauen Lincoln rückwärts heraus, den sie direkt hinter dem ersten abstellte, als ich auf den Bürgersteig trat.

Sie stieg aus und sah mich an. »Einer gehört mir und einer Eric«, sagte sie. »Ich versuche gerade zu entscheiden, welchen ich abstoßen soll. Was meinen Sie?«

Die beiden sahen praktisch identisch aus, nur daß der eine einen eingebeulten Kotflügel hatte. »Wenn ich Sie wäre, würde ich wohl den hier abstoßen«, sagte ich.

»Das hab ich mir auch gedacht. Das ist Erics. Dann behalte ich also meinen. Aber den mag ich eigentlich auch nicht sonderlich. Ich finde, ein Auto sollte eine hübschere Farbe haben. Was meinen Sie?«

»Dann stoßen Sie doch einfach beide ab, und kaufen Sie sich ein hübsches Auto, wenn Sie das wollen.«

»Ich überlege, ob ich eine Kreuzfahrt zu den Bahamas machen soll. Was meinen Sie?«

»Ich meine, Sie sollten lernen, selbst zu bestimmen, was Sie meinen, anstatt andere danach zu fragen. Überhaupt, Sie dürfen Fort Worth jetzt noch nicht verlassen.«

Sie sah mich spöttisch an. »Weil Sie immer noch meinen, ich hätte Eric umgebracht?«

»*Irgendwer* hat Eric umgebracht«, stellte ich klar.

»Ich sag Ihnen doch schon die ganze Zeit, daß es dieser gräßliche Junge war.«

»Ich glaube nicht, daß er es war.«

»Tja, sonst hatte aber keiner einen Grund, oder?«

Ich verschränkte die Arme vor der Brust. »Vielleicht hatten *Sie* einen Grund. Sie hatten es satt, von Eric ignoriert zu werden, und Sie wollten ein ostereierbuntes Auto anstatt eines grauen Autos, und Sie wollten eine Kreuzfahrt zu den Bahamas anstatt einer Wochenendtour im Wohnmobil zum Amateurfunkertreffen.«

»Das stimmt«, sagte Clara. »Aber ich habe Eric nicht getötet, damit ich das alles kriege. Das wäre töricht gewesen. Er ist – er war soviel älter als ich, und er hatte ein schwaches Herz. Ich mußte doch bloß abwarten.«

»Das klingt aber etwas skrupellos.«

»Oh, das war es auch«, sagte Clara. »Aber es ist trotzdem die Wahrheit. Weswegen sind Sie denn diesmal hier? Wollen Sie noch immer herausfinden, wer Eric getötet hat? Falls ja, ich war es noch immer nicht.«

»Eigentlich möchte ich diesmal etwas anderes herausfinden«, sagte ich.

»Und das wäre? Ich habe nicht den ganzen Tag Zeit. Ich muß den Autohändler anrufen, damit er diesen eingebeulten Wagen hier abholt.«

»Wie ist denn das eigentlich passiert?« fragte ich.

»Wollten Sie mich *das* fragen?«

»Nein, rein interessehalber.«

Clara betrachtete den Kotflügel. »Ich weiß nicht. Er hat's mir nicht erzählt. Wenn *ich* eine Beule in den Kotflügel gefahren hätte, hätte ich mir eine Woche lang sein Geschrei anhören müssen. ›Frau am Steuer!‹ Aber wenn *er* einen Kotflügel eingebeult hat, hat er mir natürlich gar nichts davon erzählt. Ich hab die Beule erst gesehen, als ich vorhin den Wagen rausgefahren habe.«

»Dann ist das vielleicht passiert, als er an dem Morgen zum Golfplatz gefahren ist«, mutmaßte ich.

»Er ist nicht zum Golfplatz gefahren«, sagte Clara.

»Woher wissen Sie das, wenn Sie gar nicht zu Hause waren?« fragte ich.

»Weil ich gehört habe, wie er Will Eubanks angerufen und ihn gebeten hat, ihn abzuholen«, sagte Clara. »Das war, bevor ich zum Friseur gefahren bin. Außerdem war ich noch da, als er abgeholt wurde. Ich bin erst eine Stunde später oder so gefahren. Ich weiß nicht, wann das passiert ist. In den letzten zwei Wochen war er nicht viel unterwegs, und wenn er mal wegmußte, hat er meinen Wagen genommen. Ich fand das ziemlich egoistisch von ihm. Was meinen Sie?«

»Zweifellos«, sagte ich. »Also, was ich Sie fragen wollte –«

»Nun machen Sie schon«, sagte Clara.

Ich atmete einmal tief durch. Seltsamerweise fand ich Clara jetzt sympathischer als vorher; anscheinend waren Clara mit Mardee und Clara ohne Mardee zwei unterschiedliche Frauen. Das hieß jedoch nicht, daß ich Clara nicht mehr des Mordes an ihrem Mann verdächtigte; es gibt Mörder, die sind richtig sympathisch.

»So gegen drei Uhr«, sagte ich, »bevor Sie nach Hause kamen, ist eine uniformierte Polizeibeamtin hier gewesen und etwa eine halbe Stunde lang geblieben. Wir müssen mit ihr reden, aber wir wissen nicht, wer es war. Zuerst dachten wir, Eric hätte die Polizei angerufen, und wir haben uns gewundert, weil wir keinen Bericht finden konnten, doch nun hat sich herausgestellt, daß die Frau mit ihrem eigenen Wagen hier war, wahrscheinlich auf dem Weg zur Arbeit. Also, kannte Eric eine Polizistin, die ihn möglicherweise auf ihrem Weg zur Arbeit besucht haben könnte?«

»Eric kannte weder Polizistinnen noch Polizisten«, antwortete Clara prompt. »Er hat ausschließlich im Zivilrecht gearbeitet, und wir hatten einfach nie Gelegenheit, mal jemanden von der Polizei kennenzulernen. Wer hat Ihnen das denn überhaupt erzählt? Diese McCandless von gegenüber? Ich hab gesehen, daß Sie aus ihrem Haus gekommen sind.«

»Sie war eine von den –«

»Die hat nämlich soviel mit ihren Kindern um die Ohren,

daß sie alle möglichen Dinge sieht, real oder nicht real, oder alle möglichen Dinge *nicht* sieht, real oder nicht real. Hier war keine Polizistin. Es gibt keinen *Grund*, warum eine hiergewesen sein sollte. Wir kennen keine, und wegen des Computers hätte Eric niemals die Polizei angerufen. Er hätte mich bloß ein paar Wochen lang angeschrien. Mehr nicht. Mehr hat er auch nicht gemacht, als ich –«

Sie verstummte abrupt.

»Als Sie was?« fragte ich.

»Als ich seine Modelleisenbahn kaputtgemacht habe«, gestand sie. »Mit der hat er sich auch zuviel abgegeben.«

»Clara Huffman, Sie sind eine sehr eifersüchtige Frau«, sagte ich.

»Er wollte nicht, daß ich Kinder bekomme«, sagte Clara. »Und wenn er schon nicht wollte, daß ich Kinder bekomme, dann schuldete er mir wenigstens etwas Zeit.«

»Wollten Sie denn Kinder?«

»Ach, nein«, sagte Clara, »aber wenn ich welche gewollt hätte, hätte er mich keine haben lassen. So, jetzt muß ich aber los.«

»Gut«, sagte ich, »ich fahr dann auch.« Meine alte Antipathie gegen diese höchst unlogische Frau war zurückgekehrt.

Ich hatte mir Mardees Anschrift notiert, und sie wohnte nicht weit entfernt. Falls irgendwer von Erics Bekanntschaft mit dieser Polizeibeamtin wußte, so dachte ich mir, dann war das wahrscheinlich ohnehin Mardee, nicht Clara.

Aber Mardee Hamilton war nicht zu Hause. Ich würde morgen mit ihr sprechen müssen. Ach, na ja, es war sowieso Zeit für mich, zum Krankenhaus zu fahren.

Ich hatte keine Schwierigkeiten, Pat rauf zur Intensivstation zu bringen, nachdem ich mich, wie Donna gesagt hatte, unten am Empfang gemeldet hatte, damit ein Wachmann mich hinaufbegleitete. Pat trabte einigermaßen wohlerzogen neben mir her, drückte sich gelegentlich gegen meine Beine und machte keinerlei Anstalten, irgendwen aufzufressen, nicht mal den uniformierten Wachmann, und ich muß zugeben, da hatte ich so meine Bedenken gehabt. Pat mochte das Krankenhaus nicht; es roch ihm zu sehr nach Tierarztpraxis. Aber als wir Loris Zimmer betraten, winselte Pat plötzlich und zog mich vorwärts. Sogar trotz der medizinischen Gerüche und den unbekannten Leuten hatte er Lori erkannt, und er wollte zu ihr aufs Bett. Donna, Hal und ich interessierten ihn überhaupt nicht.

Lori war vorübergehend von den meisten Drähten und Schläuchen befreit worden; anscheinend hatte man im Krankenhaus bereits festgestellt, daß Hunde und Drähte und Schläuche nicht gut harmonieren. Pat stellte die Vorderpfoten aufs Bett, aber seine Größe reichte nicht ganz, um den Kopf auf ein hohes Krankenhausbett zu legen. »Können wir das Bett ein Stück runterlassen?« fragte ich Donna.

Noch bevor sie antworten konnte, ließ Hal das Bett schon herunter. Dieses Manöver schien Pat extrem zu verwirren, denn er ließ sich wieder auf den Boden sinken, bis das Bett tief genug war; dann legte er sowohl Vorderpfoten als auch Kopf aufs Bett, winselte Lori an und begann, ihr Gesicht abzulecken. Sie drehte den Kopf jäh weg. Das war sehr ermutigend.

»Ich kann nicht hinsehen«, sagte Donna. »Ich mag keine Hunde. Ich weiß, daß Lori Hunde mag, aber ich nicht.« Sehr entschlossen sagte sie: »Laß uns über was anderes reden. Wie läuft es mit Harrys Studium?«

»Ganz gut. Ich verstehe nicht viel davon.«

»Wie … äh … läuft's mit deinem Fall?«

Ich zuckte die Achseln. »Verwirrend. Ich dachte, ich wüßte, wer es war, aber jetzt bin ich mir nicht mehr sicher. Da war eine Polizistin gegen drei Uhr im Haus, und ich muß sie finden und mit ihr reden. Anscheinend war sie nicht im Dienst, weil sie mit dem eigenen Wagen da war, aber meine Zeugin kann das Auto nicht gut beschreiben. Aber sie trug Uniform. Wenn ich erst mal mit ihr geredet habe …«

Ich stockte. Donna sah mich an. Sah mich unverwandt an, mit einem Ausdruck im Gesicht, der absolut unergründlich war. Und dann, plötzlich, paßte alles zusammen. Pat am Tatort, der den blutigen Fußabdrücken folgt und versucht, in ein Polizeiauto zu springen. Ein Stück graue Farbe von dem Auto, das Lori angefahren hatte. Ein eingebeulter Kotflügel an einem grauen Lincoln vor dem Haus eines Ermordeten. Ein Foto, das belegt, daß die beiden Opfer trinkend, vielleicht zu betrunken, um Auto zu fahren, zeitlich und räumlich ganz in der Nähe der Stelle waren, wo Lori angefahren wurde.

Ich wollte es nicht wissen. Ich wollte nicht sicher sein. Aber ich wußte es, und ich war sicher. Nicht der Wagen hatte es mir verraten, auch nicht der Lacksplitter, noch nicht mal das Foto, obwohl es mir vielleicht schon die Augen hätte öffnen müssen.

Nein, Donna selbst verriet es mir, mit diesem Ausdruck im Gesicht, mit ihrer plötzlichen unerreichbaren Ruhe.

»Hal«, sagte ich, erstaunt, daß meine Stimme so fest klang, »geh nach unten in die Cafeteria und hol mir eine Cola.«

»Ach, Mom! Jetzt sofort? Lori wacht gleich auf –«

»Jetzt sofort«, sagte ich, und etwas in meiner Stimme muß ihm wohl signalisiert haben, daß es besser war, mir nicht zu widersprechen, weil er aufstand und ging. Sobald er außer Hörweite war, sagte ich: »Donna, was hast du getan?«

»Du weißt, was ich getan habe«, sagte Donna, wandte sich von mir ab und sah zum Bett hinüber, wo Pat Lori noch immer durchs Gesicht leckte. »Ich hab mir das Kennzeichen gemerkt. Ich wollte es den ermittelnden Kollegen geben, aber dann hab ich gedacht: Nein, das mache ich nicht. Der Fahrer kommt ja doch so gut wie ungeschoren davon. Und dann hab ich gedacht: Wenn Lori aufwacht, gebe ich den Kollegen das Kennzeichen. Aber sie ist nicht aufgewacht. Sie ist nicht aufgewacht. Also hab ich selbst im Computer nachgesehen, wem der Wagen gehört. Und dann bin ich hingefahren. Ich wollte ihm nichts tun. Ich wollte bloß mit ihm reden. Mehr nicht, bloß mit ihm reden.

Ich hab ihn gefragt, warum er einfach weitergefahren ist. Er hat gesagt, es hätte doch nichts genützt, wenn er angehalten hätte, und seine Freundin wäre im Wagen gewesen. Ich hab ihn dazu gebracht, mir zu verraten, wer seine Freundin war. Er hat gesagt … Deb, er hat gesagt, es täte ihm leid. Für mich, für meine Tochter. Aber er hat gesagt, ich könnte doch bestimmt nachvollziehen, warum er nicht angehalten hat. Er hat gesagt: ›Ich möchte Ihnen was zeigen.‹ Dann ist er mit mir in das Zimmer gegangen, wo sein Computer total demoliert war. Er hat gesagt: ›Mit so einer Frau lebe ich zusammen. Sehen Sie sich an, was sie mit meinem Computer gemacht hat. Wenn ich angehalten hätte … wenn sie erfahren hätte, daß ich mit Helen zusammen war … dann hätte sie noch mehr Munition, die sie gegen mich verwenden könnte. Und ich hab gesehen, wie das Mädchen durch die Luft geflogen ist, als mein Wagen sie erfaßt hat. Es hätte nichts genützt, wenn ich angehalten hätte. Das verstehen Sie doch bestimmt.‹ Er hat getrunken. Er hat viel getrunken. Deb, ich hatte nicht vor, ihm was zu tun. Ich wollte ihm nichts tun. Das Beil … das Beil war schon da, im Zimmer. Ich hatte es nicht mitgebracht. Ich hab es aufgehoben, weil er den … den gleichgültigsten Ausdruck im Gesicht hatte, den ich je gesehen habe. Und ich war so wütend … so wütend … mein Mann war tot, wegen so einem unfallflüchtigen Fahrer, und meine Tochter lag im Sterben, und der erwartete von *mir*, daß ich verstehen sollte, warum er nicht angehalten hatte … und ich hab einfach zugeschlagen … und es war, als könnte ich nie wieder aufhören. Ich hatte nicht vor, ihn zu töten. Aber dann, danach … hab ich mir gedacht … wenn es ihm gar nichts ausgemacht hat, wenn er fertiggebracht hat, Lori zwölf Meter durch die Luft zu schleudern und dann nicht mal anzuhalten … dann hatte er es verdient zu sterben … so zu sterben … und die Frau in dem Wagen, seine Freundin, sie hätte ihn zwingen können anzuhalten. Ich habe es nicht getan, weil sie Lori angefahren hatten. Er war angetrunken gewesen, und dafür hätte er bestraft werden sollen, aber deshalb habe ich es nicht getan. Ich habe es getan, weil sie nicht *angehalten* haben.«

»Also hast du sie auch getötet.«

Donna nickte. »Ich hab das Beil mitgenommen, als ich aus dem Haus ging, in einer Papiertüte. Ich wußte, wann ich sie allein im Club erwischen würde, weil ich sie da oft gesehen habe. Der liegt in meinem Bezirk. Andy Ryan hat die zweite Schicht.«

»Ja, ich weiß. In der Nacht hatte er denselben Wagen, den du hattest.«

Sie lächelte traurig. »So was fällt auch nur dir auf.«

»Ich weiß es, weil ich Pat auf die Blutspur angesetzt hatte. Er wollte unbedingt in den Polizeiwagen. Zweimal.«

Donna sah Pat an, der noch immer Loris Gesicht leckte. »Ich hab Hunde noch nie gemocht. Es hat mir aber leid getan, daß Andy die Leiche finden mußte. Es sah schlimm aus. Ich hatte gedacht, der Junge würde es melden, aber das hat er dann wohl doch nicht getan.«

»Dieser Junge. Shane. Du hast ihn in jener Nacht die Gasse hinuntergejagt und ihn dann später angerufen.«

Sie nickte wieder. »Hal hatte ihn mit hergebracht, um Lori zu besuchen. Da hab ich ihn wiedererkannt. Er hat mich nicht erkannt. Aber vielleicht wäre er drauf gekommen. Ich wollte ihm nichts tun. Ich bin nicht hinter ihm hergerannt, um ihm was zu tun. Ich wollte ihn bloß verscheuchen. In der Nacht, und danach durch meinen Anruf. Mehr nicht.« Wieder wandte sie sich um und sah zu Lori hinüber. »Sie haben gelacht, in dem Wagen.«

»Eric und Helen?«

»Ja. Die. Ich hab sie lachen sehen. Kurz bevor sie Lori angefahren haben – sie haben gelacht. Also habe ich ihn getötet. Und dann habe ich sie getötet und ihren Computer genauso demoliert, wie es der andere gewesen war. Ich hatte einen Grund, wütend auf sie zu sein, aber keinen Grund, wütend auf die Computer zu sein. Deshalb hab ich mir gedacht, das würde die Polizei auf eine falsche Spur bringen. Und das hätte auch geklappt, bei jedem anderen, nur nicht bei dir.«

»Stimmt. Es hätte geklappt. Es hat mich auch auf eine falsche Spur gebracht. Ich wäre nie drauf gekommen … Donna, wie hast du es geschafft, pünktlich zur Arbeit zu kommen? Du mußt doch von oben bis unten voller Blut gewesen sein –«

»Ich hab in meinen Sachen geduscht«, sagte sie. »Bevor ich aus dem Haus ging, seinem Haus. Keiner hat was gemerkt. An dem Tag hat es geregnet, und ich bin klatschnaß und fünfzehn Minuten zu spät zur Dienstbesprechung erschienen, und ich hab gesagt, ich hätte mein Auto weit weg geparkt und wäre vier Blocks gelaufen. Keiner hat was gemerkt. Es hat geregnet. Es hat geregnet bis halb fünf.«

»Donna, was soll ich denn jetzt machen?« fragte ich gequält. »Was soll ich jetzt mit dir machen … wegen dir?«

»Du mußt gar nichts machen«, sagte sie. »Ich werde es machen. Ich kann nicht ins Gefängnis gehen, Deb, das weißt du. Du weißt, was sie mit Cops im Gefängnis machen.«

Ich wußte es. Aber ich wollte es nicht wissen. »Donna, du könntest auf Totschlag plädieren –«

»Du weißt, daß das nicht geht.«

Sie hatte recht. Ich wußte, daß das nicht ging.

Aber sie redete weiter. »Bei dem ersten – vielleicht. Ich weiß nicht. Vorübergehende Unzurechnungsfähigkeit? Vielleicht stimmt das sogar. Ich bin nicht zu ihm gefahren, um ihn zu töten. Wirklich nicht. Ich wollte bloß, daß er gesteht. Aber – er war so, er dachte so … sachlich. Ich kann mich nicht mal mehr erinnern … wie ich es getan habe. Nur daß ich dastand, hinterher, außer Atem, und das Beil in der Hand hielt.«

»Dann kannst du doch –«

»Nein. Der erste – wenn es bloß der gewesen wäre – vielleicht. Aber dann hätte ich keine Arbeit mehr und keinerlei Aussicht, je wieder eine zu bekommen, und was soll dann aus Lori werden? Wie dem auch sei – der zweite, Deb, der war auf jeden

Fall vorsätzlich. Das weiß sogar ich. Du mußt gar nichts tun. Bloß … kümmere dich um Lori. Wenn sie aufwacht. Falls sie je aufwacht. Sag ihr niemals, warum.«

»Ich werde es versuchen«, sagte ich. »Aber Donna – dann hat sie niemanden mehr –«

»Sie wird meine Schwester haben. Und Hal. Und dich. Ich war sowieso eine miserable Mutter.«

»Donna –«

»Und ein noch miserablerer Cop.« Sie blickte noch einmal zu dem Bett hinüber, wo Pat unermüdlich versuchte, Lori aufzuwecken, und dann ging sie rasch zur Tür hinaus. Ich versuchte nicht, sie aufzuhalten. Sie wußte, daß ich das nicht tun würde. Ich würde nicht an Loris Bett mit ihr kämpfen, ich würde nicht im Krankenhaus mit ihr kämpfen, und ich konnte Lori nicht allein lassen, und in der Zeit, die ich gebraucht hätte, nach einer Krankenschwester zu rufen, wäre Donna ohnehin längst weg gewesen, also konnte ich sie einfach nur gehen lassen.

Dann sagte eine leise, brüchige Stimme vom Bett her: »Pat? Du machst mir ja das Gesicht ganz naß … Deb? Bist du das? Wo bin ich? Was ist passiert?«

Also erzählte ich ihr, was passiert war. Aber nicht alles, noch nicht.

Als Hal mit der Cola zurückkam, ließ ich die Cola auf dem Schränkchen stehen, ließ Hal bei Lori und nahm Pat mit, um nach Donna zu suchen.

Sie war in ihrem Wagen auf dem Parkdeck. Der 38er Dienstrevolver war aus ihrer blassen Hand geglitten.

Hal wollte, daß Lori bei uns einzieht, aber er war erstaunlich – und für seine Verhältnisse ungewohnt – einsichtig, als ihre Tante und ich uns darauf einigten, daß Lori bei ihrer Tante leben sollte. Schließlich wohnt die Tante nur drei Blocks von uns entfernt.

Dutch und ich durchsuchten gemeinsam Donnas Haus; Irene kam mit, um Beweise zu sichern, und Captain Millner kam auch mit, um sicherzugehen, daß alles ordnungsgemäß ablief. Die noch immer nasse Uniform, die mittlerweile verschimmelt und fleckig war, lag auf einem Haufen in der Garage, und trotz der Dusche, trotz des Regens, trotz der Tatsache, daß sie tagelang vor sich hin gemodert und Schimmel angesetzt hatte, brachte der Luminol-Test deutlich die Blutspritzer zutage. Und obwohl sie ihre Uniformschuhe gründlich gereinigt und geputzt hatte, war noch immer Blut in den Nähten.

Eine genauere Untersuchung der gelben Öljacke, die ich hinter Helen's Club gefunden hatte, ergab, daß auf dem Rücken die schwarze Aufschrift POLICE abgelöst und die Stelle, wo ein Namensschildchen gewesen sein mußte, herausgeschnitten worden war. In Donnas Haus war ihre Öljacke nicht zu finden, also mußte es ihre sein. Und die Turnschuhe hatten Donnas Größe.

Natürlich war es schwer für Lori, als wir es ihr schließlich erzählten. Ihr erzählten, was passiert war, und letztlich auch warum, weil sie es einfach erfahren mußte. Hal übernahm diese Aufgabe, und das war lieb von ihm, denn es war für ihn bestimmt nicht leichter, als es für irgend jemand anderen gewesen wäre. Sie weinte viel. Aber Lori ist zäh; Lori wird es schaffen, und sie hat eine Menge Leute, auf die sie sich stützen kann, eine Menge Leute, die sie lieben.

Captain Millner ließ mich alle meine Überstunden abfeiern, genau zur Weihnachtszeit, wo sich sonst eigentlich niemand freinehmen darf. Aber ich habe den Weihnachtsbaum nicht zu Ende gehäkelt, und ich glaube auch nicht, daß ich das je tun werde. Ich habe einen richtigen Weihnachtsbaum aufgestellt, für Hal und für Cameron. Schließlich war es das erste Weihnachtsfest, für das Cameron alt genug war.

Ich habe Hals Bischof angerufen und ihn gefragt, ob ich mich besser fühlen würde, wenn ich der Kirche beitreten würde. Er hat gesagt, wegen der Sache mit Donna wahrscheinlich nicht, aber er würde sich freuen, wenn ich der Kirche trotzdem beitreten würde. Ich habe ihm gesagt, ich würde darüber nachdenken.

Ich habe Susan angerufen und sie gefragt, ob sie mir irgendwelche Antidepressiva verschreiben würde. »Nein«, sagte sie energisch. »Antidepressiva sind für Depressionen gedacht, die von innen kommen. Wenn du etwas Traumatisches erlebt hast, mußt du es verarbeiten, nicht verdrängen. Das erzähle ich dir nun schon seit Jahren.«

Das stimmte. Das tat sie wirklich. Aber das hieß nicht, daß ich es gerne hörte. Wenn ich irgendwie Valium in die Finger bekommen hätte, ich hätte reichlich davon genommen, und das war vermutlich auch der Grund, warum mein Arzt sich weigerte, mir welches zu verschreiben.

Ich hätte sogar Xanax genommen, wenn ich welches gekriegt hätte. Irgendwas, alles, um diese Erinnerungen loszuwerden –

Aber Lori nahm gar keine Medikamente. Und sie war wieder auf den Beinen, aus dem Krankenhaus entlassen, wohnte offiziell bei ihrer Tante, war aber ständig bei uns im Haus, auch wenn sie viel Zeit damit verbrachte, Cameron zu streicheln, solange er ruhig sitzenblieb und sich bereitwillig streicheln ließ, viel Zeit damit verbrachte, draußen am Gartentisch zu sitzen, obwohl es Dezember war, und Pat hinter den Ohren zu kraulen, während er mit seinem ganzen Hinterteil wedelte, ihr das Gesicht leckte und unruhig winselte, weil er merkte, daß etwas nicht stimmte, auch wenn er nicht wußte, was es war.

Wahrscheinlich hatte Susan recht. Wir alle mußten das verarbeiten.

Es war eine kleine Hilfe, seltsamerweise, als Shane sich einen Tag vor Heiligabend von uns verabschiedete, wobei er die vier Weihnachtsgeschenke mitnahm, die für ihn unter dem Baum lagen, um nach Wyoming zu gehen, wo er versuchen wollte, endlich den Führerschein zu machen. Ich hatte es nicht übers Herz gebracht, ihn rauszuschmeißen. Selbst in Fort Worth ist der Dezember ein kalter Monat. Aber es war einfach ein schlechter Zeitpunkt dafür, Fremde im Haus zu haben.

Die ganze Familie, einschließlich Lori, war zum Weihnachtsessen bei Olead und Becky eingeladen, weil Becky meinte, mit zwei kleinen Kindern im Wickelalter wäre es leichter für sie, das Essen zu machen, als die Babys irgendwohin zu verfrachten. Das stimmt wahrscheinlich. Ich schmuste eine Weile mit meiner ersten Enkeltochter.

Dann sagte Vickie, sie würde Cameron mitnehmen, und er könnte bei Barry im Zimmer schlafen. Ich vermute, wenn Cameron mal älter ist, wird er es ganz ulkig finden, daß er einen Neffen hat, der älter ist als er, aber noch ist er zu klein, um sich über solche Dinge den Kopf zu zerbrechen. Er weiß nur, daß er gerne mit Barry spielt.

Harry fuhr mit mir nach Hause. Ich weiß nicht, was er den restlichen Abend über gemacht hat. Hal und Lori gingen mit Pat spazieren. Ich setzte mich im Wohnzimmer in meinen Sessel, und Rags kletterte bei mir auf den Schoß und fing an zu schnurren. Ich bürstete Rags, und ich weinte viel.

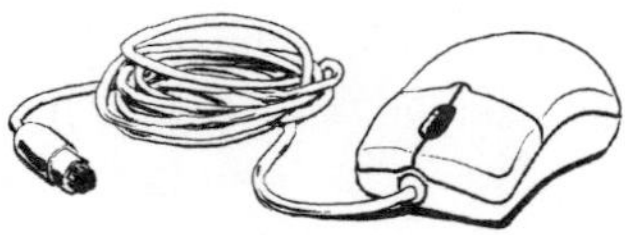

Nachwort

Anlässlich ihres sechsten Falles (»Keine Milch für Cameron«, DuMonts Kriminal-Bibliothek Bd. 1082) nannte die amerikanische »Booklist« Lee Martins Serienheldin eine »temperamentvolle, in ihrer Gutmütigkeit oft missbrauchte Detektivin« und zugleich »eine Offenbarung im Genre.« Kein anderer Detektiv nämlich hat je über eine längere Serie hinweg ein so glaubhaftes Privatleben entwickelt wie Deb Ralston von der Polizei in Fort Worth, Texas, Abteilung für Schwerverbrechen.

Absolute Priorität genießt natürlich ihr Job. Dafür sorgt nicht nur ihr eigenes professionelles Engagement, sondern auch ihr Chef Captain Millner. Seine Devise scheint zu sein ›Brutal gegen sich selbst, hart gegen andere‹ – sonst könnte er bei zu niedrigem Budget und zu wenig Personal die Kriminalpolizei einer Großstadt mit hoher Verbrechensrate nicht halbwegs erfolgreich führen.

Hinter dem Beruf muss selbst Baby Cameron gelegentlich zurücktreten, was den deutschen Titel des sechsten Buches erklärt. Das Ehepaar Ralston hatte sich mit seiner Kinderlosigkeit schon lange abgefunden und über die Jahre hinweg drei Kinder adoptiert, als Deb plötzlich schwanger war, ohne die Symptome zunächst richtig einordnen zu können. Über die Romane »Das Komplott der Unbekannten« (DuMonts Kriminal-Bibliothek Bd. 1055), »Tod einer Diva« (Bd. 1061) und »Mörderisches Dreieck« (Bd. 1067) hinweg haben wir ihre Schwangerschaft miterlebt, bis in »Tödlicher Ausflug« (Bd. 1071) Cameron fern von daheim geboren wurde.

Aber mit einem mehr als fordernden Beruf und den existentiellen Bedürfnissen eines Kleinkinds endet das Phänomen bei weitem nicht, das »Booklist« ›ihre oft missbrauchte Gutmütigkeit‹ genannt hat. Gäbe es Cameron nicht – und gelegentlich dem Alltag abgetrotzte einschlägige Stunden für das Paar –, würde man fast an der Existenz eines Ehemanns und Vaters zweifeln. Wenn nach einem bekannten Diktum hinter jedem erfolgreichen Mann eine tüchtige Frau steht, so scheint hinter jeder erfolgreichen Frau – ist sie denn verheiratet – ein extrem farbloser Mann zu stehen. Harry Ralston, ein ehemaliger G. I., der es im Bewährungsaufstieg bei der Air Force bis zum Offizier gebracht hat, um danach Testpilot bei einer Hubschrauberfirma zu werden, interessiert sich nur für seinen Beruf und verwandte Hobbys, wie Funken und Fliegen. Seine Lesefähigkeit scheint sich auf das Durchblättern von Macho-Magazinen für Jäger und Technik-Freaks zu beschränken. Seit einem Berufsunfall mit einem neuen Hubschrauber ist er invalide, bezieht ein Überbrückungsgeld und absolviert ein Fernstudium als Betriebswirt, um dann wieder in angemessener Position bei seiner alten Firma beschäftigt zu werden.

Das alles hat ihn nicht farbiger, sondern nur mürrischer werden lassen; eine Entlastung für seine zur Berufstätigkeit gezwungene Frau – letztlich ist sie wohl dankbar für diesen Zwang, der ihr eine unmögliche Entscheidung abnimmt – ist er nur insofern, als er die Familie gelegentlich von seinem Überbrückungsgeld zum Essen ausführt, wenn Deb keine Zeit/Lust zum Einkaufen und entsprechend keine Lust/Möglichkeit zum Kochen hat. Familie, das ist zur Zeit außer Harry und Cameron der zuletzt adoptierte Teenager Hal und seine erste große Liebe Lori, die Tochter einer alleinerziehenden Kollegin von Deb, deren Mann im Dienst ums Leben gekommen ist. Lori verbringt nahezu ihre gesamte Tagesfreizeit bei den Ralstons. Wie die drei Adoptionen zeigen, kann Deb an heimatlosen Wesen einfach nicht vorbeigehen, und so gehören auch zwei zugelaufene Katzen und ein ehemals herrenloser Hund zum Haushalt, übrigens eine brisante Mischung aus Bullpit und Dobermann.

Zu allem Überfluss liegt Lori zur Zeit nach einem Unfall, bei dem der Fahrer, der sie angefahren hat, Fahrerflucht beging, im

Krankenhaus im Koma, und Deb fühlt sich als Quasi-Schwiegermutter dazu verpflichtet, so oft wie möglich an ihrem Bett zu wachen.

So freut sie sich, vierzehn Tage vor Weihnachten, auf drei freie Tage, da sie im Anschluss an ein normales Wochenende montags sich einen freien Tag als Ausgleich für den Neujahrstag nehmen will, an dem die Verbrechensrate erfahrungsgemäß zu hoch ist, als dass man bei der Kripo frei haben könnte. Stattdessen wird sie Freitagnachmittag zu einem Verbrechen gerufen, das sie wohl nicht nur das folgende Wochenende über beschäftigt halten wird. Opfer ist ein älterer, seinem Beruf nur noch eingeschränkt nachgehender Rechtsanwalt. Der Anblick des Tatorts ist nur etwas für allerstärkste Nerven – er wurde mitsamt seinem Computer buchstäblich in Stücke gehackt, offensichtlich mit einer Axt. Jeder, der das Opfer kannte, ist sich sicher, dass Eric Huffman viel zu farblos war, um in irgendjemandem Mordgelüste auszulösen – kein Wunder, dass der ebenso farblose Harry Ralston ihn von gemeinsamen Hobbys her kennt. Als Anwalt war er nur im Firmenrecht tätig, bei Verträgen, einvernehmlichen Übernahmen, Kooperationen, nichts, was ihm Feinde hätte machen können. Sein Haus hat den gepflegten Charme des Schaufensters eines gehobenen Möbelhauses, und seiner egoistischen, verwöhnten, ständig nörgelnden kinderlosen Frau traut Deb einfach keinen Mord zu, auch wenn sie ihr auf Anhieb herzlich unsympathisch ist. Seine Umgebung gibt somit so gar nichts für die Aufklärung des Mordes her, und das, wo nach aller Erfahrung Axtmorde doch ganz überwiegend in Nahverhältnissen begangen werden.

Schon bald passiert ein zweiter Mord, bei dem eine Frau, Geschäftsführerin eines noblen Restaurants, über und mit ihrem Computer in Stücke gehackt wird. Auch diese Tat wird natürlich nach allen Regeln der Polizeiarbeit Deb anvertraut. Bei offensichtlichen Serientaten ist es Polizeiroutine, Gemeinsamkeiten zwischen den Opfern herauszufinden.

Da ist in diesem Falle zum einen die Gewalt gegen Mensch und Computer, zum anderen die Tatsache, dass beide Opfer über dasselbe Netz denselben Virus auf ihre Rechner geladen hatten. Deb kennt ihn von ihrem Mann her, der ebenfalls damit zu kämpfen hatte, und sie kennt auch seine vermutlichen literarischen Ursprünge: In den Fantasy-Romanen von Piers Anthony scheitert die Kommunikation zwischen Xanthianern und Mundanern am wechselseitigen Unsinn, den beide zu reden scheinen. Dabei wird lediglich, ohne dass Anthony den Code je auflöste, bei den Xanthianern jeder Buchstabe durch den im Alphabet folgenden ersetzt und bei den Mundianern durch den vorangehenden, eventuell auch umgekehrt – so genau erinnert sich Deb nicht, die die Romane um das Zauberland Xanth in ihrem Mutterschaftsurlaub kennen und lieben gelernt hat. Der Virus nun lässt auf dem Schirm alles normal erscheinen, gibt aber dem Drucker den Substitutionsbefehl, was in Anthonys Romanen erheblich lustiger ist als beim Ausdruck eines betriebswirtschaftlichen Papers, eines anwaltlichen Schriftsatzes oder einer Restaurantkalkulation. Sollte der Virus etwas mit den Axtmorden zu tun haben, hätte das Wort ›Hacker‹ – so auch der englische Titel – einen in beiden Sprachen gleichermaßen möglichen sinistren Doppelsinn bekommen.

Außer Tatumständen, Werkzeug und Virus haben zu Debs Irritation die Taten noch eine Gemeinsamkeit: Eric Huffman hatte einen streunenden Teenager bei sich aufgenommen, den seine Frau und jetzige Witwe nicht nur verabscheut, sondern auch für den Täter hält. Deb hat ihn, wie einst ihre Waisen und herrenlosen Tiere, spontan mit nach Hause genommen, zumal er sie in seiner goldenen Verantwortungslosigkeit an den etwas jüngeren Hal erinnert. Als sich herausstellt, dass er nicht nur beim ersten Opfer gewohnt hat, sondern kurzfristig auch beim zweiten Opfer beschäftigt war, wird Deb doch etwas eigenartig zumute, wenn das potentielle missing link zwischen zwei extrem brutalen Morden plötzlich zu Camerons Babysitter wird.

Natürlich gibt es auch die Möglichkeit, dass der zweite Mord eine Nachahmungstat ist, begangen von einem ›copycat‹, wie der englische Ausdruck fast liebevoll jene reizenden Menschen bezeichnet, die beispielsweise bei einem Fall von Kidnapping eigene Erpresserbriefe schreiben.

Lee Martins Romane zeichnen sich durch die Verbindung des in den USA sehr beliebten ›police procedural‹, der realistischen Schilderung moderner wissenschaftlicher Polizeiarbeit, mit dem Fairness-Gebot der klassischen britischen Schule aus. In diesem Fall treten die Möglichkeiten, die heutige Verfahren der Spurensicherung in Verbindung mit einem höchstgerüsteten Polizeilabor bieten, eigentümlich zurück: Bei aller Wut, allem Hass, allen aufgestauten Emotionen, mit denen die Taten offensichtlich begangen wurden, sind sie doch letztlich spurenlos. Noch stärker als in früheren Deb-Ralston-Romanen kann der Leser aufgrund einer mehrfach betonten Inkongruenz zwischen beiden Verbrechen den entscheidenden Clue durchaus selbst finden.

Wenn Deb diesem sie peinigenden Gefühl der Unterschiedlichkeit beider Verbrechen endlich einen Namen geben kann, hat sie auch bald die Lösung. Und dann ist Weihnachten, die Familie ist mit allen Kindern, Schwiegerkindern und Enkeln vereint, alle sind gesund, alles ist friedlich, und Deb kann endlich einen Teil ihrer aufgelaufenen Überstunden ausgerechnet an den Feiertagen abfeiern. Aber sie sitzt tief traurig da, wie es auch die Meisterdetektive des Golden Age oft am Ende sind. Warum? Weil sie wieder einmal die Wahrheit herausgefunden haben und weil diese Wahrheit oft schmerzhaft ist.

Volker Neuhaus

Band 1081	John Ball	**Die Augen des Buddha**
Band 1082	Lee Martin	**Keine Milch für Cameron**
Band 1083	William L. DeAndrea	**Schneeblind**
Band 1084	Charlotte MacLeod	**Rolls Royce und Bienenstich**
Band 1085	Ellery Queen	**... und raus bist du!**
Band 1086	Phoebe Atwood Taylor	**Kalt erwischt**
Band 1087	Conor Daly	**Mord am Loch acht**
Band 1088	Lee Martin	**Saubere Sachen**
Band 1089	S. S. van Dine	**Der Mordfall Benson**
Band 1090	Charlotte MacLeod	**Aus für den Milchmann**
Band 1091	William L. DeAndrea	**Im Netz der Quoten**
Band 1092	Charlotte MacLeod	**Jodeln und Juwelen**
Band 1093	John Dickson Carr	**Die Tür im Schott**
Band 1094	Ellery Queen	**Am zehnten Tag**
Band 1095	Michael Innes	**Appleby's End**
Band 1096	Conor Daly	**Tod eines Caddie**
Band 1097	Charlotte MacLeod	**Arbalests Atelier**
Band 1098	William L. DeAndrea	**Mord live**
Band 1099	Lee Martin	**Hacker**
Band 1101	Phoebe Atwood Taylor	**Zu den Akten** (Juli 2001)
Band 1102	Leslie Thomas	**Dangerous Davies und das einsame Herz** (Juli 2001)
Band 1103	Steve Hamilton	**Ein kalter Tag im Paradies**
Band 2001	Lee Martin	**Neun mörderische Monate** (3 Romane)
Band 2002	Charlotte MacLeod	**Mord in stiller Nacht** (Sonder-Doppelband)

Band 1088

Lee Martin

Saubere Sachen

Kann ein Todesfall zu natürlich aussehen, um natürlich zu sein? Detective Deb Ralston zweifelt den Herztod ihrer Schwester an: Zu sauber. Dann stößt sie bei zwei weiteren Leichen auf die Spur eines Mörders, der aus Ordnungsliebe keine Spuren hinterläßt. Deb Ralston blickt hinter die gebohnerten Oberflächen: Alle Opfer waren Mitglieder von ›Mensa‹, dem Club für Menschen mit überdurchschnittlichem IQ. Was immer das Motiv für den Serienkiller ist – irgendwo da draußen muß es einen putzwütigen Mörder geben. Wer weiß, ob er nicht als nächstes bei Deb Ralston aufräumen will?

Band 2001

Lee Martin

Neun mörderische Monate

Detective Deb Ralston hat eine harte Zeit: Die Polizistin, Adoptivmutter und Großmutter wird zum ersten Mal selbst schwanger. Ihrem Einsatz als Kriminalbeamtin tut das keinen Abbruch. In drei spektakulären Fällen schafft es Deb Ralston mit viel Improvisation, die Herausforderungen von Job und Familie unter einen Hut zu bekommen. Die Sonderausgabe versammelt drei Krimis mit einer der sympathischsten und intelligentesten Heldinnen des neuen Detektivromans.